単純な生活

AkiRa
Abe

JN254637

阿部昭

P+D
BOOKS
小学館

目次

単純な生活 ― 5
著者あとがき ― 422
引用文献 ― 424

一

毎朝、私は子供たちが起き出す少し前に目が覚めるが、さめてもしばらくはじっとしている。あるいは、起きて着換えをしたあと、自分の部屋でぼんやり煙草を吹かしている。

なにも急ぐことはない。彼等は三人とも学校へ行くのに、私はどことい って行くところはないのだから。私が起きて行っても、食卓の混雑が無用に増すばかりだろう。その上、一分刻みの行動で血相を変えている子供たちと、それを傍から叱咤している母親との戦争みたいな空気にも巻き込まれずには済まない。それが厭だから、床の中で時間をつぶしているのである。

大抵は誰に起されるでもなく、自然に目がさめる。向いの家の若い主人が車庫をあけて通勤用のオートバイを引っぱり出す、その気配で目がさめることもある。あいにく私はいちばん道路に近い北側の部屋で寝ているから、エンジンの音ばかりか、「パパ、パパ、……」という二人の幼児のよく通る声や、「行ってらっしゃい」という奥さんの控え目な発声まで聞きとれる。主人が出かけたあと、奥さんが車庫の戸を閉める音がして、また静かになる。しかし、私はもう目をつぶりにくくなっている。

正直なところ、このオートバイには抗議したくなることもあるのだが、あれこれ考えているうちに私はその気がなくなる。自分もかつてはあんなふうにして会社へ行ったものだ。まだ小さかった子供たちに代る代る「行ってらっしゃい」を言われ、手を振られたり振ったりしながら出かけたものだ。十何年そういう生活をして、それから今度はずっと家にいるようになった。いまでは誰も私に「行ってらっしゃい」とは言わず、私も子供たちに「行っておいで」とは言わないのであるが。

そうして私にはまた別な気持もある。向いの主人はああやって雨の日でも風の日でもオートバイで出て行くのに、自分はこうして悠々と寝ている。仕事が違うのだから仕方がないが、それでもやはり私はそのことをなにか引け目のように感じる。自分だけがまともな世間の生活からはみ出し、取り残されているような淋しさも否定しきれないのである。

時によると、私は家にいる何匹かの猫のどれかに起されることもある。冷たい鼻面を顔に押しつけてくるのはいいほうで、中の一匹にひどく咬む癖のあるのがいる。そいつが蒲団にもぐって私の手の指を嚙んだり、喉笛のあたりに食いついたりする。そんな時、私はなるほど猫は猛獣の仲間かと再確認したような気になるが、とにかく痛いのでいやでも目がさめてしまう。猫は猫の都合で、外へ出せとか、腹が減ったとか言いに来ているのだ。そして、私が億劫がって応じないでいると、しまいには私の胸だの腹だのの上に乗っかって、起きないのならこの通りだと言わんばかりに坐り込みの手段に出るのである。

考えてみると、もう久しく、特別に頼んでもおかない限り、誰も朝私を起しに来たりはしない。以前は、子供たちが順番に起しに来た。上の子が大きくなると下の子が、その子が大きくなるとまたつぎの子が、というふうに、何年かの間、父親の目を覚まさせるのは子供の役目だった。彼等は入れ代り立ち代り、いま猫がするようなことを私にしたものだ。しかし、その子供たちももうそんなことをする年齢ではなくなった。彼等は彼等で時間割を揃えたり髪をなでつけたり靴を探したり、自分の事だけで精一杯なのである。

子供が生れる前は、私を起すのは妻の仕事だった。仕事というより、これは新婚時代の楽しい遊戯みたいなものだったろうと思う。そうしてその前は、母親であった。私は三人兄弟の末っ子で、しかも遅くに生れた子供だったから、甘やかされ方も人一倍だった。朝、私がいつまでも寝床から離れられないでいると、母は台所と私の寝ている部屋とを行ったり来たりして、声をかけるだけでなく、枕元に坐り込んで頰ずりしたり接吻を浴びせたりした。そんな時、母は私のことをさまざまなアドリブの愛称で、鳥がさえずるみたいに連呼したものである。

それが、いまでは、猫だけである。おまけに、食いつかれて悲鳴とともに目をさますのである。しかし、猫でも居ないよりはましかもしれない。

二

やっと起き出して服を着て、炬燵のある畳の部屋から南側の板の間へ移動する。

この部屋は南が海に向いている。海岸までは歩いて二、三分であるが、家が立て込んでいて海が見えるどころではない。潮の音も、昼間は近くを走る車の音にかき消されて、めったに聞えない。この時刻に聞かれるのは、何種類もの小鳥のにぎやかな囀《さえず》りだけである。しかし、私は彼等の名前を知らないし、彼等の言葉を理解しない。簡単すぎて理解できないといったところだ。

私は少しでも日光がほしくて空を見上げるのだが、太陽がまわってくるまでには時間がかかる。それでもストーブをつけるのを一日延ばしにしているのは、二時間もすれば、私の部屋は海辺の光線で汗ばむほど暖くなるからである。

窓をあけて庭を眺める。庭と言えば体裁がいいが、砂地で樹木が育たないせいもあって、小さな松や干からびた灌木のほかは、枯木然としたいぬアカシアの列が、薄ら寒い風に葉の落ちた枝をふるわせているばかりである。

私は猫が軒下のバケツの水を飲んでいるのを見る。すると、自分も水のつめたさを咽喉に感じる。その猫がつぎには湿った土の上をそろそろと歩いて行く。と、私も蹠《あしのうら》に土のしめり気をおぼえる。そうして猫が草の茂みを分けて進んで行くのを見ていると、今度は自分の首すじにも露のしずくが降りかかるようで、ぞくぞくしてくるのである。つまりは、私はそれくらい横着になっているのだ。

どうやら私は、永年の喫煙で嗅覚も大分駄目になっているらしい。毎朝こうして窓をあけて空気を入れ換えるたびに、そのことを知らされる。というのも、冷え切った部屋のあちこちに、ゆうべの煙草のにおいがこびりついていることが、この時だけはわかるからである。そして、前夜そんなに煙草を吸ったということは、文字通りたくさん仕事をしたか、反対に全然仕事が捗らなくて時間を空費してしまったかのどちらかである。

単純な生活

炬燵の上の原稿用紙には、たった一行、そう書きつけてあった。この幾日か、ずっとそのままであった。その白いページの上で、私はもっぱら煙草を吸ったり、お茶を飲んだり、菓子をつまんだりしていたのである。おかげで紙のあちこちにしみが出来ていた。そうして、けさもまたそれを目にしたとたん、私は気づまりをおぼえた。実のところ、こんな題名で今度の仕事を始めたことに、少々自信をなくしかけていたからである。

単純な生活とはなにか。読者にそうたずねられても、作者として答えられそうもない。「さしあたって、それは私が書こうとしている本の名前である」といったのでは答にならないだろう。「単純も生活も私の大好きな言葉で、だからこの二つをくっつけた言葉は私の気に入っている」というだけでは読者も迷惑にちがいない。その上、これから私が描いてお目にかける生活こそが単純な生活である、と言うつもりもまったくないのである。どこに単純な生活があるのか。

現実に、私の生活は単純なと言うにはあまりにも遠いものだ。一年のほとんどをこんな海辺の町に逼塞して、変化のない毎日を送っている私のような人間にしてからが、単純な生活からはとっくに見はなされているのである。現代というこの時代に傷めつけられて罅《ひび》が入った私の精神、およそ純粋無垢とは反対な私の心、そんなものを包んでいる私の肉体というこのくたびれた不完全な容れもの、こみ入って実体がつかめないか実体がなくてうわべだけの人間関係、それでもとにかく生きて行くための毎日のややこしい手続き、——こういうものはむしろ複雑怪奇な生活と言ったほうがよさそうではないか。

残念ながら、単純な生活などは、いまの私には夢でしかない。こんなふうに生きられたらという願望でしかない。それにもかかわらず、私はこの題名を選んだ。いや、私が選んだというより、題名のほうが向うからやって来て私をつかまえたのである。かつて、無縁の生活とか、人生の一日とか、言葉ありきとかいう言葉が私をつかまえたように。それゆえ、私がいかに単純ならざる生活をお目にかけることになっても、読者は、われわれにはいつだってもっと単純に生きられたらという気持があるのだということを思い出していただきたい。

三

そもそも、単純とはなにか。さしずめ、それは複雑でないことだろうと思う。

四、五日前のことである。私は調べものの必要があって、古い新聞の切抜きを探し出した。そして、用が済んだので、丸めて捨てる前に裏にも目を通した。すると、そこにカモノハシに関する記事が載っていたのである。

御承知の通り、カモノハシはオーストラリアにしかいない珍獣で、だから私もこの目で見たわけではない。どこかの動物園で見たような気がしているのは、絵本か写真で見てそんな気がしているのだろう。あるいは、川獺《かわうそ》かなにかと混同しているのかもしれない。

動物学者の説明によると、――カモノハシの口は文字通り鴨の嘴《はし》で、くちばしである。しかし、鳥とは違う。足が四本である。ところが、その足には水かきが付いていて、だから鴨に似ているのである。しかし、身体は羽毛でなくて、獣毛で被われている。（私は子供の頃、近くの海岸で漁師の網にかかったアザラシの仔の背中を撫でたことがあるが、あんな感触かしらと思う。）ところが、カモノハシは卵を生む。しかし、卵からかえった仔は乳で育てるのである。だから、哺乳類の仲間である。ところが、単孔類ないし一穴目と称されるように、大、小便と卵の出る所が同じという仕組で、だから鳥とおんなじである。……

言われてみれば、なるほどけったいな動物である。それは、右の私の短い文章で「しかし」と「ところが」と「だから」を三回ずつも使わなくてはならなかったのを見てもわかる通りである。一般に、複雑なことを正確に説明しようとすれば、このようにひどい文章になることも避けられないのである。

しかし、それよりももっとおかしいのは、この珍動物の死体が初めてイギリスに紹介された時、動物学者たちは全然信用しなかった、というくだりであった。いろんな動物の部品をくっつけてこしらえたニセモノである、と断定したのである。不幸にして、この断定は、その後生きたカモノハシが紹介されるまで、くつがえされることはなかった。

私は、この滑稽なカモノハシと、同じくらい滑稽な昔の学者たちの話をよろこんだ。さきほどの題名のことが頭にあったからである。

「ね、やっぱりそうなんだ。物事はやはり単純でなくてはならんのだ。複雑なものはうさんくさいのだ。鴨や川獺なら人はこうまで怪しみはせぬ。鴨でもあり川獺でもあるようで、実はそのどちらでもないからカモノハシはニセモノ呼ばわりされたのだ。……」

とはいうものの、私にはカモノハシを笑う資格も、昔の学者を笑う資格もないことがわかっている。私の現在の生活も、なんだかカモノハシのややこしい形態に似ていないだろうか。「しかし」だの「ところが」だの「だから」だのを連発して、ああでもないこうでもないと説明してみても、やはりどうもうまく片づかない、けったいな生活ではないだろうか。そうして結局は、いろんな部品をくっつけて作ったニセモノであると断定されても仕方のないようなものではないのか。

四

いつまでも題名にこだわるようで気がひけるが、単純とはなにかといえば、もう一つは裸ということだろうと思う。

どこの家でも父親がするように、私も三人の子供を何年もの間、つぎつぎと風呂に入れた覚えがある。末の息子とは、ついこないだまで一緒に入っていたような気がする。

自分の身体はあと回しにして、よく洗ってやり、首までお湯に浸《つか》らせて、――覚えたての、あやふやな英語で五十まで無理やり数えさせたりして、――先に出す。すると、子供はびしょ濡れのまんまで、

「ストリー・キングだア！」

と叫びながら、家じゅうを走りまわった。

アメリカの若者の間で発生したというストリーキング——例の素っ裸で人前を突っ切るデモンストレーション——が日本にも輸入されて、真似をする連中が出た頃である。だから、そんな昔のことではない。子供はそれを、なんとかキングといった怪獣の一種というふうに思っていたのである。

湯上がりのストリーカーは、たちまち母親につかまってしまう。頭からすばやくバスタオルでくるまれ、もみくちゃにされ、シッカロールを塗りたくられる。子供はその間じゅう、

「くすぐりたい、くすぐりたい、……」

と身悶えして笑いころげた。「くすぐったい」という意味である。

なにしろ片言をあやつるのに忙しい時期だった。それならば、という所を「ちょいだらば」、ゲロ吐くを「ゲリ吐く」、テレビのアンテナは「ヤンテナ」、コールテンは「コールタール」、暖房は「ランボー」、乳母車を「うがぐるま」、太田胃散を「おおたくさん」、莢隠元を「さやにんげん」、天ぷらの衣を「天ぷらの子供」などと言っていた。

その子供もやがて小学校にあがったが、なにを思ったか、入学早々のある日、学校でストリーキングをやってのけた。父親の私はそれほどびっくりもしなかった。しかし、母親はひどく

仰天して、あわてて「れんらくちょう」にとびついた。これは家庭と担任の先生との間の連絡用の手帳で、相談したいことがあればなんでも書いて、子供に持たせるのである。おおよそこんな文面であった。――

某月某日
先生、又々、ショックな事件です。うちの息子が、学校の廊下をまるはだかで走り、大評判になっているという情報が入りました。本人にたずねましたら、ぬがされた!! と申しますが、自分もぬぐ気になったようです。恥ずかしくて、これからは授業参観にも行かれません。先生、助けて下さい。

彼女がいかに動顚していたかは、その息せき切った手紙の書きっぷりからも察せられた。彼女に限らない、大人は裸になる代りに、着飾ったり化粧したりして、生れたままの姿からどんどん遠ざかる。だから子供の裸を見てもどぎまぎしてしまうのである。しかし、もう安心していい頃だろう。その息子もいまでは五年生だ。誰に頼まれたって、人前でかんたんに裸になったりはしないだろうから。

西洋の宗教画などでは、幼児の恰好をした裸の天使が、肩から羽根を生やしてさかんに宙を飛び回っている。私は、天使がどういうわけでみんな裸なのか、また人間がどうして天使になれないかということを考える。そして、大人になるとは、人間は天使にはなれないと知ることかもしれないと思う。

もう二十年近い昔になる。その頃、私はまだ二十代の青年だったが、ある年の夏、マリリン・モンローが死んだというニュースが伝えられた。ベッドでなにも身に着けないで、受話器を握りしめたまま、うつぶせになって死んでいるのが発見されたということであった。いまの若い人たちにはほとんど伝説のようなものでしかないだろう。

彼女の伝記を読んでみると、その生活は虚飾と名声に包まれた眩《まばゆ》い外見に反して、実に淋しいものであったことがわかる。そうして彼女は大きな閑散とした家の中で、ハウスキーパーもいない真夜中に、ごく普通の孤独な女が死ぬようにして死んだのである。

「マリリンの遺体は、筒状に布を張った担架にくるまれ、さらにブルーの毛布にしっかりと巻かれたうえで、ロサンゼルス郡死体公示場に、解剖のため、はこばれた。マリリンは、ロサンゼルス郡検屍官事務所の解剖調査処理番号八一一二八番の死体となった。」

現代では、大人もこのようにしていま一度生れたままの姿にもどることがある、と言えるかもしれない。マリリンもいくぶんかは子供のような女だったらしい。しかし、天使の裸とも幼児の裸とも違って、彼女の冷たくなった裸は誰にも祝福されなかった。それは毛布にくるまれて丁重に運び出されはしたが、待っていたのはカメラマンのフラッシュと検屍官であった。検屍官は男だったが、彼といえどもこの裸は少しもありがたくはなかった。

五

子供たち三人が出払った頃合いを見はからって、ようやく私は洗面を済ませ、茶の間に顔を出す。

毎朝、子供が出たあとの部屋は、テーブルにパン屑が散らばっていたり飲み物がこぼれていたりするだけではない。起きぬけでまだ鼻が利くせいか、いやに子供の匂いがなまなましい。ことに冬のいま時分は窓を締め切ってあるから、よけいそうなのだろう。小学生の子のまだ乳くさいような、日なたの埃のような匂いや、上の子たちの汗くさいような、脂じみた匂いや、なんだか知らないがこっそり髪につけるようになったらしい化粧品の匂いや、そんな臭気が入りまじってするのである。

彼等がその場にいなくても、私はそこに目に見えない圧迫のようなものを感じる。むろん、目に見える形ではなおさらそれは感じられる。現に高校生の息子はとっくに私の身長を追い越した。彼が無口なのは元来としても、人一倍おしゃべりだった中学生の息子までが、このごろはもう自分からはめったに父親に話しかけなくなり、新聞ばかり読んでいる。私としては、こんなはずではなかったという当て外れの気分を味わって当然である。

どうやら私も世間の父親並みに、避けがたく癒しがたい中年の哀愁を知りつつあるらしい。そうして、かつての自分も、死んだ父親にこれと同じ悩ましい思いをさせたにちがいないと思い当るのである。

この連中がいなくなったらさぞかし自分は淋しがるだろう。――彼等がもっと小さくて可愛く思えた時分に、私はよくそう思った。そんな時、妻と二人さしむかいの食事の場面は何十年も先のことに思われた。ところが、それはそんな先のことでもなく、淋しいというのもそんな淋しさばかりではなかったのである。私はその程度の淋しさなら、むしろ歓迎したい気持になっている。そのためには、一日も早く一人前になってこの家を出て行ってくれと言いたい気持になっている。もっとも、これは男親の私だけの考えで、妻にはまた妻の考えがあるらしい。

私は子供たちが乱雑にした食卓を一瞥し、ひん曲ったテーブルクロスを直し、よごれた皿だのカップだのを少しばかり向うへ押しやってから、いつもの場所に陣取って食事を始める。

妻も、この朝食だけは私の正面のふだんは子供の椅子にすわって摂る。べつに私がさしむかいで食事をしたがっているわけではない。それに、私は横目で朝刊の見出しを拾い読みするとか、頭の中の考えを追いかけるとかしているから、まともに彼女の話相手になることも少いのである。

食べはじめてから一時間位、妻と向い合っていたが、そのあいだに日が高くなったので、私は自転車でその辺を一とまわりして来ようと立ち上がった。

六

「たまには海でも眺めて、ぼんやりしたらどうですか……机にばっかりへばりついてないで……せっかくいい所に住んでるんだから……」

こう私に言ったのは、近所のかかりつけのお医者である。物を書くなどという救いがたい生業《なりわい》を、からかうような、憐むような口ぶりであった。以来、その言葉がときどきふっと私の頭をかすめる。

かかりつけと言っても、これまで私はまずお医者とは縁がなかった。それが、この前の春、小学生の息子と海辺のマラソンコースをいきなり二キロ余りも走った上、砂浜に出て空罐を蹴とばしたり拾ったバットで打ったりしているうちに、腰がおかしな具合になった。痛くて曲げることも捻ることも出来なくなった。そうして、遂には寝返りを打つさえ容易でなくなった。そこで、自分で這ってでも行かれるお医者を探したのである。

この先生は、私の家から歩いて四、五分のところにいる。バラックの診療所といった感じのペンキ塗りの建物に、内科の小さな看板を出している。見たところ七十近い老医であるが、これが実にとっつきにくい、無愛想きわまる人物なのだ。

「あんたは一体どこの誰かね?」

相手が初めての患者だと、こんなことを言う。やさしいようで難しいこの質問にうまく答えられないと、つぎには、

「誰に聞いて、来たのかね?」

と怒ったみたいに言うから、こちらは一瞬来ちゃいけなかったのかという気にさせられる。顔つきからして、患者なんかちっともうれしくないんだという顔である。

そんなふうだから、とても流行《はや》っているようには見えない。玄関も待合室も診察室も、すべて一と昔前の安普請で、冬のいま時分は旧式の石油ストーブを焚いている。私が居合せた時は、大抵爺さんか婆さんの患者が一人二人いて、それがお医者とのんびり世間話みたいなことをしているのが聞えている。看護婦はいないことのほうが多い。

しかし、診るとなったら、もちろんちゃんと診てくれる。たっぷり時間をかけて色々と診てくれる。が、注射はまずしないし、薬もあまり出さない。したがって、払いはおそろしく安くて済むから、私などには大いに助かる。いつか先生の留守に、妻が子供の風邪薬を奥さんに貰

ったことがあったが、「わたしがいなかったんだから」と言って薬代を取らなかった。面倒くさいのだろうと思う。

私がぎっくり腰で行った時も、別になんにも手当はしてくれなかった。町の薬局へ行くとベルトを売っているから、それを買って巻いておけばそのうちに治るということであった。そのうちにでは困る、せめて痛み止めの薬でもとせがみたいところだが、そんな頼みは聞いてくれそうもない。機嫌を損ねてもいけないから、おとなしく引き下がった。はなはだ物足りないことはたしかである。

一度、喘息持ちの子がひどく苦しがるので連れて行った。この時は、

「喘息には薬はない！」

そう一喝されて、おしまいであった。

「ボロっちい医者！」

子供が恨んで悪態をつくのも無理はなかった。だが、大人の私はむろんそうは思っていない。

七

私が自分のことでは二回目にこのお医者をたずねたのは、何日かかかって一と仕事を終えた

直後であった。どうも心臓がいやな搏ち方をする。いまに始まったことでもないが、この機会にあの変人の医者に診てもらおうと思い立ったのである。

「どうしたんですか?」

こちらの顔など見もしないで突慳貪に訊く。私は私の言葉でありのままを報告した。

「心臓がばたばたするもんで……」

お医者は、私にシャツをまくり上げさせて、胸を指でこつこつ叩いたり、聴診器を当てたりした。それから、私の心臓が腫れていることを説明するために、私のあばら骨の上に人差指で心臓の図を描いたので、私はくすぐったくて笑いをこらえなくてはならなかった。血圧を計ってみると、とんでもなくはね上がっていることも判明した。

心臓の構造だのポンプの仕組だの、昔生物の教科書で習ったことは、いまではきれいに忘れている。自分の心臓であることだけは間違いないが、管理までは手が回りかねる。その上、自律神経がどうしたということになれば、私はもうお手上げである。

それでも私のような中途半端な患者の心理はおかしなもので、大したことない、なんでもないと言って貰いたい反面で、どうせなら一つうんと変った病名を言ってもらいたいという、そんな気持もあるのだ。

ところが、お医者の一と言で私はなんだかがっかりしてしまった。

「煙草がいけない」

その口ぶりからしても、つける病名もないぐらいくだらない病気のようであった。

「まったく、煙草っていうやつは、百害あって一利ぐらいしかないようなもんだからね」

なるほど、一利だけは認めるはずで、先生の机の上にも封を切った煙草とライターと灰皿がちゃんと載っかっているのである。

「ニコチンだけで狭心症を起す例もあるらしいよ」

私をおどすみたいに、他人事みたいに言うが、肚《はら》の中ではくすくす笑っているようにも見える。

先生がカルテを探したり書き込んだりしている間、私は珍しがって室内をきょろきょろ見回している。なにしろ、こういう場所そのものが私にはものめずらしく感じられる。よそを知らないが、およそ最新式設備というのからは遠そうだ。床も天井も、全体に古ぼけて、煤けている。風でも吹けば、窓ががたがた言って隙間風がしそうだ。私の部屋のほうがまだましかもしれない。

壁ぎわに、本棚が一つある。上のほうは分厚い専門書や医学会報の綴込みみたいなもので埋まっているが、下のほうの段は、どういうものか、歌舞伎だの文楽だの、登山だの気象学だのの本がぎっしり詰っている。書道の手本、外国の建築の写真集、天気予報用の地図帳なんていうものまである。

私がそんなふうに、失礼にも室内を点検したり持主の趣味を想像したりしていると、

「こんなもんに頼っちゃ、駄目だ……」

そう言いながら、その日はめずらしく薬をくれた。「たまには海でも眺めて――」と言ったのも、その時である。

きっとそうにちがいない。私の心臓には薬なんか必要じゃないのだろう。ぼんやり海でも眺めている以外にはないのだろう。この処方が私はとても気に入った。

そうして、もう一つ、――これは妻が誰かから聞いてきて、あとでわかったことだが、――この先生が船医として何度も航海の経験があるというのも気に入ったのである。先生が船に乗ると、その間、医院のほうは看板を外して休業となる。海が好きで船に乗るのか、やむを得ず船医をするのか、それは知らない。

だが、そうと聞けば、診察室のこのさびれたような空気も、本棚の書物も、主《あるじ》のおよそ商売気のない所も、いまちょっと娑婆《シャバ》に戻っているといった、浮世ばなれのした風情も納得が行く。

そう言えばまた、このお医者は少々老けすぎた感じもしないではなかった。船乗りというものは、陸にいる人間よりも早く老け込むものである。私は死んだ自分の父親が海軍の軍人だったから、そのことを知っている。父は半生を波にもまれ、日に焼かれ、潮気にやられているう

ちに、顔は茶渋色になり、雛は深くなり、頭は禿げてしまった。戦後、陸に上がってから、その色は少しずつさめたけれども、長年海に痛めつけられた痕跡は死ぬまで消えなかった。……あのお医者にもどことなく、そんな干からびた感じがある。

それで、この私に海を眺めよなどと言うのかもしれなかった。だが、私は悪い患者だから、なかなか言うことを聞かない。相変らず海へは足が向かないし、ぼんやりする心がけも怠っているのである。

八

ちょうどそのお医者のあたりから路地を抜けて、川ぷちに出る。

この川の流れについて行けば、海はすぐそこである。もっとも、あるかなきかの流れは、立ちどまってじっと目を凝らさなくては見分けがつかぬことが多いし、満潮の時はゆるやかに逆流する。動きがまったく止ることもある。水はつねに濁っていて、明るい空を映しながらそれ自体は見るからに暗い。

私は自転車で、その川の土手下に出来た舗装道路を、川上へ橋三つ分ほどゆっくり走って、また戻ってくることがある。往きは北を向いて走るから、顔や手を風に切られるようだ。それで、お天気のよい日には、いつも油断してマフラーと手袋を忘れてきたことを悔むことになる。

しかし、こんなのはほんの申訳程度の朝の運動で、本当は自転車などやめにして、土手の上をゆっくり歩くほうがいいのである。第一、そうしないと川が見られない。土手下にはずらりと背の高い常緑樹が植えられ、ところどころにコンクリートのベンチや遊具が置かれている。いかにも整然たるお役所仕事で、車やオートバイには便利であるが、かんじんの川は少しも見えない。

おまけに、子供が土手の草むらを滑り降りたり、つめ草やたんぽぽや蓬《よもぎ》を摘んだりする楽しみも失われた。両岸ともコンクリートですっかり固められてしまったから。

私の考えでは、川は海と違って、ただそこにあればいいというものではない。川は毎日人間に見つめられる必要がある。その水に、空の雲や、野の草花や、子供らの影を映して、われわれに見せてくれなくてはつまらない。そうでなければ、川はただの水路に、下水も同様のものになってしまうのである。

それでも、このつまらない川にも見るべきものがまったくないわけではない。橋を渡る時、かならず近くの岸辺に、誰が飼っているのでもないらしい家鴨の一団が目に入る。また、土手の下を行く時に、姿は見えねど「クワクワッ、クワクワッ、……」という連中のまぬけな声がする。

散歩はどこから始めてもいいのであるが、朝だから橋の名前に敬意を表して日の出橋のたもとを回って行く。鳴き声をたよりに歩いて行って、土手の上からのぞき込む。

最初の頃、一羽か二羽と思っていたのが、いまでは八羽にもなっている。一羽だけ、雑色のややこしい柄のがいるが、あとは全部白である。いつもかたまって家族のようにしているが、どれが親とも子ともつかない。

川のその辺りにだけ、ちょぼちょぼと葭《よし》が生えている。いまはそれが立ち枯れて、黒く腐れている。家鴨どもはそこにたむろして、てんでに好きなことをしているのである。草の根方に首を突っ込んで餌をあさったり、虫でも捕るのかくちばしで羽根をつついては身づくろいしたり、流れの中央に進み出て水ぐるまみたいに派手に水浴びをしたりする。連中が水かきで蹴って水面を滑って行くと、浅瀬の土がわき上がり、濁った流れがよけい泥沼のようになる。

彼等がくちばしで羽毛を散らすたびに、川面をわたる風が、それを川下へ吹きやる。ぱっ、ぱっ、と雪片が飛び散るみたいだ。私は見ているだけで寒くなり、おもわず首をすくめ、ポケットの中で拳をにぎりしめる。

どうやら、その羽毛は彼等のばかりではなく、上《かみ》のほうからも点々と水面にはりついてやってくる。上流にもまた別の一団がいて、せっせと羽毛を飛ばしているらしいのである。

それにしても、あの連中は夜はいったいどこで寝るんだろう。そんなことを考えながら私は人気のない土手道を歩く。枯草が絨毯のようにふかふかして、なんだか足許が暖く感じられる。ただし、犬の糞を踏みつけないように気をつけないといけない。

作橋《さくばし》といううつぎの橋まで来ると、案の定、もっと上のほうに別の家鴨の一団がいるのが見えるが、私はそこで反対の岸に移って引き返す。

帰りみち、途中にからかさでも差し掛けたように、一本だけ松が生えている。そして、その下に、小さな石碑がある。

相模國高座郡鵠沼邑有川流稱堀川其西南之田呼藤原天明六年丙午秋七月十有七日水破堤防而田地悉荒失……

そんな文字が石に刻まれている。それで私は、この川のもともとの名は堀川と言うのであったかと初めて知る。(現在は引地《ひきじ》川と呼ばれている。)一字々々たどってみると、二百年前に堤防が破れたので祖父が村人を誘い励ましてこれを新築したが、何年かしてまた水害で破られたので、今度は父が祖父の志を継ぎ、独り費用を顧みず隣村の土を買って又々堤防を新築、水神の祠も建てて永全を祈った云々、と息子が記しているのである。ところが、その碑もどうかなってしまったのだろう、いまあるのは昭和七年に子孫が再建したものだと裏に書いてある。

「クワククワッ、クワククワッ、……」

さっきの家鴨たちの声がまた近づいてきた。彼等の言っていることは、私にはまるっきりわからない。

そろそろ湾の正面にまわりはじめた日ざしで、川の表面が鏡のように光っている。まぶしいので、私は目をほそめて歩く。この頃までには朝の冷気はあらかた消え、身体も温もってきて、首すじに汗さえにじんでいる。

九

おいおいに人様のことも書こうというのだから、ここらで私自身の風体もちょっとスケッチしておくべきかもしれない。たとえば、冬の朝、この私が一体どんな恰好でそこらじゅうに自転車を走らせるか。

無帽、ぶくぶくした防寒用の半コートにコールテンのズボン、ゴム底の紐無し靴といったいでたち、自転車も子供らが乗り回している前屈みのレーサー用でもサイクリングツアー車でもない。私のは前に黒い籠が付き、うしろに荷台と頑丈なスタンドがついた見かけも野暮ったく、あやつるにも重苦しい代物である。

着ぶくれた失業者といったところだが、この恰好が私はたいへん気に入っている。実は私のそんな写真が、何年も前に小説家の日常とかいう見出しで新聞の地方版に載ったことがあった。そいつはひどくみっともなかったそうである。古い知合いで私の本の読者がそれを見て、とてもがっかりしたと言っていた。がっかりしたとはどういう意味か。なにをこの私から期待したのか。

ついこの間は、小学生の息子が友達を連れてきて庭で遊んでいたが、その子が、――ひどくませた子のようであったが、――帰りがけに、私が仕事部屋にいるとも知らず、

「……おまえンとこの父ちゃん、あんまり美男子じゃないね……あれで作家って言えるのか……」

そんなこましゃくれたことを大きな声で言っているのが、ふと耳に入ったものである。

「こら、小僧、なにをほざく！」

窓から顔を出して怒鳴ってやったらどんなものだろう。そう思って、私は机に向ったまま苦笑いしていた。

そんなことぐらいで気分を害したり腹を立てたりしてはならない。そうでなくても、一つことに腹を立てると、続けて三つも四つも腹を立てなくてはならぬ世の中なのだ。怒りがつぎつぎと芋蔓式に、仕掛花火のように連発するのである。そうなれば、また煙草の本数がふえ、血圧がはね上がり、心臓がばたばたやり出す。

ところが、不幸にして私は自転車でその辺を走るたびに怒る材料を拾ってくるみたいである。たとえば、すぐそこに僅かに一とかたまり残っている松林がある。誰の私有地か市の管理地か知らないが、さんざん塵芥を捨てて汚したあげく、所かまわず何台でも車を突っ込むから、松の下半分は排気ガスでもう真っ茶色になっている。地上に点々と落ちたまつぼっくりが、松の黒い涙のように見える。

それからまた、反対の方角にも、かつてはもっと大きくて深い松林と、子供らが幽霊屋敷と呼んでいた空き家があった。(ある年、私は彼等とその廃屋を探険して、表紙にマリリン・モンローの写真が載っている古い「ライフ」か「ルック」の一冊を見つけたことがある。)そこの松林も造成業者によってすっかり切り払われた。家を建てるなとは言えまい。だが、どうして木を一本残らず切り倒して売り出すのだろう。海辺の松をまたあそこまで大きくするには、五十年も百年もかかるのである。

ところで、あの時お医者がくれた薬袋を、私は家に帰って楽しみに明けてみた。白い小粒の錠剤が入っていた。一錠ずつ銀紙に包装されて、余白に緑色の文字で薬品名らしいものが印刷されてあった。なんでも、

SERENE……

という英語に似た単語であった。セリーンとは、澄んで、静かな、穏やかな、というぐらい

の意味だろう。頭を静かにする薬、つまり、これをのめばあまり怒らなくなるのかもしれない。そう思って、私は珍しがってせっせとのんだから、薬はじきになくなってしまった。一度、寝しなにのんだら、ひどく後味の悪い夢を見たが、効いたのか効かなかったのか、私にはわからない。「こんなもん」とお医者も言っていたくらいである。

十

以前、まだこんなふうに道路が整備されていなかった頃、私はよくこの川の土手を、自転車に子供を乗せて突っ走ったものである。そうして、途中でわざと斜面を急降下してこわがらせたりして、父親の威力のほどを見せつけてやったものだ。

子供は振り落されまいと必死で父親の腹にしがみつく。あるいは荷台の枠を握りしめている。子供の歓喜も恐怖もじかに父親の背中に伝わってくる。子供には父親の体温と心臓の鼓動が伝わっているだろう。それが真冬なら寒風が耳たぶを刺す。真夏なら日ざしが頭から照りつける。冷暖房の完備した車のなかで、子供をふんぞり返らせているのと、どっちが面白いか。(私は運転免許を取ってから十五年になるが、いまではもうめったに乗らない。車はやはり私の性に合わない。)

その昔は、シューベルトの「魔王」にあるように、父は子を抱きかかえて馬で走った。それが出来ない現代の父親は、せめて自転車の荷台に子供を乗せて走るのである。

自転車の父と子。

それで私が思い出すのは、何年も前に上の息子の中学の入学式で、当時の校長先生が父兄と生徒の前でした話である。その校長はやがて定年退職して去って行ったが、親たちにも忘れられない先生の一人だろう。綽名をゴリなんとかと言ったが、それは顔がゴリラに似ていたからである。その校長が言った。——

「きょうからわたしがお子さんを預りますけれども、だいたい他人の子にそんなに夢中になるわけはないでしょう」

開口一番そう言ったから、父兄はみな唖然とした。なんて乱暴なことを言う校長だろうと思ったのである。が、校長はつづけた。——

「他人の子に夢中になるわけがないなんていうことを、なぜ言うかというと、わたしにはこんな経験があるんですよ。戦争中のことなんですがね。

川崎の国民学校にいた時分、集団疎開で六十人ぐらいの子供と平塚のお寺で暮したことがあった。小学生だから、淋しがるし、しょっちゅう病気をするんですね。

ある晩、真夜中でしたが、一人の子がひきつけを起して、痙攣しているように見えた。

わたしゃ、びっくりして、三尺（へこおび）でおぶってね、自転車で町まで走った。その辺は無医村でしたからね。真っ暗闇の道を必死でペダルを踏んで、『しっかりしろ！　しっかりしろ！』と呼びつづけた。

子供は『うん、うん』と言うんだけど、そのうち反応がなくなった。

わたしゃ、ああ、これは死ぬな、と思った。

医者へ行くまでに死んじまうと思った時、背すじがぞくぞくしてね、死んだ子をしょっているんだと思って本当にこわかった。

でも、医者に見せると、なんでもない。まあ、結局、よくねぼける子で、変な声出しただけだとわかって大笑いしたんですが。

終戦後、結婚をして、自分にも子供が出来た。そうすると、同じような事がよくあるんですね。その時、おろおろはするけれど、死んだら気持が悪いとか、こわいなんて、これっぽっちも思わない。ただ、助かってくれよ、それだけだ。

そんな時、つくづく思いましたね。あの時、暗闇を走って背中の子が死んだらと思うと、自分はこわがったじゃないか。当時は若いせいもあって、自分はこんなに一所懸命やっているぞなんて気負っていたけれど、なんて思い上がっていたんだろう、って。

話が少しそれてしまったけど、とにかく親の愛情っていうものは、そのくらい大変なものなんですね。そうじゃないですか。親以外に誰が他人の子にそんなに夢中になってくれますか。——」

その通りである。どこの誰が他人の子にそんなに夢中になるだろうか。ある年の冬、それも寒い寒い二月の明け方であった。私の家のすぐ目と鼻の先でも、そのようなことが起った。まだ十年も経っていない。

一人の子供が、——といっても、それはもう大学を出て就職先も決り、婚約者もいるという大きな息子だったが、——夜中に、持病の心臓でひどい発作を起した。あいにくその家には車がなかった。

そこで、年老いた父親は息子を自転車のうしろに乗せ、へこおびで自分の身体に結わえつけて、かかりつけの医者へ駆けつけた。だが、息子は途中で事切れてしまった。

なぜ救急車を呼ばぬとか、どうして近所の車のある家に助けを求めないとか、あとで他人がとやかく言っても詮ないことであった。そのどちらもしたくない事情が、そこの家にはあったのかもしれないではないか。

しかし、懸命に自転車をこぐ父親の背で息を引き取った息子は、不運とは言えても、それほど不幸とは言われなかった。誰からも見捨てられて一人で死んで行く子供にくらべれば。

そうして、私がこれを書いているいまも、この国のどこかで、いや、地球上のいたるところで、父は子をおぶって必死に暗闇を走っているのである。

十一

晴れわたって、その上、風もないような冬の日。――そういう日は、私は午前から午後にかけて、窓の幅だけ仕事をする。

窓の幅というのは、こうである。私の部屋の海に向って大きく明いた窓のガラス戸を、すっかり片側に寄せてしまうと、ちょうど一間《けん》幅の素通しの眺めが得られる。私が机に向う十時頃には、太陽はその四角の左上の隅にあり、早くも手もとの原稿用紙にじかに日がさす。それから、太陽が軒に沿って右に移動する。正午すぎに、真正面にくる。いちばん日ざしの強い時刻である。そうして、やや傾きながら、窓枠の右端にかかるのが二時半頃である。太陽が角の柱を過ぎてからも、なお当分は余熱があるが、私としては直射日光に見はなされたのを合図に、さっさと切り上げることにする。それでもなんとなくお日様に申訳だけは立ったといった気分である。

つまり、窓枠と太陽が私の日時計なのだ。もちろん、風のある日にはこんなことはとても出来ないが。

日によっては、なにをするという当てもなく、ただ顔や首すじを太陽にあぶられているだけで過ぎてしまうこともある。机上の本の表紙は反りかえり、原稿用紙は日に焼け、万年筆の軸はいたずらに熱してインクが噴きこぼれたりする。

海辺の光線というものが冬でもどんなに強烈かということを、私はあらためて知る機会があった。ある日、大して風もない日だったが、私は球形の透明なガラスの文鎮を紙の上にのせておいた。すると、どうだろう、その球がレンズの役をして、紙に黒い孔があき、みるみる煙が出てきた。ちょっとした火事である！

そんなことがあってから、私はこの文鎮はうっかり窓際には置かれないと用心しだした。そして、もしもその事を文鎮の贈り主が知ったら、きっとがっかりするにちがいないとも思った。

これを東京でわざわざ探して買い求め、手ずから送ってくれたのは私の大学時代の先生であった。定年退官後、書斎にこもってこつこつと大著の翻訳に取組んでいる先生が、何年か前に、私の書いた小説から思いついて、選んでくれたプレゼントなのだ。私はその作中で、海の風が机の上のものを吹きとばして困ること、そのたびに仕事を中断して、部屋じゅうに散らばった紙を拾って回らねばならぬこと、筆立てまで風に吹き倒されることがあること等を書いたのである。もっとも、それは夏の暑いさかりの話であったが。

すると、小説を読んだ先生から葉書が来た。

「この次に机上に贈りたいものがふっと浮かびました　待っていて下さい」

そう書いてあった。そうして、まもなくちいさな小包で届いたのが、このスエーデン製の文鎮だった。

テニスボールぐらいのガラス球の中に点々と水泡が入っていて、その日その日の光線や夜の灯火の下で球面も陰影もさまざまに変化する。封じ込められた大小の水泡が、まるで天体の運行図のようにも見える。私は老先生の心づかいにいまさらのように感激して、すぐさま礼状を書いた。

だのに、残念である。スエーデンあたりの北の国の光線なら、こんなこともないんだろうに。そう思いながら、私は折角の贈物を日のささない炬燵の上に移してしまった。

それはともかく、私は全身に日光を浴びていないと駄目だ。それもガラス戸越しでは駄目だ。誰だって日光の嫌いな人はいまい。でもたぶん私ほどじゃないだろう。雨降りだと、私は極端にやる気を無くしてしまう。大袈裟に言うなら、この人生に希望が持てなくなる。風が吹いても同じくで、第一、窓が開けられない。そうなると、私は今度は息がつまって叫び出したくなるのである。

あとの細かいことはどうでもよかった。お日様さえ照っておれば私は無事である。人に対しても安全無害な人間でいられる。かくもお天気に気分を左右されることからしても、私はよほど単純な構造に出来ているにちがいない。

十二

子供らはめいめい学校へ行き、妻も自分の用事で外出することが多いこの数時間は、私には最も貴重な時間である。私は彼等がいない留守を見計らって隠密の計画に従事するみたいに、この時とばかり机に向うのである。

ところが、やっと一人っきりになれたと思いきや、まだ猫が三匹いる。連中を構いつけてはならない。というのは、猫といえども主人の仕事を邪魔しがちであるし、主人が仕事をなまける理由になりがちであるから。

一体、猫という動物は、人間どもはつねに自分に奉仕すべきものという考えを抱いているらしい。それで私が仕事を始めるや、彼もしくは彼女は万年筆もつ私の手を、あの狭い額でぐいぐい押しのけ、執筆をやめよと言う。そして、それを聞き入れなければ、原稿用紙の上にごろりと横になってしまう。これではお手上げだ。

そこで私が腕組みをして考え込むと、今度はその腕に乗り移って、狭く不安定なそんな場所で器用にも丸くなって寝込む——という具合である。私のことを手頃な家具か木の切株ぐらいに思っているにちがいない。

ある日など、私は彼等に机の上を自由に歩かせていて、実に思いもかけぬ損害をこうむった。彼女らの一匹が、私が一所懸命清書して大事に揃えて置いた急ぎの原稿の上に、黄色い水のようなものをたっぷりこぼしたのである。小便ではない。小便ならまだいい、——尾籠《びろう》な話で恐縮であるが、——下痢便である。腹をこわしていて、間に合わなかったのであろう。私はさすがに激怒して、やにわに無礼者の首をつまみ上げ、床の上に投げ捨てた。

このいきなり投げ捨てたのは、まずかったと思う。相手は投げ捨てられる拍子に、はずみで、また少なからぬ汚物をあたりへ振りまいたからである。

原稿は一枚目がすっかり駄目になり、大急ぎで書き改めなくてはならなかった。二枚目以下はところどころ飛沫を拭き取ってから、ゆっくり日に当てて乾かしたから、かろうじて書き直す手間ははぶけた。けれども、これを雑誌社の人に手渡す際、その怪しげな染みの由来について説明する勇気はとうてい私にはなかった。

それにしても、主人の神聖なる仕事場において、なんたる忘恩の挙に出たものであろうか、この馬鹿猫は！　主人は自分では相当な猫の理解者をもって任じており、彼等の将来についても日頃大いに心を痛めているというのに、である。ところが、この身勝手な畜類は、主人の仕事の首尾如何では自分らの生活も物質的危機に直面することがわかっていないのだ。この時ば昔の猫はああやって土を掘ったりかけたりしたのだということをいちいち説明してやらなくてもタイルでもステンレスでも一応はかりかりと掻く。それを見て不思議がる子供らに、大人は、それでも、用便の前後に前肢で掻く彼等の古い習性だけは残っているから、コンクリートでを足すようになるのである。

「紙の砂」なども高価で手が出なくなる。その結果、未来猫はどんな場所ででも否応なしに用いずれはその程度の砂も猫は取り上げられてしまう。現在市販されている水洗便所に流せるまた、現在のところは、人間も猫のしきたりを重んじて糞しなどを用意してやっているが、

み の砂場を好きなだけ掘ってゆっくり腰を下ろしたのは昔の話である。

固め尽されているからで、たまに外へ出してやっても大急ぎで逃げ帰るくらいである。猫が好く）はまず屋外では用便をしない。その頃には、猫の居場所はどこもかしこもコンクリートで舎でも密室で生活するようにしつけられる。小生の予想では、この未来猫（と、仮に呼んでおこれからの猫は、ますます人間に管理される「過保護」猫となり、都会ではむろんのこと田

章を発表したばかりであったからである。参考までに概略を述べると、——

私はある新聞に、「未来の猫は屋外では排便を行わぬであろう」という主旨のマンガじみた文あまつさえ、私は自己嫌悪にもおそわれた。いやな予感がした。それというのも、つい先頃、かりは、私は猫という猫がすっかり厭になってしまった。

はならない。

猫が戸外の自分で決めた木の幹や、物干し場の柱で心ゆくまで爪をといだのも過去の話である。爪をとぐには、現在すでに一部で用いられている「爪とぎ板」が常識である。これには木製、段ボール製、布製などがあり、ひそかにマタタビを染み込ませてある。猫がこれを掻きむしると、マタタビの粉が埃とともに鼻孔に吸い込まれる。そこで掻けば掻くほどいい気持になることを猫は覚える。これさえあてがっておけば、柱や襖、家具やステレオのスピーカーのグリルなどを傷つけられることもない。

猫の食生活も大いに変化している。未来猫は、まず第一に、魚を丸ごと食うことをひどく苦手とするようになっている。一つには、人間が親切から骨をとった魚を与えすぎたため、いま一つは、ドライフードや罐詰肉のたぐいに慣れ切って、複雑な骨つきの魚を処理する勘が鈍ったのである。ために、いたずらに咽喉に骨を立てるなどして大事に至る猫さえ出る有様である。学校の給食で「先割れスプーン」とかいうものばかり使わせられている子供が、ろくに箸も持てぬのと同じだ。

往時の猫ならば、与えられた食物以外にも、自主的に雀や野鼠をつかまえたり、蜥蜴やばったを咬みつぶしたりしたものであるが、未来猫は口がおごっているから、そんなものは見向きもしない。むしろ人間の嗜好品、エビせんべいや、海苔巻や、バウムクーヘンや、福神漬や、西瓜などを好むのである。インスタント・ラーメンしか食べない猫、というようなものも出現する。

かくして、閉じ込められた未来猫は、かつての猫にくらべて格段に管理しやすくなっている代りに、運動不足や栄養のアンバランスでさまざまの「成人病」になやまされる。肥満に原因する心臓衰弱や糖尿病、ストレスによる胃腸障害、硬いものを食べないので歯石がたまりやすく、歯齦炎や歯槽膿漏の猫がふえる。

カルシウム不足、日光浴不足から、骨がもろくなり、箪笥などちょっと高い所から飛び下りた拍子に、いやに簡単に骨折してしまう猫や、鳥目になって日没後は身動きもしない猫なども珍しくない。

過保護の動物のつねとして、こういう猫は飼われている部屋からさまよい出たり、持て余されて捨てられたりすると、自力では生き延びられない。ゴミ溜あさりなどやったこともなく、やってみる気力も才覚もないから、飼鳥が籠から飛び出したが最後、飢え死にする他ないのと同じである。あちこちでしきりに行き倒れた猫の死体が目につくのはそのためである。

それに、この頃には猫の社会でも親子の絆は消滅し、家庭教育も崩壊している。したがって、由緒ある狩猟の伝統も絶えているから、その辺の小動物や昆虫を捕って食べることなど思いもよらないのである。

そうして、かつては鋭い爪と牙を駆使し、眼光するどく、魔性とか魔物とか言われ、人間のお節介をしりぞけ、清潔をむねとして、あくまで誇り高かったという猫が、彼等の祖先が見たら悲嘆にくれるような醜態をさらしているのが、いたるところで目撃される。そうなったら、人間のほうで猫の野性回復運動でも始めるほかあるまい。……

——ざっと以上のようなことを私は書いたのである。

十三

すると、その文章が新聞に載ってから数日して、私は千葉県に住むKさんという婦人から一通の手紙を受けとった。

私としては、いささか世の愛猫家の神経を逆撫でするようなことを書いて出した矢先だから、どうせ抗議か反論でも言ってよこしたのだろうと、ちらっと考えた。だが、封を切って読んでみると、そうではなかった。

前略ご免下さい。

突然お便り差上げる失礼お許し下さいませ。

某月某日○○新聞夕刊にお書きになりました〝××××〟を拝読いたしまして失礼をかえりみず思わずペンを取りました。

実は私共先頃まで三毛のめす猫とその子供の茶ぶちのをす猫（六ヶ月）を飼っておりました。七月末に当地に引っ越してまいりましたが、転居して四ヶ月ようやく猫達も新しい家に慣れホッとした矢先、ご近所から猫達が砂場やら家のまわりに糞をして困るから縛って飼ってほしいと抗議の電話があったり、前の家は侵入しないようにと境界線には柵があるのに、その内側に一米程の塀を立ててしまいました（猫は飛び上ることをご存知ないのかもしれません）。又我が家の猫といふ確証もないのですが、どこそこの小鳥が猫にやられたらしいなどと耳に入ってまいりました。何しろ新しい団地なので野良猫の姿がとんとないのです。そんなわけで外へ出せなくなり家に閉じこめて半月ほどたちましたが、前に住んでおりました時から三毛は自由奔放に飛び廻り、虫やとかげは勿論のこと、或る時は〝雷魚〟のこどもを咥えて来た時など一体どこまで行ってつかまえて来たのか、とう〳〵わからずじまいでした。そんな彼女ですから毎日外へ出してと鳴き廻り、鳴きつかれて窓辺で外を眺めている姿をみると胸が痛み、随分二匹の引き取り手も探したのですが、遂に野良どもにも大変人情の厚い街といふ話しを頼りに、家族四人泣きの涙の中に置いて来たのでございます。

砂場や家のまわりに糞をするなといふ人間もエゴですが、住み慣れた猫の生活環境を相談もなしに変えてしまった私達もエゴで、その結果このように猫を不幸にしてしまい、毎日家事も手につかず涙にくれておりました。

その時、貴方様のエッセイを拝読いたしまして、家に閉じこめて飼ふよりは、やっぱり彼等を自由にしてやった事は猫にとって良かったといふこと、、あの二匹はかなり自由に飼っていたから絶対野良になっても生きて行くだろうといふ自信も持てました。なんだかパッと明るくなり悲しみから立ち上がることが出来たのでございます。

私も、猫は、野原を、屋根を、塀をと自由に飛び廻る猫をこよなく愛したいのでございます。紐をつけたり着物を着せられたりしている猫をみるのは本当に胸が痛むのです。

貴方様のおっしゃるような未来猫には絶対ならない様祈ります。若し、猫の野性回復運動がおこれば、真先きに馳けつけましょう。

大変とりとめのない事を長々と申し上げましたが、毎日泣き暮れておりました私に、貴方様が光を与えて下さいましたようで、是非御礼が申し上げたくて筆をとりました。

乱筆乱文何卒お許し下さいませ。

かしこ
こういう切々たる文面であった。美しい筆蹟もKさんのこまやかな人柄をしのばせた。文字づかいから察するに、五十以上の年配の婦人かとも思われた。

私はその手紙を何度か読み返し、返事の葉書を書いた。Kさんは私の文章で慰められたと言っているが、——それはそれで筆者として嬉しい限りであるが、——それでも彼女はなにかにつけて置き去りにしてきた猫のことを思い出すにちがいない。なんという、せせこましい、いやな世の中になったものだろう。私としては、猫の将来に関して一層暗い見通しを深めるばかりで、それ以上言うべき言葉がなかった。

だから、そんな気持をありのままに書いてKさんに伝えるしかなかった。その後Kさんがどうしているか、私は知らない。心ぼそくなってきたのは、むしろ私のほうである。

海辺のこの界隈には、まだ僅かながら残っている松林をたよりに、家出した猫や捨てられた猫が棲みついている。彼等は人間に飼われなくても、結構楽しく暮しているように見える。私のところの三匹も、もとはと言えば、痩せ細ってふらふらと勝手口を通りかかったものや、人に捨ててくれと頼まれて捨て切れなかったものや、それが生んだ子であった。

そういう連中をなまじこうして飼ってやっていることが、かえって仇になるかもしれぬ。すぐ明日にでも、猫を監禁せよ、処分せよ、と迫る隣人が現れないとも限らない。まるでその目じるしにというように、彼等は主人の住所や電話番号を記した名札を首にぶら下げたりしているのである。

十四

実のところ、新聞にあの文章を書いた時、私はいささか悲観に走りすぎたような、未来猫の運命を誇張しすぎたような気がしないでもなかったようだ。その後一年余りの間に、猫の不幸は私が想像する以上に悪化していることがわかったのである。

いまでは、猫が家の柱や家具を傷つけぬようにと、獣医に頼んで前肢の爪を抜いてもらう人さえいるということではないか。爪のない猫は、人を引っ掻くおそれもなくなった代り、塀にも木にも登れない。犬に追われて、必死に木の幹にとびつくが、爪がないからずるずると滑り落ちるのみである。

おお、このことを梶井基次郎が聞いたら、なんと言うだろう。いまからちょうど五十年前に、彼は空想した。――猫の爪をみんな切ってしまったら、猫はどうなるだろうと。梶井はその自問に自ら答えて、恐らく猫は死んでしまうのではなかろうかと書いている。絶望して、物を食べる元気さえ失せて、遂には死んでしまうだろうと。しかも、心優しいこの作家は、爪のない猫なんて悲しすぎて、とても平静な気持では想像することが出来ないとも書いているのである。

だが、彼の空想が現実となるのに五十年しかかからなかった。そうして、なお悲しいことには、爪を抜かれた猫は死にもせず、どうしてそんな目に会わされるのかも理解できず、相変らず生き恥をさらしているのである。猫に鼠、もいまや遠い昔の話だ。最近は、鼠の恰好をしていて猫が咬むと音が出る笛つきのおもちゃも出回っている。

犬はといえば、やたらに吠えては近所迷惑だからと、手術で声帯を除去してしまう。彼はもはや決して吠えない。ただ「ヒーヒー」と笛のような、かぼそい鳴き声を洩らすだけである。

すべては、人間様の御都合だ。犬猫どころか、人類のほうだってお先真っ暗なのだから。あんなふうに猫の未来を描きながら、たえず私の念頭にあったのは、もちろんわれわれ人間の未来である。地球最後の日々に、かすかな日だまりで猫を膝にのせて、おたがいに辛うじて暖《だん》をとり合う――そんな光景である。

きょうも、私は、窓いっぱいに海辺の太陽をあびながら考えた。いまのうちだ、いまのうちに大急ぎで日に当っておかなくてはならぬ、ついでに猫も外へ出して十分に日光浴をさせなくてはならぬ、生き延びるために……

十五

もう一週間ぐらいになるだろうか、ある晩、私は実に変な夢を見た。

……さんさんと日のあたる小高い岡の上に、私が幾人かの男女と立っていた。

どういうわけでそんな場所にいるのだかわからない。とにかく、私を入れてせいぜい六人か七人かが、小さな輪をなして、思い思いのポーズで立っているのである。

それは喩えてみれば、ピクニックでいましも岡の上に辿り着いたところ、そうして、みんなで明るい四方の眺望を楽しみながら談笑しているといった図だ。

だが、ピクニックではなかった。少くとも中の一人の女性ははなやかな色合いの振袖を着ていたのだから。

では、ガーデンパーティかなにかの一場面でもあるのか。それにしても、私には彼等が、——たしかにそこには男もいたというだけで正確な人数は言えないが、——一人として見知った顔のようには見えなかった。

一体、その岡の上からなにが見えていたのか。——一軒の家が見えていたのである。

岡のスロープの向うの、やや谷になったところに、木立に埋もれるようにして、昔風の、というのは東南に軒を深く取り、長い廊下をめぐらした、いかにも落着いた作りの大きな屋敷が見えていた。

その辺りに人影はなかった。しんと静まり返っているのが遠くからでもわかる風情で、ただ縁側の閉ざされたガラス戸の列だけが日ざしをうけてまぶしく光っていた。

おかしなことに、私はその変哲もない家がこわかった。むろんなぜかはわからない。ただ、あそこに恐ろしいものがあるという気持だけがはっきりしていた。先刻からみんなが注目して話題にしているのも、まさにその家のことにちがいなかった。

それから、第一の異変が起った。高い空から日が照っているというのに、岡の上のその一角だけに、ひらひらと雪が舞い出したのである。風花というもののように。そして、私は急に寒けをおぼえた。

ほぼ同時に、第二の異変がつづいた。誰かが、――その声の主は男であったが、――「この中に一人だけ幽霊がいる!」と言い出した。幽霊のくせに、生きた人間のふりをしてまぎれ込んでいるというのである。不意のその告発は、だからこんな好天なのに雪が降り出したのだという意味にとれた。

誰がその幽霊かももうわかっていた。それは、私のすぐ横にいた、すらりとした洋装の婦人であった。

私はあっけにとられて、彼女の全身を注視した。と、彼女はみるみる影が薄くなり、ちょうど印刷がこすれて見にくくなった古い絵姿のように、わずかに輪郭だけになって消えて行った。……

女が見えなくなるところで、私は目がさめた。彼女が着ていたものは鼠色というか薄墨色であった。それにやや紫がまじったような色であった。人は知らず、私の夢は十中八九は色がついている。

他の影像の色彩もあざやかに残っていた。振袖の女性は、赤とピンクだった。足もとの地面は芝のような若草色で、かなたに見える家はいかにも古びた日本建築らしい、くすんだ枯木の色をしていた。景色全体が、のどかな日をあびて春先めいた暖い色に映えていた。にもかかわらず、私の全身には寒けが残った。

恐怖が強かったので、私は腕をのばして枕元の小さなスタンドを点けた。しかし、それでも安心できぬ気がしたので、起き上がって部屋の電気もつけた。しばらくは眠れそうになかった。そこで、寝巻の上に、畳に脱ぎ捨ててあった半纏を引っかけて、手洗いに行き、戻りしなに洗面所の蛇口をひねって水を飲んだ。身ぶるいが出るほど冷たかった。

カーテンの端をめくって外をのぞくと、まだ真っ暗だった。それもそのはずで、私が寝床に入ってから二時間位しか経っていなかったのだ。

それでよけいまた厭な気分になった。正直なところ、もう一度眠るのがこわかったからである。

――それだけの話である。

読者はなあんだと言われるかもしれないが、私が経験した恐怖はこんな文字では到底うまく伝わらぬだろうと思う。夢の中では、なんでもないものが恐ろしい。釘一本出てきても、ぞっとするほど恐ろしい。しかも、どうしてそんなにこわいのかはわからない。人にも言えぬ、自分にも説明できぬ。とにかく、この夢は久しぶりに私にはこたえた。

作家の中には、好んで夢を叙述する人もいる。それは小説の書き方の一つでもある。しかし、私はあまりやったことがない。これこれしかじかの夢を見ましたと報告してみても、どこまで第三者に伝達できるか怪しいものだし、見た夢がいかに内容豊富で複雑多彩なものでも、大抵は目をさますと同時に雲散霧消してしまい、二度と呼び起せぬ場合が多い。それに、私の観察では、犬や猫だって夢ぐらいは見るらしく、ときどき眠りながら唸ったりしている。夢の話は自慢にもなんにもならないのである。

だから、私はめったに夢を記録してこなかった。枕元に書くものを置いておいて、すぐメモするという人もいるらしいが、そんなことは思いついたこともなかった。

けれども、こんなふうに一週間経ってもまだ記憶に留っているというのは特別だ。私の場合、何年に一回しかない。で、自らタブーを冒して書いてみずにはいられなかったというわけである。

十六

それから二、三日後であった。今度は妻が、朝の食卓でだしぬけに言った。

「ああ、ゆうべはいやな夢を見ちゃったわ……なんだかすごくいやな夢……」

彼女は言葉通りさんざん悪夢にさいなまれたような、不快な顔をしていた。

「どんな夢だね？」

行きがかり上たずねはしたものの、知りたいわけではなかった。女性がいかなる夢を見るものか、私は研究しているのでもなし、精神科のお医者の真似事など柄でもない。第一、私のほうは自分の夢の話をめったに妻にしたことはない。そんなことはごめんだ。

同じ理由で、私としては、どうせなら彼女が初恋の青年の夢でも見て、意味ありげに含み笑いでもしていてくれたほうが、気楽でいいのである。だが、どうやらそんな結構な夢ではなさそうだった。彼女が魘《うな》されるわけは、私にもなんとなく見当がついた。中学生の息子の高校受験の日が迫っているからである。

ついこないだも、妻と同年配で、高校生や中学生の息子をかかえた主婦の一人が、受験の真っ最中にぽっくり死んでしまったという話を聞いたばかりであった。また、死なぬまでも、心労で髪の毛がある日突然ごっそり抜けてしまったという母親のことも私は知っていた。夫の勤め先が危くなったり、子供が入試に失敗したり、無理算段をして家を建て直したりするたびに、主婦たちは禿げの恐怖にさらされるらしいのだ。

むろん、男どもは禿げで済めばいいほうだ。私のような四十代後半から、五十代の初めにかけて、いわゆる働きざかりの中年男が、ある日なんの前ぶれもなしに倒れてそれきりになる例がふえてきた。私が知っているのでも、一人は酔って階段から足を踏み滑らして落ちただけであっさり死んでしまったし、一人は、出張先のニューヨークでやはりころっと死んで棺に入って飛行機で帰ってきた。

こんなふうに書くと、なんだか滑稽で、笑い出したくなるが、笑いごとではない。夫婦二人していやな夢を見るなども、笑うに笑えない、おかしな話だ。

じっさい、われわれ中年の夫婦には、もうのんきに夢見を占い合っている暇はなさそうであった。妻は知らず、私のほうは心がはずむような楽しい夢を見なくなって久しかった。見るとすれば、胸の底から冷えてくるような、物淋しく、うら悲しい夢ばかりだ。

「これが中年っていうものなのか……」

私は近頃ではそう考えるようになっている。なんだかひどく割の合わない年頃だな。もはや心身ともに若者諸君のようにはとても振舞えず、といって先輩老人みたいに人生を達観した境地にも入れない。下からはろくに信頼もされぬ代りに目の上のたんこぶと思われ、上からはまだまだ小僧っ子だなどと言われ、どっちを向いても面白くないことばかりだ。

息子らも、こないだまでは私のことを「パパ」なんて呼んでいたくせに、このごろはどうやら「おやじ」なんて言っているらしい。「ま、この際、将来の事も考えて、もうしばらくおやじの機嫌を取っておいたほうが得だからな」そんなことを陰ではほざき合っているような気がする。

かと思えば、私の言動のはしくれをとらえて、「どうもあんまり親らしくないね」などと批判したつもりでいるらしい。そうして、私が聞いていなければ、女親のことは「このばばあ!」などと呼びかねない。事実、呼んだこともある。さすがにまだ父親の前では猫をかぶって神妙なふりをしているが。

もっとも、私は妻から近所のこんな話も聞いた。これは女の子の場合だが。

ミッションスクールに行っている高校生の一人娘が全然家事の手伝いをせぬ。食卓では毎度箸を持つだけで、横の物を縦にもしようとせず、「なにやってんのよ、さっさとしてよ!」などと催促専門である。母親が思い余って、「忙しい時ぐらい少しは手伝ったらどう?」と言うと、娘がすかさず答えて、「じゃ、あんたの仕事はなんなのさ?」ときた。「あたしが手伝ったら、あんたの仕事がなくなるじゃんよ」と、こうきたそうだ。

あんたの仕事はなんなのさ、か！　私は思わず笑ってしまった。でも、娘にあんた呼ばわりされるのも気色が悪かろう。やっぱりおれには娘がいなくて仕合せだったと私は思った。

私は去年四十五という年齢を通過したが、二、三年前から特に気持の落込みようがひどかった。日々、月々、ほとんどのべつに弱気におちいった。「もう駄目だ……」という自分の声を聞いた。なにがどう駄目なのか、はっきりしているわけではない。ただ駄目だ駄目だという思いにとらわれた。すべてを一からやり直さなくてはならぬような気がしたが、もちろんそんな時間はもうなかった。

マラソンで言えば、私はすでに人生の折返し地点を回って、目下帰路を急いでいるといったところだ。ただ、マラソンと違って、こっちのほうはどこにゴールがあるかわからない。あまり近くにあってもらいたくない気がすることだけは確かである。

以前、二十代から三十代にかけての頃、私は年齢というものがうまく実感できなくて、よくこんな暗算をやった。いまの年の二倍生きられるかどうか計算してみるのだ。――例えば、二十八の時は掛ける二で五十六だからまず大丈夫だ。三十七の時は七十四だから、まだ圏内かもしれない。しかし、四十となるとどうだろう。八十まで生きることは大仕事であろう。ましてや四十五ともなれば、九十まで生き延びなくてはならぬ。現在の私にはもう掛ける二の計算は意味がなかった。

それにしても、さっきのあの夢のおしまいの所で、幽霊と見破られてすうっと消えて行った女性、――心当りがあるような、ないような、――彼女は一体誰だったのだろう。どうやらあれは、何処の誰というよりも、私の青春という幻そのものであるように思える。

十七

私は郵便を出したり煙草を買ったりしたその足で、ときどき近くのスーパーマーケットをのぞく。そして、別に買う気もない商品をあれこれ面白半分に見て歩く。手にとって眺めたりもする。そういうことが私は昔は嫌いだったはずなのだが。

ある日、そんなふうに店内をぶらついていて、私は棚の上になつかしい品物を見つけた。少くとも、ここ何年か忘れていたものに久しぶりにお目にかかったのである。（というのも、妻はそれをあまり買いたがらなかったからである。）

それは袋入りの味噌で、八丁味噌と言うものであった。赤いというよりは真っ黒なと言いたいような色合いの、練り固めた濃厚な味噌だ。

どうしてそれがなつかしいかと言うと、私は赤ん坊の頃からその味噌で育ったからである。早くからその味に慣らされたので、味噌と言えばああいう色をしたものと思っていたくらいであった。

岡崎藩の武士の家に生れて、——父の少年時代にもう生家は零落していたが、——岡崎の町で大きくなった私の父は、おなじ岡崎産のその味噌でなくては承知しなかったのである。で、戦争前には、小さな樽詰の八丁味噌が製造元から定期的に家に送られて来ていた。

そのレッテルには、極彩色の絵が刷り込んであり、私の記憶に間違いがなければ、矢作川にかかる大きな橋の上で蜂須賀小六という者が木下藤吉郎に土下座して平伏しているという珍妙な図柄であった。そして、古めかしい屋号の○か□とともに、なんのなに右衛門といったこれまた古めかしい味噌屋の主人の名前が記されてあった。矢作川は、父のふるさとの城下町を流れる川である。

大阪育ちの母は、この味噌を内心は敬遠したがっていたにちがいない(私の妻同様に)。ところが、父はこれが好きで好きで、晩酌にそのまま舐めるぐらいだったのである。……

そんなことを、私はまた思い出した。そして、その味噌を一と袋買って帰った。

なにも味噌のことばかりではない。このごろ私は年とともに、死んだ父親のことを考えるようになっている。それも以前みたいに、ただ息子として亡父の生前の姿を思い出すというだけではない。むしろ現在の私自身の生き方と引き較べて、父の完結した一生を思いやるようになってきたのである。早い話が、私は「おやじの一生というのもそれほど悪くはなかったな」と思うようになったのだ。

戦争が終って海軍大佐で復員した時、父は五十三かそこらだった。当時としても停年には間《ま》があったが、父は出来るものならさっさと隠居してしまいたかったにちがいない。世の中がひっくり返ってしまったのだから、仕方がない。陸に上がったネイビーなんていうものは無用の長物である。公職からは追放されるし、働き口はなし、売り食いぐらいしか生計の途はない。むしろこれさいわいである。

それで父は、しばらくは世間と絶縁して、ヤミのパイプ煙草を吹かしたり、古い横文字の本を読んだり、趣味の書きものをしたりして、結構悠々自適に日を送っていた。

だが、もともと貯えがあるわけでもなし、じきに苦しくなった。父がまるで生活のことを考えないので、母は陰でずいぶん苦労をした。文字通り泣いていたと思う。こないだまで奥様風を吹かして、女中を追い回したり御用聞きを叱りつけたりしていた母が、質屋がよいもすれば、内職もするまでになった。恥をしのんで下働きみたいな仕事に出たことさえあった。

いまでこそ主婦がパートタイマーでどこへ行こうが、こそこそと隠れることはない。ところが、当時はまだそうではなかった。明治生れの母には、労働の辛さなんかより世間の目のほうがずっとこたえたことだろう。

ところが、母がやつれた顔をして金策に走り回っていても、父は相変らず悠然として家にいたものだ。

「なんとかしてくださらないと……」

そう母が訴えても、知らん顔である。無いものは無いというのが父の返答である。そうして、母があまりうるさく言おうものなら、父はしまいには怒り出した。父の科白はふるっていた。

「おれに泥棒でもして来いって言うのか！」

しょうのないおやじだ、と私も子供ながらに呆れる思いがしていた。男が職がなく、一銭の収入もなければ、出来るのはたぶん乞食か泥棒ぐらいのものだ。だのに父は無精なのか不器用なのか、その泥棒も出来ぬという。

実際、母は父みたいに経済観念の欠如した人間には会ったことがないと言っていた。自分の所帯が火の車なのに、友人の危険な借金の保証人を引き受けようとしたり、いかがわしい人種の口車に乗せられて詐欺同様の目に会ったりもしていたのだから、なおさらだ。その尻ぬぐいは、いつも母の役目だった。

この私なら、そんなに家人にせっつかれれば、追い立てられるような気持でいやいやながら金策に出かけるかもしれない。けちな収入にでもありつくためには、誰彼に心にもない言葉を並べて頭を下げるかもしれない。泥棒とまでは行かずとも、さもしい根性を起してなにか破廉恥な手段にすがるかもしれない。そこまで切羽詰れば、しないという保証はない。第一、その状態に至るまでに、自分から先に音《ね》を上げるにちがいないのだ。あれを食いたいだの、これを買いたいだの。

しかし、父にはそういうことはなかった。死ぬまで、なかった。父は貧乏が平気だったのである。妻や子供らはそれによってまことに迷惑を蒙ったのだが、父としては、女子供などは問題ではなかったのだろう。

これこそ当節のマイホームの反対であった。すなわち、男は家庭があろうがなかろうが、己の一生に筋を通さなくてはならぬ。没落すべき時には断乎として没落しなくてはならぬ。一直線に、単純に、明快に。――そう父は考えていたのであろう。

息子の私が、父の一生を、いまごろになって「悪くもなかったな」と考えるのは、もちろん自分にはそんな生き方は出来そうもないからである。そして、むしろこう言いたくなる。――あれはあれでよかった。これを限りに亡ぶべき種族の一人として、おやじは最後の意地を張り通したのだろうから。

十八

その父が、それでもさすがに家にこもってもおれなくなり、知人の世話でやっとセールスマンみたいな仕事にありついて、東京へ通っていた時期があった。軍人上がりの口下手な父にセールスとは、よりにもよって不似合な取合せで、まず売上げはゼロにひとしかったろうと思うのだが。

むろん私は、父がそんなことをしている現場を一度でもこの目で見たわけではない。ただ、夏の炎天下や霙の降る寒中に、まだいたるところに焼跡があり崩れたビルがある戦後の東京の街を、父が地図や名刺の番地をたよりに歩いている光景が目に浮ぶだけだ。

元海軍大佐は、ほうぼうで玄関払いを食わされたり、相手に面会は出来ても体よく追い返されたりしていたにちがいない。この私も大学に入ってからは色々アルバイトをしたが、そういう思いはしたことがなかった。

その頃、父は仕事の途中、足を休めるためによく嫂《あによめ》の勤め先に立ち寄ったそうだ。復員した二番目の兄は彼女と職場で知り合って結婚してから、ずっと東京にいた。そして、自分は転々と職を変っていたが、なにぶんあのどさくさの時代のことでどこへ行っても永続きはしなかった。そんなこともあって嫂は共稼ぎをやめるわけには行かなかったのである。

「あのころ、おじいちゃんはしょっちゅうあたしの会社へ見えたわ」

ある時、お茶を飲みながら、彼女がなにかの拍子にそう言い出した。去年、私が久しぶりに兄をたずねて泊った晩のことであった。

「で、見えるとね、いつも近所の洋食屋へ連れて行って一緒にごはんを食べて、おじいちゃんはコーヒーが好きだったからコーヒーを飲んで、帰りがけには煙草も買ってあげて……そんなことが何度もあったわ」

私は正直言っておどろいた。それは一日歩き回るのが仕事の父のことだ。嫂の会社の近くを通りかかることも珍しくはなかったろう。だが彼女にそんな厄介までかけていたとは私は知らなかった。むろん母も知るまい。なにしろ三十年も昔の話だし、作り話の上手な嫂のことだから、大分脚色もあるだろうが。

「あたしだってあんまりふところは暖くなかったから、してあげたくてもあげられないこともあったわ。でも、顔を見るとなんだか可哀相になっちゃってねえ。あのおじいちゃんが、きょうはまだ朝からお汁粉一杯しか食べてないなんて言う、そんな日もあったのよ……」

下町育ちで、あけっぴろげで、ちょっぴりあねご肌で、太っ腹な——というのは女性向きの形容ではないかもしれぬが——所がある嫂は、性格にふさわしくすっかり肥えて、けらけらと大きな声でよく笑う。彼女の話しっぷりがそんなだから、私は救われたが、それでもいささかしゅんとせざるを得なかった。おふくろには内証で、息子の嫁のところにしげしげと顔を出していたなんて、おやじにはそんな一面もあったのか。あるいは娘がいないおやじは、そういう彼女といるとほっと息がつけたのかもしれない。

それにしても、母がちゃんと弁当を持たせなかったのか、父が持って行こうとしなかったのか、とぼしい小遣いでは煙草代とお茶代ぐらいしか出なかったのか。空きっ腹をかかえて、好きな煙草にも不自由して、一日歩きづめに歩いていた父のことを考えると、息子の私は嫂に恥かしかった。

しかし、一方では、思いがけずいい話を聞いたという気持もあった。嫂のことを、「いいところがあるなあ」とあらためて見直したくなった。そんな話を、話題の当人が死んで十何年も経ってから、少しも自分の手柄のようにではなく、茶飲み話のついでに話して聞かせた彼女の心づかいに、私はつくづくと感じ入ったのである。

その晩、これも実に十何年ぶりかで兄と蒲団を並べて寝た私は、寝入るまでのしばしの間、あれやこれやと父のことを思いめぐらした。また、夫婦というものについても考えた。死んだ一人の男のことをなにもかもわかったようなつもりでいて、まだまだ母も私も知らぬことがあるのだ。これまで私が考えたり書いたりしたことだって、あくまでも私の年相応の臆測や邪推にすぎず、本当のところは、私自身が父の年齢になってみなければわからぬことなのかもしれない。……

ごく最近になって、私は父が晩年住所録などに使っていた手帳のあるページに、漱石の『こゝろ』の先生の言葉が万年筆で丁寧に書き写してあるのを見つけた。こんな具合に。——

『かつては其の人の膝の前に跪《ひざまづ》いたといふ記憶が 今度は其の人の頭の上に足を載せさせようとするのです 私は〔未来の〕侮辱を受けないために 今の尊敬を斥《しりぞ》けたいと思ふのです 私は今より一層淋しい未来の私を我慢する代りに、淋しい今の私を我慢したいのです。自由と独立と己れとに充ちた現代に生れた我々は 其犠牲としてみんな此の淋しみを味はなくてはならないでせう』

父は七十過ぎてもういくらか頭がぼけており、目も悪かったから、語句が抜けていたり句読点がなかったり、必ずしも漱石の原文通りではなかった。しかし、なにかの機会に、思う所あってわざわざ本から写したのであったろう。明治に青春を送った大方の読者の例に洩れず、漱石は父が若い時分から最も愛読した作家であった。

こんな言葉を一字々々自分の手帳に写しながら、父はなにを考えていたのだろう。これをもってなにを言わんとしたのだろう。私は息子として、まるで自分が父の頭に土足をかけて父を辱しめたことがあったかのような、またその罪をあの世にいる父から暗黙に指さされているかのような、疚しさに似た胸苦しい気持をおぼえずにはいられなかった。

十九

父が生きていた頃のことを思い出したついでに、水団《すいとん》のことを書いておく気になった。いまどき水団だなんて！　と読者は言われるかもしれない。しかし、そういう読者もせいぜい私あたりから上の年配に限られよう。子供らにはもうなんのことだかわからない。お椀を前に一々、その故事来歴を説いて聞かせなくてはならない。それに、連中には、親たちがこんな食べもののことをいつまでも愛憎をこめて語るのが腑に落ちぬのである。

それはさておき、急に水団を持ち出したわけは、――実は、この冬のあいだ、私はずいぶん水団を食べたからである。朝食にいろいろと試みているうちに、朝はこれが一番だとわかった。暖まるし、こなれがいい。第一、当時の記憶に反して、すばらしくおいしいのだ。メリケン粉のまずい団子でかろうじて空きっ腹を満たしたというふうな、情ない思い出もどこかへ行ってしまったくらいである。

ただし、こういうものは味噌汁や雑煮と同じで、たぶんその地方その地方、その家その家の流儀があるにちがいない。参考までに記せば、私のところではこんなふうである。――

昆布と鰹節で出しをとる。これが決め手である。

鶏肉《かしわ》を入れると、また面白い味が出る。椎茸も入れなくてはつまらない。榎茸なんかもいいかもしれない。とにかく、水団には茸の類が合うようだ。

とりわけ、香りに三つ葉は欠かせない。

汁の味つけは、醤油と塩少々である。余計な調味料は入れぬことだ。

団子は強力粉と薄力粉と半々ぐらいがいい。

かくのごとく、あっさりと、手早くこしらえて、汁が濁らぬうちに頂戴するという寸法である。

日頃わけのわからぬ複雑怪奇な似而非《えせ》料理ばかり受けつけている舌には、物足りないといえば、これほど物足りない味もないだろう。事実、育ちざかりの子供らにはあまり評判がよくない。「また水団か……」などと彼等は言うのである。

しかし、私には実に実にぴったり来る。二日酔の朝などにはもってこいである。消化がいいから、早々に仕事にかかるにもいい。なんとオツな朝食であろうか。

私はもはや三十数年前の水団の詳細を思い出せないが、あの時分は配給の小麦粉も粗悪で喉が詰るようで、具も贅沢は言っていられなかったろう。大根でもじゃがいもでも人参でも、そこらにある野菜の切れっぱしはなんでも放り込んで、少しでもボリュームをと心がけたにちがいない。「また水団か……」というのは、少年だった私などの嘆きでもあったはずだが、それがいまはそうではない。

居ながらにして洋の東西の珍味が口に入るようになり、冷凍だのインスタントだの、人工のいかがわしい味に慣らされてみると、水団のような、こんなに単純で、しかも微妙な食いものがあったかと驚かされるのである。

私は、死んだ父がよく食卓で、馬鹿の一つ覚えみたいに言っていたことを思い出す。父はそれを仲間の軍人の誰かから体験談として聞かされたらしかったが、――戦地でだったか、捕虜収容所でだったか、――たまたま手に入ったニッポンの醬油を、みんなで一杯の白湯か水に、ほんの一滴ずつたらして飲み合った時、世の中にこんなに旨いものがあったのか、と一同感激に堪えなかったそうだ。……

もちろん、私とて、水団ばかり食べつづけているわけではない。ちゃんと米のめしも食えば、パンも食う。どころか、和洋混然たる無節操無軌道の食事を行なって、平然としているのである。私が水団を讃美しながら、一方ではいかにでたらめな飲食をしているか、某月某日朝の献立の一例を記せば、――

スーパーマーケットで買ってきたアメリカのオニオン・スープの罐詰を切って温める。イングリッシュ・マフィンとやら称するものを二つに割って、ソーセージと玉葱を刻んだものにマヨネーズをまぶしたのを挾んで、あぶって食う。これを一個半ぐらい。食後に、妻が近所の奥さんから貰ってきた手製のババロワをたべる。

食中食後を問わず、紅茶を何杯も、砂糖を入れないで、がぶがぶ飲む。

——ざっとこんな具合である。断わっておくが、こんなメニューを私が好いているのではない、自然にこんなことになるのだ。日本語と英語とフランス語と、味噌も糞も一緒とはこのことであろう。

こんなけったいなものをやみくもに飲食して、それで大して堪能するわけでもない。一杯の水団でからだの芯から暖まるほどの安堵感もなければ、みずみずしい自然の恩恵にあずかったという幸福感もない。自分の生活がなんだかカモノハシの形態さながらに、奇っ怪にして滑稽なものに思えてくるだけだ。

私はべつだん国粋主義者でも反国際主義者でもないが、「単純な生活」の筆者としては、さすがに反省せざるを得ない。こんなめちゃくちゃな食生活をしていて、単純も単純な生活もあったものではあるまい。

というのも、私は、——大それた願いかもしれないが、——この私の読物も、いわば読者の食膳に供する一杯の水団であってほしいとひそかに願うからである。

二十

朝からあんまりいい天気なので、机の前でじっとしてはいられない気分になった。やりかけの仕事を放り出して、昼前に外へとび出した。私のせいではない、お天気のせいだと考えることにする。

二百メートルばかり歩いて、海辺のドライブウエーに出る。すぐそこの歩道橋の下から、一時間に一本か二本通る鎌倉行のバスに乗るつもりである。目と鼻の先に、こんな便利な乗物があることを、私はつい二、三年前まで知らなかった。で、鎌倉へはいつも電車を何本も乗り換えるなり、遠回りするなりして行っていたのである。

このバスなら簡単だ。坐ったまま、しかもほとんど全行程右手に海を見ながら、いつのまにか目的地に着いている。もっとも、こんなことをするのはシーズンオフに限る。それも冬から春にかけて、この辺りの海がいちばん人気がなく、美しい時期に限るのである。

バスが来るまでの間、私は歩道橋の上から久しぶりに海を眺めた。

雲ひとつない空の下、沖合が一面にガラスの粉でも散り敷いたように光っている。もっと近いところは、うねりもなく、まっ平らで、磨き立てたみたいにぴかぴかしている。その上をどこまでも歩いて行けそうである。

真正面に、伊豆の大島のかたちがうっすらと見える。噴煙までは見えないが。そして、湾の西側からは、まだあらかた雪に蔽われた富士と、丹沢箱根の山塊がわっと押し寄せてくるみたいだ。

もうすっかり春——ということは、こんな景色を見なくてもわかる。私のように始終家の中にいる人間でも、うるんだような窓の明るみ一つで、それとわかる。海からの風の感触でわかる。かんと張りつめていた冬とは打って変って、このごろの空気はとろけたような甘い味がするから。

さて、バスに乗ったら、かならず海側の席にすわること、そうして、ただ海面にだけ目をやるようにして、大人しく運ばれて行くことである。——心に決めたかのごとく、私はいつもそうする。

たしかに、沖のほうばかり見て過ぎるのが無難である。陸地にはあまりに見たくないものが多いから。毒々しく塗り立てたモーテルだの、撮影所のセットみたいなドライブインの飲み屋だの、例の子供がよろこぶマクドナルドの売店だの。

私の子供時代の白砂青松のまぼろしは消えてしまった。どこもかしこもコンクリートだらけになってしまった。マイアミと姉妹都市だとかで、そんな愚にもつかぬ触れ込みで、海岸線をかさぶたのような醜悪な建物で埋め尽してしまった。

しかし、海は海で、相変らずちゃんとそこにある。そもそも何千年か何万年か昔には、この沿岸全体が海の底であったということだ。それならば、いつかまた何百年何千年の後に、どんな天変地異が起って、ふたたびこの一帯が水中に没してしまわぬとも限らない。モーテルも、ドライブインも、マクドナルドも。……

ある日、やはりそんな車中でのことだった。バスの窓枠に肘をのせ、その上に顎をのせて、日ざしに目を細めていたら、いきなり運転手にどやしつけられた。――

「窓から手を出しちゃ駄目じゃねえか！……手を持って行かれたって知らねえぞ！……」

運ちゃんがこちらを振り向きざま怒鳴ったから、誰に言っているのだろうと思った。と、他の乗客の視線が一斉に私の上にあつまったので、怒鳴られたのは自分だとわかった。

なるほど、うっかりしていた。ついさっきも、私の鼻先十センチか二十センチのところを、大きなトラックの荷台が猛烈なスピードでかすめて通ったばかりだ。肝心の手を持って行かれたのでは、この原稿も書けなくなってしまう。

私は衆人環視の中で子供みたいに叱られたことがきまり悪かったが、それほど悪い気はしなかった。血相を変えたあの怒り方からしても、相手が職務に忠実な人間であることはよくわかったから。五十年配の、気むずかしい顔をした運転手だったが。

江ノ島を過ぎ、腰越、七里ヶ浜、稲村ヶ崎、由比ヶ浜と海ぞいを走りつづけて、長谷の町並に入る。

長谷の少し先で降りて、あとはぶらぶら歩いて行くこともある。途中に大きな古本屋があるのも理由の一つである。別のある日、私はその店の棚の隅っこに、自分のまっさらの小説集が一冊、三百円という値段をつけられて、いかにもぞんざいに突っ込まれているのを見つけた。私はいささか胸痛む思いで、こっそり手にとってみた。新品同様なのに三百円か。なんだかそのままにしておくのは忍びない気がした。預けたわが子を引き取るみたいに、引き取って帰ろうかと思った。が、ふっと気が変った。自分で自分の本を買うのもつまらない。このままにしておけば、どこかの誰かが三百円出して読んでくれるかもしれない。そう考え直して、そのままにしてきた。

——そんなこともあった。

二十一

いま書いているこの日は、私は途中で降りるのも億劫で、まっすぐ終点まで乗って行った。駅前の広場で降りて、古本屋ではない大きな書店に入った。こないだから探している本があったから。しかし、目あての本はなかったので、黒田三郎という詩人の薄い詩集を一冊買った。この正月に、たしか咽喉の癌で死んだ戦中派の詩人であるが、私はまだ読んだことがなかった。その本をコートのポケットにねじ込んで、小町通りを八幡様のほうへ歩いて行った。この通りの両側には、女性週刊誌やなんかで紹介されて女の子たちの人気を集めているらしい飲食店、衣装店、小間物屋のたぐいがずらりと並んでいる。それらの店舗のちょっとばかりシックだったり民芸調だったりする飾りつけや雰囲気が、彼女らにはこたえられぬらしい。

らしい、というのは、私は女性週刊誌というものを注意して見たことがない上、その種の店屋——ブティックと言うべきか——にはなんの興味もないからである。

凝った洋菓子を食べさせるような喫茶店は、私にはしゃれすぎていて、くすぐったい。第一、若い女性たちでいっぱいで、入ろうにも坐る席がなさそうだ。それらしき連れもなしにウインドの装身具を覗いてみても張合いがなく、さりとて骨董とにらめっこする気にもなれない。どこへ行っても、私に必要なのは、さしあたって蕎麦屋である。天ぷらそばでも頼んで、待つあいだに、銚子を一本、寒い日ならばうんと熱いのを貰って二、三杯立てつづけにやる。それで、やっと人心地がつく。

だが、その日はいくらなんでもまだ昼下りだったから、赤い顔をして歩くのもどうかと思われた。それに、私は久しぶりに八幡様の境内の美術館をのぞいて見ようと思っていた。(なにをやっているのか知らずに出て来たが、どうやらポーランド現代版画ポスター展とかいうものをやっているらしい。）それから、その前に、これも久しぶりにマドラス（店の名）のカレーライスが食べたかった。

八幡様の三の鳥居からちょっと脇に入ったところにあるその店は、——これも例の女性週刊誌で紹介済みかもしれないが、——五、六人も客が入るともう満員という小さな店だが、私は気に入っていた。パパドという子供の顔ぐらいある大きな揚げ煎餅みたいなものが付くのも面白い。これがなんだか不思議な風味のもので、カレーと一緒にぱりぱり食うのである。あれは去年の夏だったか、やはり展覧会を見に妻と小学生の息子をつれて来た時、子供がこのパパドを不思議がり、珍しがり、後々までも食卓の話題にしていたこと！　どうせならあいつを連れて来てやればよかった。

この日も、カレーはうまかった。人ごみを歩き疲れて腹も減っていたし、もともと大食いの私としては少々お代りをしたいくらいだった。コーヒーを飲んで、煙草を一本吹かしてから、おもむろにマドラスを出た。

横着をして八幡様の横手の、垣根の破れたような個所から境内に入った。池のほとりの茶店は閑散としていた。年配の婦人客が三、四人、かたまって弁当を開いているばかり。

私としては、茶店の縁台で一杯やって昼寝でもしたら気持よかろうと思ったが、そのまま通り過ぎ、蓮池のふちに並んだベンチの一つに腰を下ろした。日は高いが、水面をわたってくる風はやはりまだ冷たい。

そこで、片手はコートのポケットに突っ込んだまま、もう片方の手でさっき買った詩集をぱらぱらとめくっていると、「紙風船」というのが目にとまった。――

落ちてきたら
今度は
もっと高く
もっともっと高く
何度でも
打ち上げよう
美しい
願いごとのように

「ほ、ほう……では、あれはＫＳ氏の詩だったのか……」

と私は思った。私はその詩を、中学生の息子の国語の教科書で見たことがあった。いつか試験の前の日に、おさらいの相手をさせられた時、それが出てきたのを思い出したのである。

けれども、そのあとがいけなかった。風に吹かれてページをめくっているうちに、別の詩の一節が不意打ちのように私をつかまえた。

とおいむかし
白々しいウソをついたことがある
愛するひとに
とおいむかし

私はページを閉じてしまった。そして、本を腹の上にのせたまま、両手をポケットに入れて、汚れた蓮の葉の上をわたってくる風に首をすくめていた。

そんなことを思い出すために、私はわざわざ鎌倉まで出て来たのではない。いつもの散歩の足を少しばかりのばして、というほどのつもりであった。

ところが、私は思い出したのだ、いやにはっきりと、なまなましく。その昔、まだ学生だった頃、自分が女友達とよくこの町を歩いたことを。とぼしい小遣いを分け合って、それでも楽しく飲んだり食べたりしたことを。それどころか、この八幡様の、まさしくこのベンチだったか隣のベンチだったかで、彼女と将来を語り合ったことがあったような気さえしてきたのである。

やがて、彼女との事には、終りが来た。白々しい嘘と知りつつ、私は彼女に嘘をついたのではなかった。しかし、結果として、私が彼女に言ったことはすべて白々しい嘘以外のなにものでもなかったということになるではないか。

なんの気なしに買い求めた一冊の詩集の、その中のたった四行の言葉のために、私はいきなり二十何年前の自分に連れ戻されて、ひどくしんみりしてしまった。

ようやく立ち上がって境内の砂利道を歩きながら、また、木立の中の美術館に入って版画やポスターの間を歩きながらも、まるで二十何年前の午後の空気を呼吸しているような、足が地から浮き上がったような、自分が誰にも見られない透明人間ででもあるかのような、非現実的な感覚につきまとわれた。

夕方、またバスに揺られて、薔薇色に染まった海辺を帰ってきたが、家に着くまでずっとそんなふうだった。

おかしな一日だった。

二十二

今年の春はどうも出だしが悪かった。

まず、まんなかの息子が高校の入学試験にふられた。その後始末でほうぼうへ電話をしたり、先生の訪問をうけたり、当方も学校へ出向いたり、知人に相談をしに行ったり、——右往左往しているうちに、すっかり生活の予定が狂ってしまった。およそ小説どころではなかった。そのあげく、延ばし延ばしにしていた用事で久しぶりに——去年の暮以来のことであったが——東京へ出たら、たちまち流行の風邪にやられてしまった。この一年ばかり、まわりで誰が風邪を引こうが自分だけは引かぬことを自慢にしていたくらいだから、これも私には番狂わせみたいなものであった。

とにかく、それでまた身体の調子がおかしくなり、とみに意気沮喪《そそう》してしまった。なんだか春に祟られたような具合であった。

新学期も始まったいま、やっと気分だけは落着いた。息子も、一時間半もかかる遠い学校ではあるが、元気にかよっている。まずはめでたいと言わなくてはならぬと思う。

それにしても、今度ぐらい父親として勉強させられたことはなかった。息子が三人いると、否応なしに学校のことが話題になるから、私も多少はその方面に通じているつもりだったが、まだまだ考えが甘かったようだ。まさかこれほどとは思わなかった。

いまの子供たちがいかほど苛酷な状況に置かれているか、そんなことは誰もが喋ったり書いたりしていることである。だが、それでもなおかつ自分の子が土壇場に追いつめられてみなければ、何ひとつ実感としてはわからないのである。

——ここまで書いてきて、私ははたとペンを止めて考え込んだ。こんなことはなるべく書きたくない、書かずに済ませられればそれに越したことはない。

第一、本人と親の恥を世間にさらすようなものではないか。志望した学校に入れぬのは、本人の努力が足りなかったか、親の見通しが甘すぎたかのどちらかだと言われれば、それまでだ。それにまた、余計なことを書けば、かならずや私が住むこの土地で敵を作ることになるだろう。それでも私自身は一向に平気であるが、子供はいつどこで仕返しをされないとも限らぬ。早い話が、親というものは、わが子への仕返しがこわさに、学校についても教師についても、叫びたいことの十分の一も言えずに我慢しているのだ。腹ふくるるどころか、はらわたが煮えくり返る思いをしているのだ。

書くべきか、書かざるべきか。

思案しているうちに、ある日、私は地方新聞の投書欄にこんな読者の文章をみつけた。「傷ついた少年の心」という見出しであった。その一節を写してみると、――

「新学期も始まっているのに、職場近くの公園に毎日、朝からブランコに座って考え込んでいる中学生風の男の子がいる。

気になるので『学校へ行かないのか』と聞いたら、全力投球で高校入試に努力したが、失敗していま浪人していると話す。そして家にいると、近所のおばさんが集まっては『あそこの子は頭がいい』『あの子は悪い』と受験を話題にして笑っているので、という。

ぼくはぼくなりに努力したが、家にいておばさんたちの話を聞くと、肩身が狭い。話題を変えてもらいたい、とうつむいて小さな声で話してくれた。……」

してみると、現にこうして中学浪人と呼ばれる子供たちがいるのだ。一つ間違えば、私の息子もこういうことになりかねなかったのだ。この気の毒な少年にくらべれば、息子などはまだまだ仕合せな部類なのだ。

他でもない、この記事を読んで、私はやはり今度のことを書いて置こうと考え直したのである。たとえ親の不見識をさらすことになろうと、子供が仕返しを受けようと、事実は事実として書くのでなければ、物書く人間の名がすたるというものであろう。

そこで、今回は「単純な生活」のいわば番外篇である。読者には作者と似た立場の父兄も多かろうと思い、あえて私の体験をありのままにお伝えして参考に供するのである。当然のことながら、以下の文章では私は実名こそ控えるが、すべて実在の学校、教師、父兄、生徒に関する事実の報告である。架空の場面は一つもないし、小説的潤色も一切加えない。

二十三

三月初め、県立高校の合格発表の日は、朝からびしょびしょと冷たい雨の降る日だった。合格者の名簿が貼り出される午前十時までに、息子は電車で見に行っていた。少し遅れてあとから家内も車でついて行った。

私が家で待っていると、十時すぎに家内が公衆電話で、駄目だったと言ってきた。彼女は、A高校の坂道を青い顔をして急ぎ足で降りてくる息子と出くわしたらしい。

私はあまりびっくりもしなかった。「やっぱり」と思うと同時に、なんだか腹が立った。落ちた息子に腹が立ったのである。「いい気味だ」とも思った。そこが女親とは少しばかり違うところだ。

現に、私はその前の晩にも息子に厭味たっぷりに言ってやったばかりだったから。——

「おまえはもうA高に入ったような顔をしてるけど、どうだかわかりゃしないぞ……おまえみたいな心がけで入れると思ったら、虫がよすぎるぞ……」

私は息子がもうすっかり合格したような気分で、いやに大きな口をきくので、一撃をくらわしてやる必要があると思い、大丈夫だと思いたがっているらしい家内にも、

「ま、半々だろう……すれすれで引っかかるかどうかといったところだろう……」

と他人事みたいに言っていたのである。そして当日は、

「駄目だったら、うろうろしてないですぐに帰って来い」

とも言っておいたのだ。

そんなわけで、むろんがっかりはしたけれども、かくべつ意外ではなかった。「あの馬鹿もんが」と思っただけだ。「いい薬だ」と。

息子が受けたA高は、世間で言うところのこの学区のトップ校で、前身の旧制中学時代には私のすぐ上の兄の母校、戦後は私自身の母校で、現在は長男が行っている。次男が自分もと気負い立つのも無理はなく、その気持は私にも痛いほどわかる。

それに、家からはこの高校がいちばん近いのである。ところが、私の頃にはクラスの仲間が何人も揃って仲よく進学できたA高も、いまでは少々のことでは入れないようになっているらしい。なにがなんでもA高へと、よその学区から越境してくる親子も多く、書類の上では引っ越してきたことにして、その実はマンションに子供を一人住まわせている金持の親もいるくらいである。

それでも息子が受けたいと言うから、私は受けさせたのである。だが、受からないものは受からない。油断したのか、「全力投球」が足りなかったのか、偏差値とやらがいけなかったのか、私は知らない。そいつは当人がゆっくり反省すべき事柄である。

ところで、待てど二人が帰って来ないので、私はだんだんいらいらしてきた。雨はますますひどくなる。風も出てきて、海辺は激しい吹き降りである。

あとで聞くと、悪いことは重なるもので、帰りみちで車がパンクしたのだという。そこで、ガソリンスタンドで直してもらう間、近くのレストランに入って食事をしていたという。家内は落ちた息子をあわれに思ったのか、この時ばかりは「なんでも好きなものを食べなさい」と言ったら、息子のほうでもこの時とばかり一番高いものを注文したそうだ。いい気なものだ。

そうして、帰ってくるなり、大して悪びれもせずに「駄目だったよ」などといやにあっさり言うので、私は拍子抜けすると同時に、内心ほっとした。

だが、安閑としてはいられなかった。息子はいわゆる滑りどめというやつを受けていなかったからである。担任の教師がぜひとも滑りどめに隣町の私立高校を受けよと言うのを、あくまでねばって受けずにしまったからである。

学校側からすれば、これも「いい気味」であったにちがいない。事実、家内と息子は、A高を落ちたこの日の午後学校へ報告に行って、「ちゃんと言うことを聞いて滑りどめを受けておかぬからこういうことになる」と説教されてきた。金を出すのがいやなのかという口ぶりでもあったという。

むろん、それはそうだ。私のところにはそんな捨てるような金は一銭もない。このことははっきり書いておく必要がある。私は日頃から私立学校が親の弱味につけ込んで、入学金その他を多額に只取りする商法を快く思っていない。滑りどめを口実に受験を強要された親たちの全部が全部、それらの金額をよろこんで捨てているわけでもあるまい。苦しい金策の末にやっと工面している父兄だって少くないだろう。

両人が帰ってきて言うには、息子は担任の前で無理やり私立高校の二次募集の願書を書かされた。また、その願書を出しさえすれば、たとえ答案を白紙で出しても入れてもらえるように学校同士で話がつけてある。その約束を反古にしてもらっては困る、とのことである。

人を馬鹿にした話があるものだ。まるで、当人の意思よりも学校間の取引のほうが大事みたいな話だ。私は憤然として、息子に、

「おまえ、ほんとうにそこへ行きたいのか？」

とただすと、

「いやだよ……行きたくないよ……だけど、行くとこがなきゃしょうがないじゃないか……」

と不貞くされて言う。

そりゃそうだろうと私も思った。まだ多少ともプライドが残っているんなら、そんな話は断わるのが当り前だ。私にしたって、どこであれそんな横着な入り方はさせたくない。

なるほど、話には聞いていたけれど、ひどすぎる。これがいまの中学のやり方なのだ。偏差値とやらで、おまえはA高、おまえはB高、おまえはC高と、まるで製品の等級でもつけるみたいに機械的に仕分けをする。それぞれのグループでも滑りどめの要る子と要らない子とがある。また、何々高を落ちた子の収容先は何々学園と、引取り先の私立もちゃんと決っている。例外はあり得ない、あらしめてもならない。

高校のみか、おそらくは彼等の大学も、就職先も、いや、一生の進路がそんなふうにしてコンピューターで決って行くのであろう。だが、もしそうならば、誰が生きるための努力などするだろうか。誰が全力投球して、持てるだけの力を出してみようなどと考えるだろうか。ましてや、精一杯やった子供とその親に、ただ嘲笑と侮蔑しか返って来ないというのならば、である。

大方の異論はあるかもしれないが、私はそんなのはごめんこうむると言うしかない。息子にもそんなところで大人しく引き下がってほしくない。

私は県下のいくつかの公立高校が欠員を出して二次募集をするということを知人から教えら

れ、そのチャンスにいま一度、息子を挑戦させたいと思った。だが、浪人を出すことを極度に恐れる中学側は、一日も早く各クラスの全員を安全な方法で片づけてしまいたいと思っているようで、絶対に願書は出させぬと言う。

一枚の願書をめぐっての、学校側との思い返すだに不愉快なやりとりのあれこれを、私はここには書かない。ただ、連中を承服させるのに私はへとへとになったとだけ言っておく。

二十四

その晩も、私は例によって例のごとく晩酌をした。雨が降ろうが槍が降ろうが、私は飲む。べつに人死にがあったわけでもないのだから、酒を慎むことはなかろうというのが私の考えである。

家内のほうは、息子が受かったら型通り赤飯を炊くつもりで、ちゃんと用意をしていたらしい。それで、「せっかくだから、やっぱり炊いちゃおう」と言って炊いてしまった。どういう意味か、よくわからない。

なんだかやけくそ気味の空気が食卓にもただよっている。酒もやはりふだんの酒とは大分違った趣で、あえて言えば通夜のごとき味わいである。おまけに外は陰気な雨ときている。そうして、一と晩じゅう、A高を落ちた話ばかりすることになりそうだ。

私は特例として、息子にも少々酒を注いでやった。どうやら私に似て酒好きのようで、――小学生時分に盗み酒をしたこともあるくらいで、――こういう際だから飲ませればいくらでも飲みそうな気配だが、もちろん中学生にそうは飲ませない。

注いでやると、「あ、どうも」などと言いながら、一と息に飲んでしまうから、「酒はもっとゆっくり飲むもんだ」と教えてやる。

そのうちにこちらはだんだんあやしげな状態になってきて、

「……A高落ちたぐらいがなんだ……くよくよするなって……長い人生、これから先、何度だってこういう目に会うんだからな……大学だって就職だって……ま、おまえの場合はちょっと早すぎたけどな……」

そんな偉そうなことを、慰めるような、叱るような、煽るような調子で言って聞かせたが、どうもわれながら迫力を欠く感じであった。

それもそのはずだ。口ではそう言いながら、きょうのきょうまで、私は息子が落ちた場合のことを真剣には考えていなかったのだ。ビリでもなんでもいい、うまい具合に引っかかってくれれば助かると、やはりそんな虫のいいことを思っていたのだ。ましてや、よその落ちた子のことを親身になって考えたことなどはなかったのだ。その子の親の気持にもなったことがなかったのだ。

もしも息子が首尾よくA高に入っていたら、私はさっきのあのブランコに乗る少年の新聞記事にも目をとめなかったかもしれない。それを思えば、今度のことでいちばん教えられたのはこの私で、息子はいい親孝行をしてくれたことになるのかもしれない。

とにかく、その晩は、息子も酔っぱらったつもりか、よく喋りもしたし、よく笑いもした。結構元気そうに見えた。だが、自分の部屋で一人きりになれば、やはりふさぎ込んで頭を抱えていたにちがいないと思う。

息子の話では、合格発表の瞬間から、受かった連中は全員彼に言葉をかけるどころか、一斉に背を向けたということである。息子が好きだったらしい、仲よくA高に入ることを誓い合っていた女の子までが、すれ違いざまに顔をそむけるようにして行ったという。

そうして、その直後、息子はA高の坂道を一人で降りてきて、家内とぶつかったというわけであろう。

その話は、さすがにこの私にもこたえた。そういう生徒ばかりをあつめて、なにがトップ校だろうと思った。私は自分の子供が入れなかったから負け惜しみで言うのではない。かつての自分の母校のために惜しむだけである。

しかし、これも考えてみれば、その子らが悪いのではない。子供たちを憎むには当らない。

彼等もまた犠牲者なのだから。大人たちの犠牲者なのだから。

さて、合格発表から四日後が中学の卒業式だった。

ちなみに、私立の二次募集の試験日も同じ日であった。ということは、県立を落ちてから私立を受けに行く子は、卒業式に出られないのである。これもまたなんという思いやりのない大人どものやり方だろう。それとも卒業式に出たければ、ちゃんと滑りどめを受けておけということか。さっさと金を払い込んでおけということか。

あしたは卒業式という前の日、私は家内と息子の中学へ出向いて、校長室で最後の談判の末、私立への権利は放棄する、万一の場合は親が全責任を持つという条件で、やっと県立の二次募集の願書をとりつけた。そして、帰ってきて、「おい、あした卒業式に出られるぞ」と言った時、息子がどんなに喜んだことか。

当日の朝、息子の出がけに私は言って聞かせた。——

「大きな顔をして行って来い！　式の時、呼ばれたら堂々と返事をして出て行け！　誰になにを言われても平気な顔をしていろ！」

まだ行くべき学校も決っていない、ひょっとすると浪人する破目になるかもしれないわが子を卒業式に出席させれば、口さがない母親たちへの恰好の見せものになりそうだとは十分わかっていた。だから、私はそう教えたのだ。

少々おっちょこちょいな所がある息子は、実際その通りにやったらしい。卒業証書を貰う時には、ひときわ大きな返事をして立って行ったらしい。

しかし、案の定、いやな目にも会って帰ってきた。

よその知らない母親と母親が、すぐ目の前で、「利口そうな顔してるのにねえ……」などと話しているのが聞えたそうである。

それから、これはA高に入った女生徒の母親だが、精一杯着飾った婦人が、息子が友達と一緒にいる所へわざわざ近寄ってきて、「××君おめでとう！」と言うのにつづけて、「阿部君もおめでとう！」と皮肉たっぷりに言ったという。そこで、息子が、「ぼくはまだおめでとうじゃありませんよ」と言い返すと、「じゃ、御卒業おめでとう！」と言い直したそうである。

自分の息子や娘さえトップ校に入れればいいという母親たちが、得意満面に校内を練り歩いて嬌態をふりまいている、はなやかで、一見のどかな卒業式の光景を私は想像することができる。それが教育熱心なと言われるこの土地にもっともふさわしい光景かもしれない。あるいは、いまの日本の社会を最もよく象徴する光景かもしれない。

だが、いやな話ばかり並べては片手落ちというものである。

その日、息子を自宅に呼んでレコードを聞かせたり、参考書をゆずってくれたりした子もいたことを、忘れずに記しておかなくてはならない。また、あしたはいよいよ二次募集の試験という晩に、「がんばれよ」という電話をかけてきた子もいた。ただし、彼等はみなA高に行った子ではなかった。

A高を落ちて三年間の見かけの友情に失望した代りに、本当の友情がなんであるかを知ったとすれば、それにまさる人生の勉強はないだろう。子供は、いまどきの親や教師が家庭や教室では教えようともしない――彼等には教える資格もないのだが――ことを、やはり友達を通じて学ぶ他はないのである。今度は、親がそれを子供から学び直す番ではないか。

息子は、A高を落ちてから十日間、他の子が羽根をのばして遊び回っている間も、家にこもって勉強していた。ときには口惜しいのか、私や家内の前でも手ばなしで泣いたりした。そうして、もう一度試験を受けて、どうにかB高に入った。

B高はここから電車で一時間半もかかる。かようのが大変のようだが、それも当人の身から出たことで同情には値しまい。私は息子には「電車の中でA高の連中と一緒になっても、こそこそと逃げたり顔をかくしたりするんじゃないぞ」と言ってある。

家内が言うには、息子は今度のことで「人生を感じた……」などと言っているらしい。なるほど、そんな矛盾や悲哀をおぼえたとしても無理からぬことだとは思う。

しかし、私は、息子にも、あのブランコに乗る少年にも言ってやりたいのである。――そんなものが人生なものかね、人生っていうのはもっともっといいものだよ、と。

二十五

先月は番外篇と称して、中学生の息子の高校進学のごたごたを報告したが、今度はそのごたごたの反動でとでもいうように、父親の私が——作者の「私」がと言うべきかもしれないが——外国旅行で十日余り家を留守にした。

その間に、拙宅ではまたなにやかやとあったようであるが、私としてはそんなことは書かずに済ませられるのがありがたい。旅先での見聞でも綴るほうがよほど気楽だし、その点は読者のほうも御同様だろうから。

外国旅行といえば、このごろは誰もがそれをする。お年寄から小学生まで、私のまわりにも外国経験者はいくらでもいる。ところが、私はこの年まで日本の外へ一歩も出たことがなかった。別に主義主張で行かなかったのではない、なんとなく行きそびれてしまっただけである。で、数人集って話をしていると、外国を知らないのは私だけ、ということも多くなった。しかし、だから自分も行かなくてはと思ったことは一度もない。今度フランス見物に行く気になったのも、そんなことが動機ではなかった。

動機や目的というようなものはなんにもなかったと言ってもいい。近所の旅行好きの奥さんに、「こんなツアーがあるけど?……」とパンフレットを見せられて、ふっとその気になったまでであった。そのコースが、パリはほとんど素通りしてフランスの田舎ばかり見て歩くというのも私の気に入った。

『にんじん』や『博物誌』のルナールの愛読者である私は、以前からフランスの田園にはあこがれを抱いていたから。猫も杓子も買物にむらがるパリにはあまり興味がなかったから。それに、二十何年前に学校で習ったきり、たまに酔っぱらってあやしげなシャンソンをうたう時以外は使ったことがない自分のフランス語を、このさい現地で試してみるのも面白かろうと思ったからである。

だが、正直なところ、私の年齢で初めての外国旅行というのは、やはり中途半端で、面倒なものである。いろいろと仕事の約束はあるし、——たとえばこの原稿だ!——身辺の雑事にも縛られていて、若い人みたいに向う見ずに飛び出しては行かれない。かといって、子供を育て上げた老夫婦のように仲よく外国見物で余生を楽しむといった心境にも境遇にも程遠い。

考えていると、だんだん億劫になってきたが、費用も払い込んでしまったことだし、いまさら取消すというのも大げさだから、とにかく出かけることにした。

しかし、いざ実行してみると、往きと帰りでは大違いで、私はそんな短い旅行でも結構フランスかぶれして戻ってきたのである。なにしろ、私自身いちばん好きなこの五月という季節に、五月が最も美しいと言われるフランスの田舎をこの目で見て、おまけに無事に帰宅したのであるから、現在の気分は二重にさわやかで、申し分ない。

たとえほんのしばらくの間にせよ、せせこましい日本の現実から脱出できたことも、私には救いだった。つまらぬ事でいがみ合い、神経を磨り減らし合っている自分たちの生活がつくづく阿呆らしく、この国の馬車馬のごときマスコミを相手に、年がら年じゅう時間に追われて原稿ばかり書いているおのれの生活も馬鹿らしく、ついでに、これまでにそうやって書き散らした自分の文章もことごとくつまらなく、……

いや、私にかぎらず、また、なにもフランスの田舎まで行かなくても、シベリヤのツンドラの上を十時間も飛んでいるだけで、誰しもそんな心境になるのにちがいない。仕事からも、家庭からも、はては自分自身からも解放されて、いわば無色透明、変幻自在の気体のようなものと化するのにちがいない。

もちろん、旅行中は私はなにも読まず、なにも書かなかった。持って行った日本語の本は明けてみる気にもならず、読むといえば地図か、道路標識の地名か、街の看板か、レストランのメニューかで、それらはむろん日本語ではない。

書いたものは、手帳のメモと、日本にいる友人知人にあてた何枚かの絵葉書だけである。これは約束だったから、向うに着くと早々に、小学生の末の息子にエッフェル塔の夜景の絵葉書を出してやった。――

ゆうべ、二十九日の夜十一時すぎやっとホテルに落ちつきました。(日本の三十日の朝)洗濯物はなんでも三時間で乾く。パリにも「マクドナルド」があるよ。けさは五時に起きた。午前中は地下鉄で一人で歩くつもり。午後からバスで田舎へ出発する。こちらはなにも心配はいらない。猫の世話をすること。みんなによろしく。

ま、そんなことを書いて、ノートルダムの近くのポストにほうり込んだのである。私は外国からの通信はいつもいつも受取る側ばかりだったから、――それに家人にあてて文章を書くなどということもしたことがないから、――なんだかくすぐったく、お芝居でもしているような感じであった。

いまにして思えば、家にいる連中は――猫も含めて――私といううるさい者がいなくなってせいせいし、この時とばかり思い切り羽根を伸ばしていたにちがいないのだから、そんな彼等に向って「心配はいらない」だの「よろしく」だの言ってやることはなく、まったくむだなことをしたものである。

反対に、私が行ったかとおもうとじきに帰ってきて、また例のごとく気むずかしい顔をして家の中を睥睨《へいげい》している、というのはお気の毒様と言う他はない。

だが、気の毒と言うなら、いちばん気の毒なのは、やはりこの私だ。読むこと書くことを忘れ、風のように自由を享受したのも束の間、またぞろ因果な習性に立ちもどって、こうして原稿用紙の桝目を埋めているのだから。

二十六

ところで、あの国では、日本の一・五倍の土地に、日本の半数以下の人間が、男も女も誰に気がねもなく、思い思いのよそおいをこらし、とりどりの色で町並や家屋を彩り、美味求真にふけり、都会でも走ったり人を押しのけたりすることはなく、田舎では花に囲まれて、犬や猫、牛や馬や羊たちと、ゆったりのんびり暮している、……と、こう書いても、いまさらどうなるというものではない。

われわれの国は人間が多すぎること、人も動物も狭い国土にひしめき合い、一寸の土地も奪い合って暮していることを、あらためて嘆いてみてもはじまらない。

しかし、私は日本人だから、どこへ行ってもやはり日本語で日本と日本人のことを考えてしまう。かわいそうな日本と日本人のことを、つまり、自分自身のこと、また、妻や子供たちのこと、ひいては、不特定多数の同胞のことを。

もちろん、私はフランスのほうぼうで美しい風景や、保存の行届いた名所旧蹟に一と通りは魅了され、感服し、またとない息抜きができたことを誰にともなく感謝したい気持にはなった。およそ出不精な自分がこうやってお上《のぼ》りさん然と出かけてくる気になったことを、褒めてやりたいような気もした。

が、一方では、私などが見るよりも、日本の子供たちにこそ見せてやりたいとも思ったのである。ジャンヌ・ダルクのルーアンの町だの、ペローの眠りの森の美女の舞台になったユッセのお城だの、ドーデの風車小屋だの。

いや、なにもそんな有名なものでなくってもいい。向うの小学生たちが、リヨンのような大きな街でも、夕方あちこちの広場で、小さい子も大きい子も、男の子も女の子も一緒になって、どんなに嬉々として遊び回っているか。

サッカーボールがどこかの店にとび込むと、少年たちはあわてて逃げ隠れるが、いつのまにかまたボールを返してもらって蹴り合っている。その合間を縫って、一年生ぐらいの男の子がこれはまたフルスピードでめちゃめちゃに自転車を走らせる。大人の車は、遊び狂っている子供たちを慎重によけて通るか、彼等のほうで道を明けるまで待っている。むやみにクラクションを鳴らしたりはしない。

また、田舎のあまり観光客が立寄らない、くずれかけたお城——どこへ行っても、お城、お城、である！——のほとりで、土地の中学生らしい恋人同士が何組も、いかにおおっぴらに、楽しそうに、だがしめやかに、手をつないだりほどいたり、花を摘んだり崖を滑り降りたりしてデートしているか。（そんなお城の中で私が何時間か過すことができたのは、幸運にもその町へ入ったとたんに、観光バスがパンクしたからであった。）

彼等が登校拒否をしたり、シンナーを吸ったり、万引をしたりするとは思われない。ましてや、年端《としは》も行かぬのに人生に見切りをつけてむざむざ自分の命を断ったりするなどは。

もっとも、私は南仏アヴィニョンの名所、法王庁のそばでは、幼児から小学生ぐらいの四、五人の女の子の一団が、堂々と煙草の回し呑みをしているのを目撃して、ぎょっとさせられた。とすると、かの国にもやはりツッパリだのスケバンだのいうものがいるのかもしれないが。

しかし、それでも私は、この国では子供たちがいかにも大事にされているという印象を抱かざるを得なかった。そうして、そのことにひどく感動させられた。

子供は人類の宝だ、とそんなことは分別のある大人なら誰でも言う。子供たちに夢と希望を、だの、子供たちなしにはわれわれの未来もない、だのと。だが、子供を大事にするということは実に実にむずかしいことなのだ。そして、文明とは、まさにその一事だと言ってもいいくらいである。……

いくら美しいからといって、どこでもかしこでも文字通り絵のような風景の前に立たされ、お城や教会を立てつづけに見学させられれば、飽きるに決っている。二千年前のローマ人の遺蹟がどうのと言われても、なるほど大したものだとは思うが、そんなものがおれとなんの関係があると、こう思ってしまえばそれまでだ。

実際、私は景色や建造物にはじきに飽きてしまった。見て飽きないのは、やっぱり人間の生活、それもつましい庶民の暮しである。私は観光ルートではつぎつぎと黙殺されて行く、うらさびれた田舎町のたたずまいや、通りすがりの主婦の表情や、遊んでいる子供たちの姿態をつとめて脳裡に焼きつけようとした。そして、他の何よりもまず私に印象的だったのが、子供たちの明るく屈託のない表情であった。

それほど、私という旅行者は、子供たちの顔が暗い国から来たのである。子供たちのため、彼等の将来のためと称しながら、日々彼等をしいたげ、追いつめ、時には死に追いやるほどにも大人どもの身勝手な制度がまかり通っている、野蛮な国から来たのである。

しかも、フランスの少年少女たちには、ニッポンのホンダやヤマハのオートバイが垂涎の的で、連中はニッポンという国のことはろくすっぽ知らなくても、ホンダやヤマハの名前だけはよく知っているらしいのである。

どちらの国の子供のほうが仕合せだろうか。

二十七

私はまた、日本の母親たちには、フランスの田舎の女性たちがいかに質素か、質素でしかもなおいかにおしゃれ上手かということを見せてやりたいと思った。

というのも、訪ねる町々、村々で行き合う女性たち——老女から小娘に至るまで——の身なりをそれとなく観察しているうちに、男の私ですらこんなことを感じ出したから。

「……日本の女性たちのほうがよほど上等なものを着ているんじゃないのか？……ひょっとすると、パリの、いや、パリとまで行かなくとも銀座のどこそこのものでなくっちゃ、などと見栄を張り合って贅沢を競っているのは、日本のマダムやマドモアゼルばかりじゃないのか？……」

私は服飾のことはよくわからないし、パリとパリ以外の土地とをいっしょくたにしてはいけないのかもしれない。田舎の女性たちの恰好は、パリジェンヌに較べれば、やはりどこか田舎臭く、泥くさく、野暮ったいのかもしれない。そこまでは日本人の私には確言しかねる。

しかし、私は、これまたどこへ行っても、彼女たちの普段着の配色の心にくいこと、着こなしのあくまでもさりげないことに、いちいち振り返ってみたくなるほど目を吸い寄せられた。と同時に、その材質がセーターでもスカートでも、案外お粗末らしいものが多いことにおどろいたのである。

ロワール河畔のお城めぐりの足場になる、パリから二百キロ以上離れたトゥールという中都市、——その新市街は田舎とはいえなかなかに近代的であったが、——その目抜き通りで、土地の娘らしいのが二人、ある高級店のウインドーに飾ってあるドレスに、「Oh ! parisien !（あら、パリのだわ！）……」というふうなことを言って駈け寄り、食い入るように見とれる場面にも出会った。

パリ・モードは彼女たちにとっても、きっと手の届かない夢なのだ、と私は勝手に想像して、微笑ましい気がした。現に二人が着ているものだって、そこらのスーパーマーケットかバーゲンセールで買ったものかもしれない、などと失敬な想像もした。だが、仮にそれがどこにでもある安物だとしても、それを選んで身につけている彼女たちの色彩感覚、配合と調和の妙はやはり水ぎわだっていると言う他はないのである。

あるいは、利口なフランス人たちは、自分らは質素なもので足れりとし、贅沢な代物はもっぱら馬鹿な外国人観光客に売りつける方針なのかもしれない。

今度の団体の中には、一人、実に愉快な婆さんがいた。いや、婆さんなどと言っては悪いだろう。彼女は七十いくつの現役の女医で、ヴォランタリーでアフリカに行ったこともあるという旅行のベテランであった。

その彼女が、街を歩きながら、倅《せがれ》をさとすみたいに私に言ったものである。——「あなた、買物をする連中といっしょに旅行するぐらい腹の立つことはないですよ……今回はそういうのがいないようだからいいけど。（そして、ウインドーのなにやかやを指して、憎々しげに）こんなもの！　いくら日本人が着たって似合やしませんよ。だいたい、おっそろしく高いですよ。……あたしはね、こういうものは外国では買わないんです。買いたければ、東京で、人から貰った商品券で買います……」

この意地悪婆さんは、ホテルやレストランでもボーイを呼ぶのに「ギャルソン！」などとは言わない、「よう、兄《あん》ちゃん！」と言うのであった。私などはびっくりしたが、なるほど日本語なら兄ちゃんにちがいなかった。

おまけに、彼女は一行の中では若手の私のことも兄ちゃんと見たらしく、私はずいぶん彼女の荷物持ちをさせられてしまった。そのお礼か、帰りがけにワインを一本くれたが。

ところで、もう一つ、少々意外だったのは、——というより、私が勝手な思い込みをしていたにすぎないのだが、——彼等の犬好きなこと、また、猫をあまり見かけなかったことである。

スペインとの国境に近いルルドへ行く汽車の中では、私は巨大なと言ってもいいセントバーナード（だろう）が、人間で言えば大の字になって通路をふさいでいるのにぶつかった。もっとも、その車輛はがら空きで、他には人間様が一人だけ、当の犬の主人さえどこへ行ったのか見当らなかった。

私があらためて感心させられたのは、それほどの犬好きではあっても、彼等の犬の叱り方のものすごいことだ。町を歩いていて、すぐそばで大きな音がしたのでびっくりして振り向いたら、連れている犬がなにか悪いことをしたらしく、飼主の中年女性が手に持った本で思い切り犬の尻をひっぱたいたのである。

それから、これは中年の男が、やはり自分の犬を叱るのに、前肢二本をつかんで目の前に引き据え、なにごとか猛烈な剣幕でお説教しているのにも出くわした。犬のほうも、多少はフランス語を解すると見えて、神妙に拝聴しているようであったが。

公園で犬を走らせていた若い娘が、巡査に見とがめられて、鎖をつけるように言われているところも見た。犬が石畳のどまんなかに小便をしたのである。しかし、誰も犬を散歩させるのに日本みたいにシャベルなど持って歩いてはいない。持っているとすれば、ちり紙である。糞を埋めようにも、町にはむきだしの地面がないのだからこれは当り前だ。

二十八

さて、猫であるが、――私としては、是非ともフランスの猫にお目にかかりたいものとずいぶん注意していたが、なかなかめぐり会えない。一度、北部のセルフサービスのレストランで、真っ黒な猫が足もとに近よってきたのを撫でてみたが、これは灰だらけの汚ない猫だった。そうして、つぎに南仏で同族を見かけるまでには、不思議なほど時間がかかるのである。

それで、ある日、――ブルターニュの港町でのことだったが、――猫をあしらった土産物を買ったついでに、店のマダムにわが初級フランス語で、

「このあたりには猫が沢山いますか?」

と訊いてみた。彼女は首をかしげて考えていたが、どうもそうではない、というより、そんな質問自体にとまどった風で、今度は怪訝そうに、

「ニホンには猫が沢山いるんですか?」

と逆に訊かれてしまった。

「ウイ」

と私は確信をもって答えた。少くとも、日本には野良猫はまだまだいる。

「私の家には三匹います」

と言うと、なんだかひどく感心したような、また腑に落ちぬような表情で、ゆっくり肯くのみであった。ひょっとすると、彼女は大の猫嫌いであったのかもしれない。面白かったのは、彼女はJaponと言わず、Niphonと言ったことで、この単語を聞いたのは旅行中あとにも先にもこの時一回きりであった。

やがて、私はニームだのアヴィニョンだの、南のほうへ来てから、れっきとしたフランス産らしい猫を見たのである。一匹は道ばたで小さな男の子が連れているのを、もう一匹は町角で若い細君らしいのが抱いて行くのに出会った。

二匹とも似たような柄で、つまり、日本なら黒と灰色の縞模様の、いわゆるキジ猫のタイプなのであるが、それらとも明らかに違って、もっと淡い、うるんだようなだんだら縞で、ともかく私は初めて見るおかしな猫であった。

おまけに、二匹とも首に紐をつけてあった。紐をつけて連れ歩くのが普通なのか、紐をつけるほど貴重な猫なのかは、知らない。しかし、かくも戸外で彼等を見かけること稀なのは、やはり猫たちも家族同様に室内で大事に大事に飼われているからなのかもしれない。

フランスの猫——という私の思い込みは、実は、フランスほど猫を大事にする国はなく、フランス人以上に猫を献身的に愛してきた国民はいないということを、物の本で読んだことがあるからである。そういえば、あのペローも童話の『長靴をはいた猫』を書いたし、品よく清潔で、身づくろいがきちんとしていて、育児の上手な猫は、子供たちのよいお手本であり、かつての猫は、慎重と倹約と秩序という中産階級の美徳のシンボルでもあった、というふうなことも書いてあった。

してみると、やはり時代は変ったのかもしれない。少くとも猫に関しては、私はいくぶん期待外れの思いで帰ってきた。

もっとも、私があの国で人間と動物とのつき合い方にも心を惹かれたのは、他でもない、犬や猫に対してだってあんな風なのだから、親たちが自分の子供に対しては、それ以上に情愛こまやかで、かつ躾に厳しいのは至極当然だろうという気がしたからであった。

ところで、私の今回の文章は旅行記ではないから、たびたび話の順序があとさきになるが、さっきも述べたように、トゥールからは汽車でボルドーを経て、荒涼たる中にもエニシダの咲きみだれるランドの砂丘地帯をルルドまで南下したのである。そうして、いよいよルルドに近づき、オルテーズとかポーとかいう地名を耳にした時、私の唇には一つのなつかしい名前が浮んだ。

フランシス・ジャム!

少女ベルナデットの奇蹟を伝える聖地ルルドでは、私は世界各国からの巡礼の大光景、すなわち車椅子の大行進を見て、異様な気分におそわれた。また、そういう土地柄だからというのか、私が泊ったホテルの部屋のドアの上にも十字架が打ちつけてあった。

だが、無信仰の私は、そのような宗教的な舞台装置よりも、おなじルルドの町角で、ふと写真のフランシス・ジャムによく似た鬚面《ひげづら》の男を見かけた偶然のほうに心を動かされたくらいである。もちろん、ジャムだって中年に至ってカトリックに改宗した敬虔な詩人で、信仰なき私などが云々するのはおよそお門違いかもしれないが。

ただ、私は「単純な生活」という言葉が、彼の口から八十年も前に発せられ、紙の上に記されていたことに思い当ったのである。たしかに、

おお　神さま　どうか私が
出来るだけ単純な生活《くらし》を続けるやうになさつて下さい。

とジャムは書いてはいなかったろうか。

神様なしに単純な生活があり得るかどうか、あるとすればそれはどういう生活か、私にはわからない。しかし、私は私で、単純な生活を欲している。それが大それたことだというなら、せめても単純な生活を夢みている。

私がなにゆえフランスという国に、とりわけその田舎の人々の生活に惹きつけられるのか、その答もきっとその辺に隠されているのかもしれない。

二十九

また夏が来た……

ついこないだまで、海に向いた窓辺で日光をむさぼりながら読んだり書いたりしていた私も、このごろは奥の畳の部屋にしりぞいて、もっぱら太陽を避けている。冬の間、あんなに恋い焦れていたお日様に申訳ないようだが、なにしろ日ざしがきつくてかなわない。ことに西日がひどい。いずれ近く、簾か葭簀《よしず》を吊らなくてはならないと思っている。

葭簀といえば、私は去年は、よく氷屋などで立てかけて、また海の家ではずらりと張りめぐらして用いている大きなやつを一枚、隣町の荒物屋の店先で見つけて買ってきた。(これは案外簡単に手に入りにくいものである。)そうして、これを西側の窓いっぱいに垂らしておいた。見かけは悪いが、まことに涼しかった。

ことしもあれで行こう。なんのことはない、私がいま住んでいる海辺の家自体が、砂の上に建てた海の家をちょっとましにした程度のものなのであるから。

クーラーを備えるのは、ことしもやっぱりやめておこう。一度、私はあれでひどい目に会っている。いつかこの文章にも書いたが、ぎっくり腰になって大分苦しめられたのである。あれは実はその前の夏、仕事で一と月ぐらい東京で過す破目になり、冷房に浸かりづめだったのが原因らしい。冷房で無理やり汗を引っ込ませているうちに、筋肉という筋肉が、いわば冷凍肉か乾燥肉みたいに硬ばってしまったものと見える。御存知のように、チルド・ビーフも干し肉もあまりおいしいものではない。

早い話が、私は海辺の人間のくせに家を留守にして、海水浴もろくにしなかったので、罰が当ったのだ。冬、風邪を引かずに過せるかどうかも、この海水浴如何にかかっているのである。ところで、例の「煙草はいけませんな」と言い、「たまには海でも見たらどうですかな」と言って私をすげなく追い返す近所のお医者、あの先生にもこのところずっと御無沙汰している。私は煙草も酒もやめはしないが、その割に先生に愁訴したい気分にもならずに済んでいる。ばたばた言う心臓のことも忘れがちである。

久しぶりに自分の心臓のことを思い出したのは、先月のフランス行きの際であった。毎晩ホテルで一人きりになって、風呂に入りシャワーを浴び、きょう一日のことをゆっくり反芻するのが私の楽しみだったが、どういうものかその時刻になるときまって心臓がばたばたする。汗が拭いても拭いても噴き出してくる。べつにどこが苦しいという訳でもなし、部屋が暑いのでこれだけはどこのホテルでもたっぷり置いてあるバスタオルを、どれが顔を拭くやつで、どれが足を拭くやつだったか――教えられているはずだったが――わからなくなり、それら全部を使い果しても止まらぬくらいの大汗をかいた晩もあった。

そんな時、私はもしやこの旅先で客死ということになるのではないかと一瞬不安に襲われ、死ぬんなら日本人の体面上も服ぐらいは着ているべきではないかなどとつまらぬことまで考えた。が、死ななかったのはこの通りである。

どうやら、病は気からというのはやはり真実らしいと私は思うようになっている。そして、だんだん「物事はなるようにしかならない」とも思うようになっている。もちろん、私も諸事万端考えられるだけのことは考えて最善を尽すようにしているが、あとは寝て待つしかないではないか。

いらいらと気を揉んだり、はかりごとをめぐらしたり、いたる所に敵を見出したり、意図的に人を傷つけたり、――そういうことは身体に毒だからと言えば、まるで自分の健康のことしか念頭にないエゴイストのように聞えるが、決してそればかりではない。私といえども若い頃の自分の強引なやり方が間違っていたことに、そろそろ気づいてもいい年齢に達したのである。

東京の生活から離脱して久しく、また東京の空気を嫌悪して出て行かなくなった私は、いつのまにか、早くも時代遅れになったのだろうか。それが証拠には、ときどき仕事で訪ねてくる連中の一人は言ったものである。――

「こんな所にいて東京にも出ないでいると、頭がボケるんじゃないですか？……もう、少しボケてきたんじゃないですか？……」

こんな所、と言うが、東京から僅か五十何キロ、電車で一時間余、住んでいる人は大方東京へ通い、東京の流行や気分をそのまま反映し、むしろ東京そのものと言ってもいいくらいで、誰一人自分を田舎者だなどとは思っていないのである。時代遅れというなら、私はすでにこの町の中でさえ時代遅れかもしれないのだ。

ところが私は、そう言われても「そりゃ大変だ、なんとかしなけりゃ……」とも「今後はちょくちょく東京へ出かけるようにしよう」とも思わないのである。「ボケるならボケるもよし」とすら思わない。「ボケるというなら都会ボケというのもあるんじゃないかね」と言い返してやりたくなる程度である。

問題はそんなことではない。

三十

東京の人。

ふと口をついて出た、このなんだか歌謡曲の題名みたいな言葉に、私は笑いを噛み殺している。東京通いということをしたことがあるという意味では、この私もかつては東京の人の一種であったのだから。おのれを東京の人と見なすことによって、田舎の人を見下したようなつもりになったこともあったはずであるから。

しかし、私が東京の生活から学んだことは、もっと別のことだ。

私は学生時代の数年間は勘定に入れないでも、十三年近く勤めで東京に通いつづけた。途中で結婚した、何年おきかに子供が生れた、父親を亡くした、苦労して家を建てた、……誰にもあるそんなことがあって、サラリーマンをやめた時、私は長男がもう小学生になっていることに気がついた。気がついたとは無責任な言いようであるが、実際に、私は子供がいつのまにかそんなに大きくなっていることに今更ながら驚異（脅威か？）と当惑をおぼえたのである。あたかもそれが私の知らぬ間に起った変化ででもあるかのように。そうして、この時初めて私は自分の子供たちをつくづくと眺め直したのである。

こういう空白は一体どこから生じるのだろう。それこそ、時間の感覚の相違というものではないだろうか。われわれ誰しもが身体のどこかに隠し持っている自分だけの時計のせいではないだろうか。

妻には妻の時間、子供たちには子供たちの時間があることを、それまで私は頭ではわかっていても身近に肉体で感じたことはなかった。私が知っていたのは、会社の――ある民間テレビ局だったが――就業規則や番組の放送時間によって定められたすこぶる非人間的な時間割だけだった。だが、時間割は時間とはまったく別の物である。で、一日の仕事が終ると、私はやっと人間らしい時間を手にしたかのように夜の街へさまよい出て、誰彼と酒を飲んだり無駄話にふけったりした。しかし、非情な時間割はその間も私を支配しつづけたのである。

では、そんな私が婦人向けだの子供向けだのと称する番組まで受け持たされ、女性の地位向上だの子供のしつけの改善だのに奉仕するというのは、おこがましくも矛盾した話ではなかったろうか。

なぜなら、私が所帯持ちで三児の父とは名ばかりの事実で、私は妻が一日家でなにをしているのか、子供たちが昼間どんなふうに過しているのか、これっぽっちも知らないのだから。報告を聞くだけで、この目で見てはいないのだから。私が帰宅する頃には子供たちは寝ているし、――妻だって寝ていることが多かったが、――朝は子供らが出て行くほうが早いのだから。

東京という化物の胃袋みたいな所で日夜呼吸していると、田舎の生活のことは考えなくなる。自分たちのそれとは全然リズムの異る生活があり得ることを、たまに想像ぐらいはしても実感するには遠くなる。朝から晩まで冷暖房の利いたビルの中にいると、刻々と変化して行く空模様や、戸外の大気の肌ざわりに反応しなくなる。タクシーやエレベーターや電話や、その他もろもろのスピードの便利に慣れてしまうと、下駄ばきで土の上を歩く感触や、時間を忘れてなにかしているうちにふと気がつくと暗くなっているので明りをつけるといった感覚にうとくなる。ましてや、その辺を犬や猫が歩いていたり虫が這っていたりするのをぼんやり眺めるような神経とは無縁になる。……

新聞や雑誌や放送の、いわゆる情報知識というものが、どういう連中によって、どんなふうにして作られるかを知ったら、そういうものをあまり鵜呑みにするのは馬鹿らしいことだと気づくにちがいない。ああいうものは、実は「生活」というものをほとんどなんにも知らない連中がこしらえているのだ。なんにも知らぬと言っては失礼ならば、ただなんとなくわかったつもりでいる連中が、と言い直してもいいが。

彼等が「生活」というものを知らないのは、もしくはせいぜい高を括った見方をしているのは、なにも彼等が悪質な人間だからではない。それは一にかかって、彼等が人間らしい時間を持っていないからなのである。

三十一

それにしても、私はこのところ立てつづけに何人かの東京の人に会って、楽しいというよりは淋しい思いをするほうが多かったことを白状せずにはいられない。

大学の後輩のAは、久しぶりに私とゆっくり話をするつもりでやってきたはずなのに——少くとも私のほうはそう思っていた——時計を見い見い自分が喋るだけは喋ってしまうと、私の話はほとんど聞かずに逃げるように帰ってしまった。私はそのあとしばらく一人で飲んだ。

なにがAをそんなに急き立てるのか、私は知らない。ただ、私は彼と会ったような気がせず、彼がどこかよそでの仕事の時間が余ったから立ち寄ったのだろうと考えて、淋しくなった。この私は彼のちょっとした暇つぶしの材料にすぎなかったのだ。

私より大分若いBは、彼はAとは違ってゆっくり腰を据えて話し込んでは行ったが、酩酊するにつれて途中から空気が一変した。年下の彼が私の言葉尻をつぎつぎととらえて、しつこくからみ出したからである。最初はまともな議論かと思って相手にしていたが、やがてそうではないことがわかった。

私はBがただただ私を不愉快にするためにだけ、そうした言葉を並べているようで理解に苦しんだ。なにか私の書いたものに恨みでもあるのかと思ったが、それならわざわざ電車に揺られて訪ねてくることもないだろうに。

私としては、よくあることだが、若いBにはなにか自分の職場や家庭に対する鬱屈や不満があって、それをこの機会に私にぶつけて行ったのだろうと考えて、これまた淋しくなった。それならば、彼はそのもやもやしたものを、行きずりの他人の私にではなく、自分の細君や生活そのものに対して爆発させればいいのである。

私自身は短気で、言いたいことは直接その相手に向って爆発させる性質《たち》だから、ねちねちと第三者にからむ心理がよくわからない。仕事の上での面白くないことを家に持ち帰って、家人に当りちらしたことも私には一度もない。外でやけ酒というようなものを飲んだこともない。

Bもまた、Aと同様、私からすればかくべつ会う必要もなく、昼間から楽しみにして会った甲斐もない相手だったということになる。私はなんだかひどくがっかりして、当分誰とも会いたくないような気さえした。

テレビ局の仲間だったCやDとも久しぶりに会った。Cはいわゆる海外通である。地球の表面を、いっそ彼が行ったことがない場所を挙げたほうが早いくらい、年がら年中仕事で飛び回っている男である。そして、その点では私は彼に一目《いちもく》も二目も置き、ある種の感嘆の念さえ抱いている。彼は物知りだし、内外の政治、経済、文化、芸能等々知らないことはないと言ってもいいくらいだ。

だが、どうしてだろう、Cが国際経験ゆたかに、万事に事情通になればなるほど、私は若い頃のような彼との気持の交流がうすれて行くように感じる。昔はあんなに面白がって聞くことができた彼の話が、いまでは年々無感動に、冷やかになって行くのを感じる。

めまぐるしく世界を駆けめぐりながら、Cは実は内心退屈し切っているのではないか。見聞が広まり知識が深まるにつれて、右から左へてきぱきと仕事をさばいているうちに、かんじんの心は干からびてしまうというようなことがあるのではないか。それとも、これは私の日常があまりに彼のそれとはかけ離れているからか。

いくつか年長のDは、最初からCのようではなかった。彼は田舎の出身で、質樸《しつぼく》堅実な人柄からいっても東京の生活にはとても馴染み切れそうには見えなかった。冷淡で、虚偽で、孤独な都会生活というものを、彼がどんなに憎み嫌っていたか、私はよく知っている。もうそろそろ勤めを切り上げて郷里に帰りたい、帰って百姓でもして牛や馬とのんびり暮したいと言い言いしていたことを。

私もDはそうすればいいし、いずれそうするのだろうと思っていた。毎日々々愚痴をこぼしながら会社づとめをするくらいなら、一と思いに清算したほうがいいと。彼のその大らかな夢ゆえに、私はDに他の同僚にはない魅力も感じていたのである。

だが、そのDでさえ、——こんな言い方が許されるならば、——いつの間にか東京の生活に屈伏してしまったのではないか。厭でたまらなかったはずの会社の空気にも、虚しさだけが残る仕事の反復にも、いつのまにか反抗する気力をなくしてしまったのではないか。年功によって社内で獲得したいささかの地位、安定した見通しのある収入と引き換えに、彼を彼たらしめていた一番人間らしい部分を切り捨ててしまったのではないか。……

こうして書きながらも、私は考える。中年とは淋しいものである。それにもまして、男のつき合いとはむずかしいものである。

いや、しかし、AもBもCもDもかならずしも私が見るような、そんな悲観すべき境遇にいるのではないかもしれない。彼等にもやはり彼等の「生活」がちゃんとあるのかもしれない。私はむしろそのことを祈る。

三十二

さて、私の窓ぎわの机は、夏の何ヶ月かは末の息子が自由に使うことになるだろう。私の仕事机は、実はその昔、私が子供の時分、一家五人が食事をしていた樫の木のテーブルであるから、古物とはいえ小学生が勉強するには少々大きすぎ、立派すぎるものである。

その机に、息子が自分の螢光灯スタンドだの鉛筆削りだのを並べ、国語の字引きや学習図鑑や計算、書取りの問題集など、なにやかやと山積みにしている。

奥に控えている私の目からは、むこうを向いて神妙に坐っている息子の頭と背中しか見えない。彼が半日使っただけで、机の上も床の上も消ゴムのかすだらけに——ついでに鼻くそやズボンから出た砂だらけに——なるところを見ると、たしかに少しは勉強もしているようである。が、遠くから見ていると、息子の頭がだんだん椅子の背もたれをずり下がって行き、つぎには二本の足が机の上にのっかる。こうなると、もう勉強する姿勢ではない。彼は一心に読書しているのである。

「スプーンおばさんがどうした」だの、「だれとかのとんち話」だの、「マンガで学ぶなんとかシリーズ」だの、そのような結構な書物を読みふけっているのである。

読むのはいいが、彼は近くの公民館からせっせと借り出してくるそういう本を、めったに期日までに返したことがなく、しょっちゅう督促状が舞い込むので困りものだ。

それと、夕飯前や宵の口はそうやって怠けていて、ようやく寝る時間が来た頃合いにきまって宿題を思い出すのも悪い癖である。夕方、

「きょうは宿題は?」

と訊けば、即座に、

「ないよ！」

と答える。

「嘘つけ！」

「嘘じゃない！」

しかし、それはやはり嘘で、いかなる生理的作用によってか、もう少し経たないと宿題があることを思い出さないのだ。

八時を回って、九時になる。

そろそろ寝る時刻なのに、まだ机にへばりついている。急に忙しそうに、紙にがさがさと書きつける音がする。

私「もう寝ろ！」

息子「いやだ！」

「寝ろ！」

「絶対寝ないよ」

この、絶対、が曲者である。

「どうしてだ？」

無言。

「宿題だろう?」

「うん」

「宿題はないって言ったじゃないか」

「それがあったんだ」

「あとどのくらいあるんだ」

「まだ大分ある」

「じゃあ、徹夜でもなんでもするんだな」

わざとそう言ってやる。

三十分経ち、一時間経つ。いつのまにか鉛筆の音がやんで、息子はうつろな目で宙の一点を見ている。そうして、絶対寝ないと宣言した当人が、ひとりごとみたいに、実は私に打診するためにつぶやいて見せる。

「……やっぱり寝ようかな?……」

「宿題終ったのか?」

「ノー」

「じゃ、駄目だ。寝ちゃいかん」

「べつにあした出さなくたっていいんだよ、こんな宿題」

私は息子の肚《はら》がすっかり読める。

「じゃ、寝ろ寝ろ。あした学校で立たされりゃいいんだから」

「そんなら、こうするよ。きょうは寝て、あした朝早く起きてやることにするよ」

なるほど、いい思いつきだ。が、そんなこと出来っこないことは、本人にも私にもよくわかっているのである。

やがて、息子はスタンドの灯を消して、机の上はほったらかしたまま、私の部屋からよろめき出て行く。

年中、そんな具合である。私は彼がしょっちゅう教室の隅か廊下に立たされているんじゃないかと、ひそかに想像している。もっとも、夜ふらふらの頭で何時間もかかって宿題をやるよりは、昼間元気いっぱいで立っているほうがよほど楽かもしれないが。

かくして、父親は一人部屋に取り残され、六月の海辺の夜はふけて行く。私は私で、なんだか宿題をやり忘れているような気がしてくる。

三十三

家人がみんな寝しずまった真夜中に、私は用もないのに一人いつまでも起きていることがある。

眠たくないわけでもなく、読み書きをするにはもう目も翳み頭も痺れてしまっているのに、しつこく机に寄りかかってじっと耳を澄ましている。

ふと、庭の木の枝が不審にはじける音がしたり、往来から何者かがそっと忍び込んでくるような足音を聞きつけたりするが、それは例によって私の空耳にちがいない。

町のほうの車の音も、ずいぶん間遠になった。じーんと地の底でするように、かすかに海が鳴っている。そして、草はらですだく心ぼそげな虫の声。……自分の心臓の鼓動までがいやにはっきり聞える。……静かな夏の夜の、その静けさが、かえって私の神経をするどくし、目を冴えさせるみたいだ。

どの年だったか、ちょうどいまごろの季節に、小学生の末の息子が仕事中の私のところへ来て、いたずらにインク消しの壜をあけ、ガラスの棒の先を嗅いでみて、「あ、プールのにおいがする……」と言ったことがあった。

「もうじきまた夏休みだ……」

そう思って私は舌打ちしたいような気持になる。家の中がとたんにやかましくなる。朝から子供たちが出たり入ったり、喚いたり喚き返したり、そこへ母親の悲鳴までが加わったり。私は気が散って仕事に身が入らない。

家の外もやかましくなる。路地々々に駐車違反の車がずらりと並び、サーフィンの若い男女が道ばたで堂々と着換えをし、やたらエンジンをふかして、塵芥をまき散らして行く。砂浜からも風にのって、ロックが流れてくる。空からもなにやらメッセージが降ってくるが、これは県警のヘリコプターである。

実に実に、夏は私にとって受難の季節である。対策は一つしかない。早寝早起を心がけてきたが、しばらくは頭を切換えて夜更かしをすることだ。そのためには日中昼寝をして、その分だけ夜中に机に向うようにするしかない。

ざっと十年も前、私たちがこの土地を見つけて越してきた時分には、まだこの辺りは松林も多く、空地はどこも雑多な灌木に隙間なく蔽われて、中へは一歩も踏み込めぬ有様であった。東隣は古い別荘小屋の空き家（これは現在でもそうだが）、西側はいぬアカシアの深い茂みで、野球のボールでも飛び込んだらもう諦める他なく、そのむこうに富士が見え、夕焼けの眺めがすばらしかった。

実際、あの頃はよく庭でゴムまりのバッティングをやったものだ。もっぱら小学生だった次男にほうらせて私が打つのだが、家の側面めがけて打つから、力いっぱい打ってもうまい具合に壁だの破目板だの窓の格子だのにはね返って、めったに遠くへは飛んで行かなかった。

「パパは野球の選手だったんだって？」

幼い息子が尊敬の面持ちで訊くから、

「そうさ。野球部は中学だけでやめちゃったけど、あのまま続けてたら甲子園へ行ってたかもしれないなあ……」

などと大きなことを言っておいた。まったくの出まかせでもない。私の高校は三十年も前に一度だけ甲子園で優勝したことがあるからである。なにかにつけて、よくそんな具合に法螺を吹いて子供たちをかついでやった。

バッティング・ピッチャーの労賃としては一回につき五十円か百円払うとりきめになっていたが、あんまをさせた場合も同じぐらい払わされたものである。

「そういえば、ことしも父の日には誰もなんにもよこさなかったな……」

私はふっとそんなことを思ったが、別にいま始まったことでもなく、このところ何年もずっとそうなのだ。息子たちが小さかった頃は、「あしたはなんの日か知ってるか?」などと謎をかけたりもしたものだが、そのうちだんだん反応がなくなった。

ある年は、小学生の次男が便箋一冊とアラビア糊一と壜というプレゼントをくれたことを覚えている。近所の雑貨屋で売れ残ったのを買ってきたらしく、お父さんへの贈物にすると言ったら小母さんがうんと負けてくれたそうだ。それを見て、末の息子も対抗上、色つきのゴム輪一と束、マンガのシールとねじ釘一と袋というヘンな物を持ってきた。自分の抽出しのがらくたの中から選んできたのだろう。……

そんな時代もあった。そうして、息子たちが日々に大きくなり、それぞれに自分の事で忙しかったり幼児の昔が照れ臭かったりして、もはや父の日どころでないのは致し方ないとしても、父親としては時々日常の不便を感じさせられることもある。

長男の背丈がそろそろ私に迫ってきたある時期、——いまではとっくに父親を追い越したが、——私が「ちょっと煙草を買ってきてくれ」と言うと、「いやだ」と答えたのは意外であった。煙草屋で「あんたが吸うの？」と咎められるからもう厭だというのだ。まったく同じ理由でいまや次男にも煙草だけは断られる。かろうじて末の息子に頼るしかない。

夏休みの様相も年ごとに少しずつ変って行った。このごろはもうてんでんばらばらで、兄弟三人が一緒に行動することはなく、ましてや父親の介入する余地はない。あの頃は、子供たちが入れ代り立ち代り大勢の友達を連れてきて、昼は海辺で西瓜割り、日暮には庭でバーベキュー、夜も庭で肝《きも》だめしなどをやったものだが。

肝だめしというのは、昼のうちに隣の空地の茂みの中ほどに、骸骨の絵だったか人形だったかを吊しておいて、一人ずつ順番にそれを見に行かせるのである。闇にほのかに光っているそれをちらとでも見た子は、「あった！　あった！」と言いながら青くなって逃げ帰ってきた。……

その茂みもすっかり切り払われ、そこに二階建の家が五軒も建った。肝だめしどころか、うっかり近寄れば隣家の番犬にけたたましく吠えつかれるぐらいが関の山である。おや、この真夜中に目をあいているのは私だけではなかったようだ。夜遊びの愉しみを覚えた雄の子猫が、——といっても大きさはすっかり一人前の猫なのだが、——私の机のまむかいの窓に来て、簾の間から首を出し、緑色に光る大きな目でじっと主人を見ている。

三十四

庭、庭、とさっきから書いているが、私の家の庭はたぶんこの近所でいちばんひどい庭かもしれなかった。

第一、それは庭とも言いかねる、荒れるに任せた草地といった趣のもので、夏のいま時分はいぬアカシアの枝葉が伸びほうだい、雑草がはびこりほうだいで、だんだん向うが見えなくなる一方で、隣家の主婦や子供たちの元気な声がするばかりであった。

ためしに、真ん中あたりにちょっぴり芝を植えつけたことがあったが、それっきりになってしまった。よく手入れされた芝生などおよそ私どもの柄ではなかったかもしれない。いまではその芝生は猫どもが毛づくろいをしたり交尾したりするのに使用されているらしい。いつか、重なり合った二匹の猫が静かに芝の上を滑って行くのを目撃したことがあるが、なかなか優雅なポーズであった。

また隣家との境にヒマラヤ杉の幼木を三本ばかり植えて、将来の大樹を楽しみにしていた時期もあり、どうにか三メートル位にはなったが、これもいぬアカシアが蔽いかぶさって見えもしない。

自分でそんなふうにしておいて、私はこの一角をうとましく思っているのである。うっかり入って行けば、蛇や毛虫がいるかもしれないし、いまどきは藪蚊がたいへんだろう。草の葉にふくらはぎをこすられて痒くてたまらぬし、アカシアの棘であちこち引っ掻かれるのも閉口である。

で、横着な私は自分の部屋から、うすぼんやりと、網戸ごし簾ごしにそっちを眺める。日ざしをはね返す濃淡さまざまの緑のまだら模様がちらちらして、なんだか印象派の絵でも見るような具合だ。

午後など、繁みの向うから、隣家の中学生の男の子がステレオで鳴らすFMのエロイカだの第九だのが、風のまにまに流れてくるのを、こちらは畳の上に寝ころがって拝聴している。

「ベートーベンっていうやつはどうも夏向きじゃないな」

そんなことを思いながらも、

「でも、自分でレコードかける手間がはぶけていい」

などと考えたりするのである。

ところが、ことしの夏は、この手のつけられない庭に異変が起った。女開拓団が入ったのである。もっとも、開拓団といっても正確に一名で、それは私の妻のことであるが。

彼女が、女だてらに腕をふるい足をふるって、ばりばりといぬアカシアの大枝をへし折り、小枝をなぎ払って、開墾を始めたのである。

家庭菜園の復活！

ものぐさな私も、昨今周囲を見回して、主婦の畑づくりということがなにか熱狂的に流行しているらしいのはうすうす知っていた。団地住いなどで庭を持たない人は、よその土地を借りてまでも作物の栽培を行なっている。休日にはサラリーマンの主人以下、一家総出で野良仕事に興じている図が見られる。せっかく丹誠して太らせたものをむざむざ盗まれてはと、自分のかぼちゃにマジックで番号を打ったり名前を記入したりしている主婦もいるらしいのである。貴重なガソリンをふりまいて馬鹿なドライブなんかするよりは、よほど利口なレジャーかもしれなかった。

お蔭で、私の家でも、この夏はほとんどの野菜を自家製でまかなうことになった。胡瓜、茄子、トマト、南瓜、サラダ菜、レタス、ピーマン、莢隠元——少くとも、これらのものは外で買う必要がないそうである。作っている当人の言を信ずれば、いずれ玉蜀黍も、さつま芋も食膳にのぼるはずである。玉葱と長葱は、近所の奥さんが作っているのを物々交換で貰ってくる。自家製のものと市販のものとでは、庖丁を入れた時の「涙の出方が違う」というのが妻のもっともらしい弁である。

これまで、彼女が庭へ出て行って調達してくるものといえば、三つ葉、紫蘇、蕗《ふき》ぐらいであったのだから、たしかにこれは一大進歩と言わなくてはならなかった。

そうして、私はといえば、耕さず、種子を蒔かず、肥料をやらず、虫を取らず、穫入れもせず、もっぱら食卓の批評家に甘んじているのである。大体、私はそんなに野菜を大量には摂取しない。妻が朝に夕にこしらえる馬に食わせるほどのサラダは、私はただ眺めているだけのことが多いのだ。

私としては、ひそかに枝豆に期待していた。不幸にして、これは双葉が出たばかりのところを、きれいに雀に食べられてしまい、もう一度播き直さなくてはならなかった。芽が出たら、雀に見つからぬよう藁で隠しておかなくてはいけないのだそうである。

もともと私は枝豆が大好きなのだ。その前は空豆で、空豆も私は出回っている間じゅう、ほとんど一と晩も欠かさず食べ続ける。これだけは莢をむくのも茹でるのも私の役目である。笊《ざる》一杯たべる。

旬《しゅん》の有難味もいつか失せて、それでも毎日惰性で食べ続けていると、だんだんおいしくなくなって行くのがわかる。私は空豆はどちらかと言うと少々茹で過ぎて皮ごと頼りなくなったようなやつが好きなのだが、終り頃になるともう堅くて、まずくて、どうしようもない。がっかりしているところへ、ちょうどいい具合に枝豆が登場する。と同時に、至極当然の連想作用によって私はビールの涼味に思いを馳せるのである。というのも、私はふだんは酒もしくはワイン、たまにウイスキーで、ビールは夏の間しか飲まないから。

枝豆に対する私の欲望も非常なもので、これも私は毎晩笊一杯たべるのである。それで、いつだったか私は大いに恥かしい思いをしたことがあった。小学生の子供が、夏休みの日記に、

――

うちのお父さんは、えだまめがだいすきです。

山もりつんだえだまめがあった。ぼくがたべていたら、のこりすくなくなった。でも、そんなにおいしいというわけではない。

お父さんがたべるのがなくなるので、「もう食べてはいけない」といった。

と、そんなことを書いて提出し、担任の女の先生に「先生もえだまめ大すき。ついつい手が出て、おさらがからっぽになるまで食べつづけてしまいます」という感想を貰ってきたのを読

んだことがある。

「もう食べてはいけない」と言ったのは母親かもしれないが、たぶんこの私であろう。それにしても、「そんなにおいしいというわけではない」という息子の感想は適評と言うべきで、あれはおいしいからどっさり食べてしまうのではなさそうだ。ただ、いくらでも食べられるのである。殻を押して豆を口の中へひょいと飛び込ませる、あんな簡単な動作もきっと枝豆の魅力の一つにちがいない。莢から出てしまった枝豆を見ると、なんだか悲しくなるではないか。

ところで、その枝豆ももちろん私がぱちんぱちんと鋏で切って、自分で茹でる。よく洗って十分塩で揉んでおいて茹でるのだが、妻にやらせるとどこかで手間を省くようで、しかも大抵茹で過ぎる。枝豆は歯ざわりが生命なのだから、火を止めるタイミングが大事で、よく番をしていないといけないのである。

半日仕事をして、いや、仕事をしなかった日でも、夕方になると私は「そろそろ枝豆にとりかかろう」と腰を上げる。なんだか枝豆を茹でるためにのみ存在しているような具合である。おまけに、このごろの私は、――尾籠な話で恐れ入るが、――心なしか鳥みたいに緑がかった便をするみたいなのである。

三十五

平和な日本の夏の、のんきな無駄話はこれくらいにしておこう。庭がどうの枝豆の茹で方がどうのと結構なことをほざいている私とて、その昔、食べるものもろくに食べられない時代があったことを忘れているわけではないのだ。

もっとも、私がこれから書く話は、とかく若い人に評判の悪い戦争中や敗戦後の苦労話、愚痴話とはちょっと違う。考えようによっては、もっとずっと救いのない、やりきれない話なのである。

いまから三十七年前、昭和十八年の八月から九月にかけて、太平洋戦争も目に見えて日本の敗色が濃くなった猛暑の東京の一角で、なんともむざんな事が行われた。

私は当時九歳、国民学校の三年生で、もちろんその時は真相を知らなかった。ずっとあとで知らされた。そして、そのことは私より年長の人はむろんのこと、私より大分下の人も覚えているだろう。いや、いまの子供たちも遠い昔の話として、先生に聞かされたり本で読んだりしているかもしれない。

むざんな事をしたのは人間である。そして、犠牲になったのはなんの罪もない動物たちである。――上野の動物園で、虎やライオンや象など沢山の動物が、軍の命令で空襲の混乱にそなえてつぎつぎと殺されたのである。万一、爆弾や焼夷弾が動物園に落ち、檻が破壊されて、猛獣たちが街へ脱出した場合のことを考慮して、やむを得ず取られた非常処置であった。

記録によると、――すでに戦局の悪化によって、動物園でも人手不足がつのり、動物の飼料もいよいよ底をついてきていた。飲料水さえ欠乏していた。代用飼料でもまかない切れなくなると、余分の動物や老いた動物、傷ついた動物が処分されて他の肉食動物の餌にされた。やがて石炭の調達も不可能になり、園内の鉄材も供出させられた。人止柵、動物舎の名札、餌を入れる容器、観覧者用の腰掛まで回収された。そして、ついにあの非常処置が実施された。

虎も、豹も、各種の熊も、大蛇も殺された。エチオピア皇帝から贈られたライオンの夫婦も殺された。象の「ジョン」「花子」「トンキー」も殺された。毒物でうまく行かぬ場合は、数人がかりで締め殺したり、首を切り落したりした。全部で二十七頭が殺されて行った。キリンと河馬はまだ残っていたが、河馬の親子はその後まもなく死に絶えた。動物園はもはや名ばかりのものでしかなかった。そうして、昭和二十年八月十五日を無事に迎えることが出来た動物のうち、目ぼしいものは、三頭のキリン、九頭のカンガルー、四羽のタンチョウヅル、二羽のモモイロペリカンなど、ほんの少数にすぎなかった。

なかでも哀れだったのは、人気者の三頭の象の最期であった。おそらく読者の多くは、戦後小学生のために書かれた「かわいそうなぞう」の話を思い出されるにちがいない。私もあの話は何度か読んだ。家で妻が幼い子供たちに読んでやったこともある。

私は、ここに、その背景となった事実だけを抜き書きしておく。――

三頭のうち雄の一頭は、兇暴性があったので最初に選ばれた。この象は青酸カリを封入したじゃがいもを食べさせようとしたが、利口で毒の所在を見破り、吐き出すと鼻でつかんで投げ返した。そこで注射に切り換えたが、象の皮膚は分厚くて、最も皮の薄い耳のうしろでも太い注射針が折れてしまった。やむを得ず餓死させることにし、象は十七日目に死んだ。(銃殺にしなかったのは、銃声が他の動物をも恐慌に陥れ、人心にも無用の不安を与えるからという理由であった。)

残る雌の二頭も絶食させるしかなかった。象は日に日に痩せ細って行き、軀にさわると、肉の衰えがはっきりとわかるようになった。係員が見回りにくると、起き上がり、すり寄ってきて、ポケットの中に鼻を突っ込んだりした。なかには、ふびんの余りこっそり水や餌を与える係員もいた。

最後に死んだのは、いちばん小さくて、おとなしい、芸の上手な象だったが、この象は係員をみると、うしろ足で立ち、前足を折り曲げ、鼻を高く挙げる芸をして見せた。ちんちんをして見せれば、また以前のようにバナナが貰えるだろうと、全身萎び切った象が自分からすすんで懸命に芸をして見せたのである。しかし、絶食後十日も経つと、もうその芸もしなくなった。象は健康な時にはごろりと横になるが、衰弱してくると、柵に寄りかかってでも立っている。そんな姿は見るにしのびなく、誰も象の檻には近づく勇気がなかった。動けなくなった象は、それでも係員が檻に入ると、いつ餌をくれるかとその一挙一動から目を離さない。その表情も正視に堪えなかった。そして、一頭は十八日目に、もう一頭は三十日目に息を引き取った。

死体を解剖してみると、盥《たらい》ほどもある象の胃袋には、たった一滴の水分もなかった。

――ひどい話だが、これは本当にあった話なのだ。

ある小学校の先生は、八月十五日に、その話を六年生の子供たちに読んでやった。だが、飢えた象が餌がほしさに最後の力を振りしぼって芸をして見せる、……そのくだりまで来ると、先生は声がつまって先が読めなくなった。

しかし、その時も生徒は誰一人そのことで先生を冷やかしたりまぜ返したりする子はいなかった。教室じゅうが水を打ったようにしーんとしていたそうである。

そうして、先生が「ぼくはもう読めない」と言うと、子供たちもみんな泣き出したということである。

そんな話を聞かされれば、誰だって泣きたくなるだろう。と同時に、涙とともに猛然たる怒りが沸き起ってくるにちがいない。

その怒りは複雑である。すぐさまこの自分にもはね返ってくる怒りである。

悪いのは戦争か。

むろん、それはそうだ。

では、戦争さえなければあんなことは二度と起らないか。

さあ、それはどうだろう。

手塩にかけた象をあんな死なせ方しか出来なかった人間。

それでも最後まで人間になついていた象。

そんなふうに考えてあとでいくらでも身勝手な涙を流す人間。

ほんとうに動物の身になって考えるならば、どうも人間というやつはあまり尊敬できないような気がしてくる。そして、檻に入れられた物を言わない動物たちによく訊いてみたいような気がしてくる。虎やライオンや象やパンダに、彼等にも心があるなら、われわれ人間というやつを尊敬できるかどうか……

また八月十五日がやってくる。だが、なにも戦争の話を子供に聞かせるだけが能ではない。平和な世の中でも人間はいくらでもひどいことをするのである。動物にばかりでなく、おなじ人間にもひどいことをするのである。親や、きょうだいや、友人や、つれあいや、わが子にさえも、人間はずいぶんひどいことをしてきたのであるし、これからだってするに決っているのである。

三十六

この夏は、どこへも出かけない私に代ってというように、遠出をしている友人知人があちこちから便りをくれるのが楽しみであった。

チェリストのY君は小海線の甲斐大泉とかいう所に来ていると、清里高原から見た富士山の絵葉書をくれた。

「久しぶりに土の匂いをかぎますが、目を上げると周囲がいろいろな頭の山にかこまれています。……今日はずいぶん山道を歩いて、毎度の事ながらテングでも舞って来はしないかとひやひやしました。木立を吹いて来る風が快いのですが、あのざわつく風の音がまだ耳に残っています。……」

とあり、繊細鋭敏なる芸術家らしくY君は三十いくつになってもまだ天狗の存在を信じているらしいのである。

かと思うと、山登りの専門家のK氏はこれはまた元気なもので、「屋久島の宮之浦岳の稜線では台風でさんざんな目にあいました」と、その実まんざらでもなさそうな痛快な報告をもたらし、俳句の雑誌をやっている市内のN君は松本から、「藤沢市民休暇村にて」とキバナシャクナゲの版画の風流な便りをくれた。

豪勢な外国組もいて、I君夫妻は八月初めに日本を発ち、「イギリスはロンドン、ストラットフォード、オックスフォード、ウインザー、そしてスコットランドのエジンバラを訪れて、八日の昼にパリに着きました。さすがにパリに来てホッとしています。四年ぶりのパリはいくらかの変化を見せています。しばらく骨休めをしてから地方へ出かけてみます」とある。

この二人は、いまごろはスペインかどこかにいるはずで、九月も半ばにならなければ帰って来ないのである。どれも羨しいような話だが、横着な私はそれでも彼等が伝えてくる旅情をわが身の上に想像して、自分も結構旅行しているような気分を味わった。

なかでも、この夏私が心待ちにして読み継いだのは、おなじこの海辺の町の隣人で私のよき読者でもあればフランス語の相談相手でもあるO先生のフランス通信であった。O氏は長いことかかって完成に近づいた翻訳の総仕上げをかねて、『にんじん』や『博物誌』で有名なルナールのふるさとを、七十いくつという老軀を押し杖を引いて、単身再訪問されたのである。四、五日おきに配達される土地々々の絵葉書や、コンコルド旅客機の切手が刷込まれたAÉROGRAMMEの青い手紙を、私はいつも手近に置いておいて、仕事の合間などにも何べんでも読み返したものだ。

いい手紙を私一人で読んでしまっておくのは勿体ないから、せめてその一部をここに書き写させていただこうと思う。これはオルレアンからの最終便の一節。——

八月十二日です、もう今日ぐらいになるとこちらから書いているような気がしません、この手紙おそくも今週末、十五日か十六日にはつくのだから。もいくつねるとお正月みたいに帰国の日を指折り数えるようになりました。よっぽど淋しいのか、レストランでも、隣がいいやつのように見えると、やたらに話しかけてしまいます。さっきもCOURTE PAILLE〔みじかい藁、の意〕と、くじ引みたいな名の飯屋で一ぜん飯をくい、寝具屋の親爺だという三十歳がらみの男と仲よくなり、その背の高いトラックの運転台にのせられて帰りました。話のつづきが彼の家族のことで、かみさんが十年前からめくらで（そのことを彼はnon voyante〔英語ならno seeing〕といっていました）娘が一人あり十歳だそうです。出産といっしょに目がつぶれたという、何ともあわれな話でした。でも、おれは悲しまない。これから三人でりっぱな家庭を作ってみせるといきまいていましたが、そこにはウソはありませんでした。私もまた一つ希望に灯がついたような気がしました。ちょっと気障《きざ》だが、君の家庭みたいのがSainte famille〔聖家族〕というのだ、というとうれしそうに笑っていました。Bon après-midi, bonne sieste et bon voyage〔よい午後、よい昼寝、よい旅を、の意〕と運転台から体をのり出して、どなると、サッサと行ってしまいました。十五日にはヴェズレに行ってみます。ではこれが最後のフランス通信。

〔 〕内は私の注釈である。ところどころに横文字が出てくるのも、私にはとても勉強になった。こういう場所で覚えた言葉は決して忘れないものだからである。

それにしても、この運転手はなかなかの快男児ではないか。そうして、彼の身上話に心をうごかされた老先生の言葉にもしみじみとしたものがあるではないか。

なんだか映画のシーンでも見ているようで、この私もフランスの静かな田舎町の、人通りの少い昼下りの街角を、澄んだ夏の日ざしをあびて歩いているような気がしてくるのである。

三十七

ひげを剃るついでに、鏡で自分の顔を、というよりは顔色を見る。例年になく生っ白い。うらなりびょうたんといった感じである。いつもなら家の中にいてもこんがりといい色に焼けるのであるが。これも今年の日本の異常な夏、寒い夏のせいである。

冷蔵庫の中でビールの壜は凍える一方、西瓜の残り半分は忘れられたまま、もう駄目になっている頃だろう。

それでも、こんなに海のそばに住んでいながら一度も海水に浸からないなんて罰が当りそうなので、一日だけ私は末の息子をつれて裸で出かけた。その日は珍しく気温も上がり、日ざしも真夏らしく感じられたから。

が、砂浜に出ても、いつものようにかっと来る照返しがない。背中をじりじりとあぶられるような光線でもない。水はなまぬるい所と冷やっとする所と、おかしな具合にまだらである。もちろん、青く澄んでいるわけはなく、ほうぼうの家で洗濯をした残りの水が全部ここにあつまっているのだと考えると、あまりいい気持はしない。

私はごく浅い所でばちゃばちゃと行水みたいなことをやって、じきに陸に上がってしまった。あとは眼鏡をかけ直して、まずい煙草を吹かしながら、息子が深みにはまりはせぬかと遠目に見張っていた。

年々、私は用心して深い所へ行かなくなっている。泳ぎには自信があっても、心臓のほうが当てにならない。海中にもぐるなどということにも興味がなくなってしまった。(いつぞやの夏、私は足で海底をさぐって行くうちに大きな蛤を見つけ、横着にも足の指でつかんで拾い上げようとして逃げられてしまった。蛤が逃げるわけはなく、波にさらわれただけなのだが。)

とにかく、ことしの海はすべてに熱と輝きが不足していた。沖の空にただよう雲の形も、早や秋のそれのようであった。

まぼろしの夏……

どうやら私のこの文章も、本年は盛夏の章は省略して、いきなり秋の巻へと進むのが適当のようである。

では、九月はどういう月だろうか。

それは人によりさまざまであろう。子供の時分は、長い夏休みのはてにひどい虚脱状態に見舞われ、焼き過ぎた皮膚の表面だけでわずかに生きているような、もの倦く、むなしい気分がする月であった。

しかし、大人になってからは変った。いまでは九月は心機一転、心を入れ替えて出直さなくてはといった殊勝な気分になるのが常である。部屋の掃除でもして、窓ガラスをみがいて、海の微風をいっぱいに入れて、久しぶりに室内楽のレコードでも鳴らしてみようかと——実行するかどうかは怪しいものだが——そんなしゃらくさいことを思ったりするのである。

初心！　そうだ、初心に返らねばならぬ！

私の場合、それにはもっともな理由が考えられないでもなかった。私は九月生れだからである。遅まきながらここで自己紹介をすれば、私は昭和九年九月二十二日に広島市内で、太田川のほとりで生れた。もっとも、広島は海軍の軍人だった父の任地というだけのことであったが。

亡父が遺した「雞肋集」という和綴じの帳面、——若干の文学趣味を有した父は、そこに折にふれて下手な短歌だの俳句だのを書き留めているのであるが、——そいつを埃をはたいて繙いてみると、私の出生に際してはかく記されている。——

昭和九年九月二十二日

未曾有の颱風一過、天地は静寂に帰し　恰も十四夜の月は皎々として秋空にか丶れり　この夜半我が家に三男は生れぬ　時正に零時半、名づけて昭と云ふ。

天地もけふをかぎりとあれにあれし

あらしのあとに男の子生れぬ

ためしなきあらしに乗りて来し吾子よ

三男三郎風雲児たれ

その年四十二歳だった父は、ばかに感激したようであるが、どちらかと言えば父は台風のほうに興奮していたのではないかと思われるふしがある。

この台風は、わが国の気象観測史にいまもその名をとどめる室戸台風というもので、風速六十メートルで関西一円を暴れ回り、風速計をこわした上、大阪天王寺の五重塔を吹き倒し、東海道線の急行列車を引っくり返した。いくらそれにあやかれと言われたって、私にそんな大仕事の出来るわけはない。風雲児はとても無理で、せいぜいちっちゃなつむじ風ぐらいのところを心がけているのである。

父が生きている間、私はおよそ親孝行ということはしなかったが、それならとびきりの親不孝を働いたかといえば、それも思い当らない。

確かなことは、この私が父の中途半端な文学趣味を多少とも受け継いだらしいということである。老母の述懐するには、父が学者でも文士でもないのに、新婚早々から月々多量の書物を購入するので、毎度本屋の払いには泣かされたということである。

私はきっとそんなところまで父に似てしまったのだ。私もそれとまったく同じことをして、結婚当初妻をはらはらさせた時期があったから。やたらお給料から天引きで本を買い込んで、机の上に積み上げたり本箱に並べ直したり、そうして夜は真夜中を過ぎてもがさがさと紙になにか字を書いて、そのたびに朝寝坊して、しょっちゅう会社に遅刻する、このひとはまじめに会社づとめをする気持がないのか、と彼女は心配した（と、ずっと後になって妻が言った）。

それもまた私の初心の日々だった！　あの頃がなつかしい。私はいまでこそ、まがりなりにも書斎と呼べるようなものを確保して、それでも周りがやかましいだの落着かないだのと不平を並べているが、あの頃は夕食が済むと台所のテーブルを拭き清めて原稿用紙をひろげ、赤ん坊の泣き声に悩まされながらせっせと夜なべの原稿を書いたものだ。

それに、その原稿にしても、採用してもらえるかどうかおぼつかなく、まず没《ぼつ》になって送り返されるか、いつまでも編集者の手元に放って置かれることのほうが多かったのである。

あれからざっと二十年が過ぎた勘定になる。私と妻がままごとのような新所帯を持ったのも、二十年前のこの九月という月であった。

三十八

もちろん、二十年ぐらいは夫婦生活の年長組から見ればまだまだ駆出しの部類にちがいなかった。しかし、妻は知らず、私にはこの二十年はとても長かった。それほどに楽しい事もあれば苦しい事もつぎつぎとあったから。と同時にまた、いかにも短く、あっけなくも感じられるのである。

若くて、なにをするにもまだいくらでも時間があるという気がしていたのに、——せいぜい青春の後半ぐらいのつもりでいるのに、——四十代ももう五十のほうに近くなって愕然とせざるを得ないのである。のど自慢でもっと歌おうとしているのに早くも横で鐘を鳴らされてしまったような恰好だ。

つい先日、私は所用で実に数ヶ月ぶりに湘南電車に乗って東京へ出た。車中の一時間と沿線の景色は、私がかつて十何年も勤めの往き帰りに親しんで、自分の生活の一部分になっていたはずだが、その実感はとっくにうせている。ガラスごしの眺めはいつか夢のようなものに変ってしまっていることにいやでも気がつく。

また、東京駅の地下道をラッシュの人波にもまれて改札口のほうへ流されて行く間も、歩いている自分がまるで架空の人物ででもあるかのような、たよりないものに思われた。

それから、丸の内口でタクシーに乗り、ビルの谷間を抜けて、濠端へ出た。

雨の切れ目のたそがれの空が、白く、にぶく光っていた。どこか外国の空みたいに。

柳が植わった濠端の歩道を、若い二人づれが手をつないだり肩を寄せ合ったりして歩いているのを、私は車の窓ごしに見て過ぎた。

自分も二十年前には、この同じ場所を、そんなふうにして妻と何回となく歩いた、そのことが、やはり夢の中の出来事のように思われた。

が、いま目の前を行く二人がおまえとおまえの妻だと言われたって、私は少しも驚かないだろう。すべてが夢であるなら、二十年はほんの一とまたぎにすぎない。過去が作り話のようなものなら、私はその中をいくらでも自由に泳ぎ回れるのである。

タクシーを降りると、また雨がぱらついてきたので、私は老人みたいに用心深く折畳みの傘をひらいた。そうして、横断歩道の信号が赤から青に変るのを気長に待った。

過去の東京のどこかこんな街角で、ちょうどこんな雨の夕暮に、数え切れぬほど繰返したありふれた動作の一つが、一瞬にして私の記憶を生き生きとよみがえらせたみたいであった。

では、この歩道のまんなかで、私が向うから来る赤い傘をさした誰かとぶつかり、そうして二つの傘のどちらかが閉ざされて一つになる――そんなシーンがすぐそこで起ってもなんの不思議もないわけであった。……

しかし、私は心の弾まないやぼ用で出てきたのであるし、私の雨傘もまた実用一方の夢のない道具にすぎず、私が車の流れをぬって誰かに駈け寄ることも駈け寄られる気づかいもなかった。

過去の自分と、現在の自分と、そのいずれもがひとしく嘘いつわりのない事実であるはずなのに、われわれはしばしばそれが信じがたく、両者の間にある裂け目のようなものに苦しめられ、心をみだされる。

いまの私がことにそういう年齢なのかもしれなかった。たまに東京へ出て、誰彼のよく知っている顔を見出し、以前と変りなく会話を交しても、心はちっとも弾まず、奇妙にうつけたようになって帰ってくる。

――その日もそうだった。私は真夜中もずいぶん過ぎてから、家族の寝しずまった家にたどり着き、二た言三言妻に簡単な言葉をかけて、すぐに床に入った。

そうして、なにか不安な夢を見たあとのように、――その印象を強いても払いのけようとするみたいに、――枕元に読みたくもない本のページをひろげたまま寝入ったらしかった。

三十九

たしかに、年とともに、わからなかった事が少しずつわかってくる場合もある。

独身時代に私はなにかの本で、誰かの言葉を読んだことがあった。記憶が狂っているかもしれないが、たしか――結婚生活というのは男と女が向い合って、おたがいに見つめ合って暮すことではない。そうではなくて、二人が同じ方向に（外部に、未来に）目を向けて生きることなのだ……というような。

若くて自分と相手の事だけで頭がいっぱいだった時にはわからなかったこの言葉が、いまでは私もよくわかるようになった。なるほどその通りだと思い当ると同時に、そこには少々残酷な意味合いも込められていたのだと知るに至ったのである。

男と女が共同生活をして、それがどんなにあつあつのカップルにせよ、いつまでも恋人同士のように見つめ合っていられるものではない。生計のことだの、子供のことだの、年老いた親いのことだの、十年二十年わずらわしい心労に明け暮れて、ある日ふと気がついてみると、おたがいに髪の毛が薄くなっていたり白髪《しらが》を染めて隠さなくてはならなくなっていたりするという寸法だからである。

そうして、夫婦の心労はその後なお十年二十年とつづき、このつぎ二人がつくづくとおたがいの顔を見るのは、ほぼ完結した長い過去を振り返る時まで延ばされるのかもしれない。

結婚とは、夫婦とは、いったいなにか。時には、それは世にも馬鹿らしく退屈なゲームのようにも、人をあざむく虚偽の絆のようにも感じられることがあるのではないか。

私がこれまで狭い交友の範囲で見てきただけでも、実にさまざまな結婚があり、夫婦がいた。それは上手に書かれた小説のようでもあれば、まずく演じられたお芝居のようでもあった。筋書も実にとりどりで、仕合せなのもあればそうでないのもあった。

華やかな結婚式を挙げて、大勢の仲間に祝福され、物質的にはなに一つ不自由のない暮しに恵まれながら、夫婦の関係は急速に冷却して、必要最小限の会話すら交されず、――細君は夫になにか用があれば一つ屋根の下で置き手紙をするというような、――二人の板ばさみになった子供はいつも親たちの顔色をうかがって小さな胸を痛めているというような、――そんないたましい家庭もあれば、……一方では、子供をつれた未亡人と結婚して、その上相手の親まで引き取り、彼等を血をわけた自分の親や子のようにわけへだてなく愛して、すべてよしとしている、——これもまた「聖家族」と言いたいような家庭をいとなんでいる男もいる。……かと思うと、夫婦間の不和に堪え切れず、神経を病んで、最後は病室の窓から飛び下りるしかなかった男もいたし、……細君や子供たちに見捨てられたも同然の癈人になって、いまも病院にいる男もいる。……

彼等は、私の目には、みなとびきりいいやつであり、心のやさしい青年たちであった。私は同性として、やはりどうしても男のほうの顔が先に目に浮ぶ。そして、なぜ彼はああなんだろう、どうして彼はあんなことをしたんだろう、と考える。

しかし、よその家庭のことは、私には結局わかりはしないのである。彼等は余計なお世話だと言うだろうし、私のほうにも、自分たち夫婦のことを棚に上げて他人の生活をとやかく批評する資格はないのである。

四十

「おお、帰ったぞ！」

という声がした。小学六年生の子供が日光への修学旅行から帰宅したのである。

いまどきの子供は「ただいま」などという美しい日本語には縁がないらしい。「ただいま、でしょ」と母親が咎めれば、「そんな言葉、使ったことないよ」と言う。で、私も「おお、帰ったか！」と答えて、小言を言う気力もうせるのである。私の家の躾が悪すぎるのか。

たった一泊の、それもおそろしく駈足の修学旅行に出かけるのに、息子は何週間も前から一人で大騒ぎをして、学校で貰ってきた地図を眺めたり、こまごました携帯品を揃えたりしていた。学校でも、貸切列車に全員が三十秒以内で乗り込めるように、何度も校庭で汽車に乗る練習をしたそうである。

出発の前日には、おやつを買い込むについてまた一と騒動あった。母親が見立てて買ってきたのでは気に入らなくて、夜になってから自分でスーパーに仕入れに行った。母親が「うるさいわねえ、これでいいじゃないの」と撥ねつけているのを、私が「まあ、好きにさせてやれ、初めての修学旅行なんだから」と言って買いに行かせたのである。普通の遠足や運動会と違って、おやつもたっぷり二日分要るのである。それにしても、日光を見に行くのだか、おやつを食べに行くのだかわからない。

思えば、三十何年前の秋、私もそんなふうに大きな夢と期待で胸をふくらませて、日光へ出発したものである。昭和二十四年の秋のことで、私は新制中学の三年生であった。敗戦のどさくさで、もちろん小学校の時は修学旅行はなかった。われわれの世代にそれに似たものがあったとすれば、空襲からの疎開ぐらいであった。

おやつなんかほとんどなかったような気がする。鞄も、ふだん学校へ持って行っていた肩掛け鞄のままだった。やはり一泊したが、各自、米を持参して旅館に提出した。

あの戦後の輸送事情の悪い時代に、どうやって藤沢から日光まで運ばれて行ったのか、もう思い出せない。記憶にあるのは、なんでも夜バスで湯元の町へ入った時、大変な霧であたり一面が白かったこと、聞かされていたよりももっと寒くて、もう少しで風邪を引きそうだったこと、風呂にもちゃんと入れてもらえなかったことぐらいである。

子供が「いろは坂はおそろしかった」だの「泣き竜も見た」だの言っているので、私もそばから「華厳の滝は見たか?」「東照宮は?」「眠り猫は?」などと質問を発して、いまの修学旅行も三十何年前のそれと中身はさして変りはないことを確認した。

だが、東照宮での記念写真を即日おみやげと一緒に持ち帰るというスピードぶりには一驚した。そして、少しばかり現代の子供たちを可哀相にも思った。いくらなんでもこれではオートマチックすぎ、味気なさすぎるではないか。旅の思い出の写真は何日かして出来上がってきたのを教室で配られるほうが楽しくはないか。

写真といえば、少し前、近くの小学校でこんなことがあった。――せっかく現地で撮った記念写真が、随行したカメラマンの手違いかなにかで、一と組だけ写っていないのがあった。

さあ、大変である。まさかもう一度日光へ行くわけにも行かない。

仕方がないから、こちらで撮り直すことにして、クラスの全員が旅行の時とそっくり同じ服装をして、帽子をかぶり、鞄をさげ、こうもり傘を持って学校の運動場に集合した。日光は雨だったので、それと同じ場面を再現して背景の東照宮の写真とうまく合成するつもりであった。で、その日はいい天気だったが、みんな傘をさして――ついでに修学旅行の顔をして――写真におさまった。一生に一度の貴重な思い出はそれでどうにか保存されたのである。

ところが、出来てきた写真を見ると、雨が降っているはずなのに、お日様が傘を通してみんなの顔にちらちらしている。これぱかりは写真屋さんの技術でもどうすることも出来なかった。

四十一

いまの学校は、先生も生徒も横着で、遠足に行ったって行きっぱなしのようである。どこへ行ってなにを見ても、帰ってくればけろっと忘れてしまい、めったに思い出すこともないようだ。

しかし、われわれが子供だった頃には、――と、ここでまたついお説教口調になるが、――どんなつまらない場所へ遠足しても、あとで国語の先生がちゃんと「綴方」を書かせたものであった。そして、全員が提出した文章を丁寧に読んで、感想をつけて返してくれたものであった。

ここに、そんな見本がある。私が中学二年生の一学期に書いた作文で、春の真鶴《まなづる》遠足の記録である。かろうじてこれだけが昔の成績物の中に残っていた。もとよりくだくだしく、拙劣なしろものであるが、昭和二十三年という自家用車もテレビもなかった時代、大人も子供もその日その日を生き抜くのがやっとという占領下の窮乏、空腹の時代に、それでも当時の少年少女がいかに年二回の遠足を楽しみにしたか、どんなふうにその日一日を行動したか、——あるいは読者の多少の御参考にもなるかと思って、文字づかいも原文のままお目にかけるのである。

「今日は待望の遠足である。起床六時、いつもならまだぐうぐう寝ていて、起されても起きない癖に、今日は早くから目がさめてねられなかった。起きてからも何だかそわそわしてしようがない。すぐ仕度をして家を飛び出した。空を見ると少し曇ってはいるが、雨の降る気配はないようだ。

やがて、電車で藤沢の駅へ着くと、大部分の者がもう表駅に集っていた。今朝になって、切符を買っている者もいた。改札を受けてプラットホームに入った、『ゴーッ』と列車が滑りこんだ。少しばかりあわて、乗ったが、無論席は取れなかった。

（中略）

茅ヶ崎の駅の前には『ピストン堀口練習場、練習生を求む』と大きな字で書いてあった。それよりも皆の心を引いたのは、拳闘の絵であった。さて平塚辺へ来るともう口を動かしている者が沢山いた。何と、自分もその仲間であった。『ゴーッ』と大きな音にびっくりしたがすぐ馬入川の鉄橋であることに気がついた。下を見ると半分は河原、半分は川、というように全部が全部、水が流れているのではなかった。下流の方に大きな白い橋がかゝっていた。この辺へ来ると空模様はだんだんよくなって、晴れ間が見え、少し日があたるようになって来た。

（中略）

真鶴へ着いた。かつて真鶴は神奈川県下で三崎につぐ漁港と聞いていたが、駅前には店も余りなく外に漁港と感じさせる物も余りない。駅を降りてもこの始末なので、折角の遠足にしては余り物足りない様に思へた。

真鶴岬迄あと約二粁の道程があるそうだ。岬の風景を頭に浮かべながら、歩くこと約十五分。この辺まで来ると少し傾斜地になって来た。その辺は森でくす・しい・松等の大木が茂っていた。森の中はまるで何処かの高い山の中の森林のようである。それよりも海岸のそばに何故こんな森があるのかそれが不思議で仕方がなかった。森を切抜けて少し高い所へ出ると左に真鶴港が見えた。今丁度漁船が二そう仲よく並んで港内へ入って行く所だ。港はコンクリート造りの防波堤で四角く囲まれていてその水面は波がなく、まるで池のようだ。その先端には朱ぬりの燈台がぽつんと立っていた。港内では沢山の船がてい泊していた。そしてその手前にはきれいな岩がありそこにぶつかる波の色の美しさはちょっと口ではいゝ表わせない。自分ばかりでなくこの景色は誰の心をも引きつけた。しばらくこゝに止まって景色を眺めていたがやがて岬に向って進んだ。空を見るとさっきの雲はもうあとかたもなく姿を消してよい天気になっている。そしてもう暑くなって汗が出る。少し経つと道がだんだん下り坂になって来た。と思うと向ふにとがった岩が二つ並んでたっているのが見えた。岬だ！　僕達は歓声を挙げて道を駈け下った。

海岸にはごつごつした岩が沢山ありその上を飛び〳〵海辺へ出た。もうそこには何処かの女学校の生徒がきていた。やがて僕達は波の打ちよせる岩の上で弁当を開いた。青い空の下、日が暖く照って、東方には平塚方面の海岸、西方のかなたには熱海、そして伊豆半島が横たわっている。遊んでいる僕達の前に『すうー』と涼しい風が吹いて行く。

鬼ごっこをする者もいれば水泳をする者もいる。こうして遊びつかれた僕達は最後に記念撮影をした。短い様だが三時間位遊びつくしてしまった。やがて岬を後にして帰途についた。行きに来た道を途中から方向を変えて港町の方へ出た。

余りのどが乾いたので漁村のある家で水道の水を飲ましてもらったが少し塩辛かった。それは海岸なので幾らか海水が入っているのであろう。港のそばを通ると漁村の子供がなまこを取っていたのが見受けられた。さき程山の上でみた赤燈台はぽつんと立っていたが今こゝで見るとすばらしく大きく見える。

町へ出た。にぎやかな町ではないがきれいな映画劇場もあった。やがて駅へついた。もう日はだんだん落ち始めていた。」

――三十何年前の、これがわれわれの遠足の一日であった。いまなら車で一時間もしないで行ってしまう真鶴海岸へ、ずいぶん張り切って出かけたものだ。そして、事実、海も山も子供の私の目にはずっと美しく見えたのである。

四十二

ところで、日光へは、私は大人になってから二回行った。一度は、結婚二年目の夏の終りに妻と、もう一ぺんはそのすぐつぎの年のやはり夏に、会社の同僚と行った。

そこはある団体の保養所みたいなもので、男体山の真下にあって水辺まで数十メートルの、山小屋風の建物だった。周囲にはあちこちの会社の寮があったが、ホテルも旅館もまだ一軒もなく、とても静かだった。

温泉は湯もとから引き込んだ、砒素のまじった硫黄泉で、栗鼠《りす》の恰好をした瀬戸物の湯口に、硫化物がいっぱいくっついていたのを覚えている。いささか不便すぎるのか私が行った二回とも、ほとんど客がいなかった。

妻と行った時は、八月の末だったが、着いた晩に猛烈な驟雨があった。

夕食には、あの辺のことだから鱒の塩焼なんかが出た。

私は何度も風呂に入りに行った。

電燈にたかる虫が多いのには閉口した。

眠れなくて、持って行った本を読んだ。

何時《なんじ》かもさっぱりわからずに、いつまでも起きていた。

というのも、二人とも時計を持っていなかったからで、ふだん放送の仕事で追いまくられているわれわれ——妻もその頃は別の局で番組を作っていた——は、もう時間というやつはうんざりだったからである。

ついでに言えば、昼間さんざん仕事で見ているテレビを、夜、家に帰ってまで見たくないというので、家にはテレビの機械も置いてなかった。

大体、この時の旅行だって、やっとの思いで休暇を取って出て来たのである。妻は長男がおなかにいて、五ヶ月位だった。

で、二人とも夜更かしをしすぎて睡眠不足になったが、翌朝は早く起きた。空はだんだん晴れ上がって、昼頃には上天気になった。

バスで戦場ヶ原へ行き、三本松で降りた。ところが、驚いたことに、戦場ヶ原は警官でいっぱいであった。天皇、皇后両陛下が来られるからということで、それできのう日光の市中が日の丸だらけだった訳がわかった。

われわれ観光客は全員一とまとめに、バスを降りた所で足止めを食い、ずいぶん待たされた。とにかく動き回ってはならぬという。待ちくたびれて、みんなその場に立ったり坐ったりしていた。

ようやく天皇旗を掲げた黒い車が、パトカーや護衛車の列に守られて到着した。

両陛下は、この朝、どこか牧場見学ののち、天皇は湿原の植物観察を、皇后は山のスケッチをなさるという警官の話だった。

おかげで、われわれは五歩ないし十歩のところに両陛下を——これまた土地の警官の言葉を借りれば——「おがむ」ことを得た。天皇陛下はたしか黒いゴム長をはいておられたが、皇后の履物のほうはどうであったか。

なにしろ、私にも妻にも物珍しい経験であった。

おそれ多い一隊が去ったのち、私と妻は戦場ヶ原のど真ん中に引っくり返って、宿の娘さんが作ってくれた弁当を食べながら、男体山や白根山の山容をつくづくと眺めた。

青い空、白い雲。……そんな言葉をいくつ並べたって、なんにもならないだろう。満喫と言うのでもまだ足りない、近年そのくらい素晴しい思いをしたことはなかった。修学旅行のバスであわただしく駆け抜けて以来、十何年ぶりに私は日光の空気を心ゆくまで味わったのである。

そうして、午後は宿に帰って、ボートでみずうみに出た。自分一人ではないから、なんとなく不安であった。男が妊娠した相手の女をボートで湖上に誘い出し、突き落して殺す——外国映画のシーンがあったことも思い出された。まさか私はそんなこわいことを考える夫ではなかったが。

その時の二人の様子は、古いアルバムに貼ってある写真を見ればいいのだが、私としては照れ臭くて、ごめんこうむりたい気分である。ただ、澄んだ空気のせいで写真は私の安物のカメラでもこれ以上はないというくらいによく撮れたこと、湖面に映った男体山の影が不気味なまでに生々しかったことなどを記憶している。

妊婦のくせに妻は自分でもボートを漕ぎたがり、実際にオールを握っている所も私は何枚か写してやった。彼女もまだ奥さんというよりはお転婆娘という感じだったし、私にしても見かけも気分も学生みたいなものであった。

そのあと、今度は自転車を借りて、二人で中禅寺の町へ買物に出かけた。ラーメンを食べたり、羊羹を買ったりした。観光地はどこもそうだが、町のほうは俗っぽくて、厭だった。

宿に帰って、夕方またボートに乗った。自信がついて、さっきよりも沖のほうへ出た。泳いでいる人もいたが、水の色を考えるとどうも入る気がしなかった。(私はいまだに湖はこわくて駄目である。)

帰るその朝も早起きして、時間ぎりぎりまでボートを浮べていた。

二た晩泊っただけだったが、二人ともすっかり日に焼けた。あとは、山小屋周辺の朝の木洩れ日のきれいだったこと、宿で飼われていたいじけた雑種の犬とも仲よくなったこと、……

そんなわけで、私はつぎの年の夏休みには会社の同僚を誘ってまた出かけたのである。たまたまその男の実家が日光に近かったので、そんな話になったのだ。

で、この時は、往きに彼の家で一と晩泊めてもらった。東武沿線の田舎町の小料理屋というのが、私などには珍しかった。夕暮、狭い路地を姐《ねえ》さん連が通りかかるのを、彼と二階の手すりから見下ろしたり、按摩を呼んでもらって揉ませたりした。町へ出てパチンコなどもした。なんだか新開地のような、寂れた町のような、奇妙な雰囲気の土地であった。

中禅寺湖では、さすがに今度は男同士だから、二人代る代る漕いでとうとう向う岸まで行って帰ってきた。

妻と来た時も時間を持て余したが、男同士というのもまたへんに退屈なものであった。そこで、あまりの退屈さに、夜中に階下のホールへ降りて行って物色すると、時代遅れの電蓄があった。おまけにキャビネットのレコードが全部SPであった。

しかし、おどろいた。SPはSPでも、ワインガルトナーだのブッシュだのレナーだのクーレンカンプだのの往年の名盤がぞくぞくと出てきたからである。

男ふたり、はるばる日光まで骨董品のレコードを聞きに行ったようなものであった。……

――こんなふうに少しずつ思い出しながら書いていると、久しぶりにまたあのあたりの空気を吸いたくなってくる。二十年近くも経って、どうせあの辺もすっかり変ってしまっているにちがいないのだが。

四十三

私がこれを書いている今、外はまだ暗い。午前三時を回ったところで、しとしとと陰気な雨も降っている。半袖では寒いくらいだが、袖の長いのを探しに行くのも面倒なので、そのままにしている。

どうしてこんなに早くから机に向っているかというと、――ゆうべいつもより早く寝たせいもあるが、――実はさっきの地震で起されたのである。ぐらぐらっと相当大きなやつが来て、おさまったかと思うと、また小ぶりのが来た。そのあとも、何度か揺れたが、一々勘定していられるものではない。

妻が跳ね起きて、廊下に飛び出し、雨戸を一枚明けた。いざとなったらそこから脱出しようというのである。

が、私はそこまで敏捷に行動はできない。大抵、寝たままである。よほど大きい時には、蒲団の上に起き直るぐらいのことはするが、それでもまだぐずぐずと考えている。考えたって仕方のないことであるが。

二階でも悲鳴がしたように思った。さすがに子供たちも目をさましたらしかった。しかし、降りては来ない。たとえ親たちは階下で下敷きになっても、二階で頑張っているほうが得である。

余震のあと、私は台所へ行ってお湯を沸かし、紅茶をいれ、パンを切ってトーストにして食べた。それから、紅茶のお代りを持って自分の部屋に戻った。

いい機会だから、しばらくレコードを聞こうと思った。プレーヤーの蓋をあけると、いつものが載せたままになっている。このところ、私はその一枚を繰返し聞いているのである。あまりにも有名なバッハの管絃楽組曲第二番というものである。

この何年か、私はずいぶんレコードには御無沙汰していたのだが、ある時、急にまた聞きたくなって町のレコード屋でこれを買ってきたのだ。なぜこれにしたか。その理由ははなはだ感傷的なもので、二十数年前、私が貧乏学生だった頃、なんとか苦心してようやく電蓄というものを手に入れ、まず最初に一枚だけ買ったレコードがこの曲だったからである。その盤はステレオではなく、ジャケットもお粗末だったが、私には宝物のように思えたものだ。

そうして、それがやはり秋のいま時分のことであった。折から、すぐ近くの小学校のスピーカーが連日運動会の練習でやかましく、私はせっかくのレコードを鑑賞することをいたく妨害された。しかも、私を笑わせたのは、この組曲の結びのバディヌリという曲までが、なんだか運動会の駈けっこみたいに聞えたことであった。……

それはともかく、これを聞くと、私は自分の青春の初心に連れ戻される思いがする。ほんの一時《いっとき》にしろ、ごみごみした雑念を吹き飛ばされ、心がしずまる思いがする。が、一方ではもろもろの追憶やら悔恨やらに胸を噛まれる気もして、嗚呼やんぬるかな！　と声には出さないが、心の奥で呟いたりするのである。

……レコードを聞きながら、ぼんやり窓のほうに目をやっていると、レースのカーテンの裾が、戸の隙間から、するすると外へ吸い出されて行くではないか。

これも天変地異か。それとも宇宙人のしわざか。

と、ひょいと、猫の手が出た。

猫が外から窓をこじあけて、入って来ようとしているのである。彼もまた、さきほどの地震で安眠をやぶられたのであるらしい。いつもならもっと明け方まで湯殿で寝ているものを、私が起き出して電気をつけているので、時刻の勘が狂ってしまったらしいのだ。

しかし、私はバッハのために猫は無視することにした。

四十四

ヨハン・セバスティアン・バッハの妻。

「今になって考えてみますと、私はその頃そうした音楽の後にはきまって聖ゲオルクが降りてくるものとばかり思っていたのに、それが人間だったのでございました。ところがそのとき、私は急にがたがた震えだしたのです。私は床に落ちていた外套をひっつかむなり、ただわけもなくわななき震えながら教会の外にとび出してしまいました。——」

「私がはじめて彼を見たとき！」のことを、アンナ・マグダレーナ・バッハはこう語っている。——彼のちに偉大なバッハの二度目の奥さんになって十三人の子供を産むことになる娘が、——彼女はその時二十歳だったが、——父と旅行したハンブルクで、町へ買物に出た帰りみち、聖カタリーナ教会なる建物のわきを通りかかって、ふと中へ入ってみる気になる。誰かがオルガンを弾いている。その奏き手がバッハであるとも知らずに、彼女はその音楽に釘づけになり、聞き惚れて時の移るのも忘れてしまう。突然、オルガンが鳴りやんで、その誰かが壇上に姿をあらわし、彼女が佇《たたず》んでいるのを見つける。

そこで、彼女はあわてて逃げ出したのである。——言ってみれば、これが彼女とバッハとの見合いみたいなものであった。

私は、マグダレーナのように、バッハを聞いてもがたがた震え出すことはなさそうだ。私が振動するのは、やはり地震の時だけのようである。地震でしかふるえない鈍感な男というわけか。その地震でだって、私は本当はふるえたくないのだが。

それに、私には、音楽はどんなに気に入った音楽でも、いつも少しばかり長すぎると感じられる。音楽と名のつく音楽がどれもこれももっと短かったらいいのに……鳥の囀りや風の音みたいに……ほんの一とふし、一と吹きで終ってくれれば……私はもっと安心して音楽につき合えるのに。

それはともかく、大バッハも神様ではなく、生身の人間だった。病没した前妻とは七人の子をもうけたから、バッハの子供はアンナ・マグダレーナとの分も入れて合計二十人という勘定になる。

もっとも、当時十八世紀はまだ赤児が無事に成長することがかなり僥倖に近いような時代であったのだろう。バッハの年譜といったようなものを見ると、彼等の子供の記録は、出生、受洗、とあるかと思うと、二、三行先には、埋葬、とあるといったあんばいで、作っても作っても死んでしまう者が多かったと見える。もちろん日本だって、そうだったにちがいない。

妊娠、分娩、哺育の考え方もずいぶん違っていた。物の本によれば、病院で子供を生むことは――たとえば十九世紀のフランスでもまだ――はしたないことと思われていたそうである。子供というものは、家の者たちの興奮や、匂いや、物音に囲まれて生れるべきもので、便利第一主義の冷やかな病院なんかで呱々《ここ》の声をあげるべきものではない、と考えられていた。

さて、バッハは最初の妻を亡くしてから一年経った頃、マグダレーナの父親に彼女との結婚を申込む。この求婚はもちろん大変な名誉ではあるが、なにしろバッハは十五も年上ではあるし、沢山の子持ちではある。娘の両親もその点はよくよく考えるようにとわが子に注意したが、

――

「私が口ごもり、頰あからめて、涙まで流しているのを見て、セバスティアンの求婚に応じる意志を見てとった両親は、別室で私の答えを待っている彼のところへ、私を行かせました。彼は彼の決めたことに少しも疑いをもっていなかったと思います。私たちはそれまでほとんど言葉を交したこともなく、彼のいるところではいつでも胸が一杯でただ黙りこくっていたのです

が、それでも彼の鋭い眼眸《まなざし》はちゃんと私の心を読んでいたのですから、彼に逢うと、いつも私の胸は早鐘のように高鳴りはじめ、口もきけなくなるのでした。」

とはいえ、このバッハ氏は若い娘を優しいまなざしでとりこにするような評判のまったくない人物、きわめて真面目で、落着いていて、ごく親しい人たちと話す以外にはめったにお喋りもしない人物であったという。

「彼は窓ぎわに佇んでいました。はいって行くと、彼はこちらを向いて、二歩私の方に近づき、『マグダレーナさん、僕のお願い、ご存じでしょうね、ご両親は承諾して下さったんですが、僕の妻になってくれますか』と申しました。『はい、わたくし、有難うございます』と私は答えますと、思わず涙にくれてしまいました。それは、その場には本当に不似合いでしたけれど、この上もなく清らかな幸福な涙、神とセバスティアンに対する感謝の涙でございました。

……………

一七二一年の九月に私たちは婚約し、十二月にセバスティアンの家で式をあげました。私はわが家となるべき家で婚礼を祝ったわけでございます。婚礼の日は、女の一生で一番美しい日だと申します。たしかにあの日の私ほど幸福な娘はありませんでしたが、でもいったい私のヨハン・セバスティアン・バッハほどの夫をみつけた方がありますでしょうか。」

いまの時代に、マグダレーナのような娘や奥さんや母親がいるかいないか、バッハ夫妻のような夫婦があるかないか、私は知らない。いくらだっているだろうし、いたっておかしくはないのだろうが。

しかし、なんだか溜息が出る。少くとも、いまは誰もこんなふうに確信のある物言いはしない。こんなふうに手放しで文章をつづりはしない。なにもバッハ家に限らず、ヨーロッパに限らず、人間の生活はかつてはそのように清らかだったのだ。静かだったのだ。単純だったのだ。

……

四十五

十月も終りに近づいた。地震で目がさめたので、暗いうちから起き出してレコードを聞いたりしたあの日から、もう一と月も経ってしまったのか。

きょうは、朝から低い空がたれこめ、午前中は小雨が降っていた。寒々しいので、ことし初めてのストーブをつけたが、途中で消してしまった。窓を明けたら、外気のほうが暖いみたいだった。おかしな天気だ。

この二、三日、暑いのか寒いのか判別がつかぬ、私の身体のほうも変な具合である。疲れているのでもなし、食欲がないわけでもない。ただ、ちっとも机に向う気がしない。葉書一枚書く気がしない。といって、他のなにをしたいというのでもない。早い話が、頭の調子が最悪なのである。

私は、ときどき、そんな状態に陥る。脱線また脱線、時には顚覆も辞せず、というのが私のこの文章作法であるが、それにしても行き詰ることとなしとしない。

午後、雨が上がったのを見届けて、自転車で家を出た。雲が薄れ、せわしなく動き出していた。西のほうには青空ものぞいていた。

川ぷちの、ふだんはリトル・リーグと称する子供の野球場になっている大きな空地に、農協まつりのアーチが立ち、特売でもしているのか、たくさんの屋台が並んで、縁日みたいににぎわっていた。

車の出入りで、そこらじゅうが泥んこになっている。

主婦がてんでに長葱だの大根だのの束を自転車にくくりつけて出てくる。

私はなんとなく共進会という古めかしい言葉が頭に浮び、生きた豚やにわとりも売っているのかしらと考えた。覗いてみたら面白かろうとも思ったが、気が急いていたので、横目で見て通りすぎた。

大体、こういう私の反応からしておかしいので、さしたる目的もなく走っているのであるから、気が急くもなにもないのである。

そのうちに、自然に——というのも無責任であるが——藤沢の町へ出た。駅前の名店ビルの裏に自転車を置き、四階の本屋で頼んでおいた本を受取り、すぐ隣のデパートの六階までエスカレーターでのぼって、そっちの本屋で、薄っぺらな画集を一冊買った。

Francis Bacon……

どうしてこんなものを買ったか。私は実はこの英国の現代画家の絵を、先だってテレビの日曜美術館で見たのである。ゲストの大江健三郎が喋っていた。彼の話も面白かったが、つぎつぎと映し出されるベーコンの絵にひどく興味をかき立てられた。

以来、私はそのベーコンなるものを、一ぺんゆっくり、仔細に見てやろうと思っていたのだ。こういう挑戦的な言い方をするのは、その絵がおよそ不愉快この上ない、気分が悪くなるような、醜悪、グロテスクそのものの絵だったからである。ところが、私はその醜悪さがいまもって忘れられない。……

見たくもない厭らしい絵であるが、しかし、見なきゃならない。で、その汚物——と言いたいくらいだ——を購入して本屋を出た。

私のすりきれたジーンズの買物袋は、本二、三冊と煙草で嵩ばっていたが、すぐには家に帰る気がしなかった。帰るべきか、帰らざるべきか。夫として、父親として、思案するともなく思案して、結局、駅の近くの馴染みの飲み屋に寄ってしまった。

私の場合、こういう精神状態もあまりかんばしいとは言いかねる。帰るなら帰る、飲むなら飲むで、さっさと行動に移すのがいいのである。

その店は食いものが豊富で、むろん全部食べようったって食べ切れるものではないが、何十種類ものメニューがあるのが私にはよかった。長いカウンターがあり、反対側にテーブルが数卓、奥にはまた桟敷みたいな席があって、四、五十人は入るかもしれない。が、きょうは開店早々の時間で、がらんとしていた。

カウンターの一番入口に近いところに陣どって、中年の——といっても私よりは年下のはずだが——板前氏とむだ口をたたく。彼はいつも気むずかしい、こわいような顔をしている。あまり笑ったのを見たことがない。

酒をつけてもらう。

なぜかきょうは格別食べたいものも浮ばなかったが、シマアジのいいのがありますと言うから、それを注文した。

だが、シマアジとは何ぞや？　長年海辺に住みながら、私は知らない。その魚の顔を見たことがない。刺身にして出されてから、ずいぶん大きな魚らしいとわかったが、なかなか旨かった。

酒のお代りをして、時間を訊くと、まだ五時半にもなっていない。しかし、外はすっかり暗かった。通りの向う側に自転車を置きっぱなしにしてあることを思い出し、そのことを言ったら、主人が出て行って駐車場にしまってくれた。

一人じゃつまらないので、私はふだん飲み相手のXかYを誘い出そうと何度か電話をかけに立ったが、いずれも不在であった。二人とも勤めのある身だから、そうおいそれとはつかまらないのである。Xは、夫人の話では、もう帰ってきてもいい頃だという。

X夫人の応対がにこやかなだけに、私はよけい気が引けた。土曜日で、Xの家ではちゃんと夕食のお膳立てをして奥さんも子供も待っているのかもしれないのに、私ごとき不心得者がいて、「おい、出てこい！」などと言う。私はとっくの昔にXの奥さんには睨まれているのではないかという気がした。

また、酒のお代りを頼んで、今度は魳《かます》を塩焼きにしてもらう。

そのうちに、二人、三人という具合に客が入ってきて、だんだんにぎやかになった。が、私は相変らず一人で、物足りなくってしようがない。いまにもXかYが入ってきそうな気がして、入口の戸が明くたびに振り向いてみる始末だ。

魳を平らげてから、また酒のお代りをした。大根おろしが食べたくなったので注文すると、板前氏が大根を丸のまま見せて、「あたま？　尻尾？」と言うから、しっぽのほうを貰った。

もう今晩は諦めて引き揚げようと思いながら、大根おろしでねばっていたのがよかった。とうとうXのやつが電話をかけてきた。

いま帰った、酒よりもめしを食いたい、と言うので、よそで会うことにして、私は自転車は預けたまま、そこを出た。

出る時、店の主人が笑いながら「やっぱりお一人じゃいやなんでしょう」と言ったが、図星だ。私はどうも一人で飲むのは面白くないのだ。

近くのバアでXと落ち合い、少し飲んでいるうちに彼が焼肉が食べたいと言い出した。で、駅の向う側へ行くことにした。朝鮮料理の店はいくらもあるが、なにがし苑というその店には昔一緒に草野球をした仲間の一人がコックでいるはずだ。——そんな古いことをXが思い出したからである。

地下道をくぐり抜ける途中、ちょうど真ん中あたりで、私は一人の五十年配の男とすれ違った。もっと正確に言えば、彼は二人の年下らしい男に挟まれ、たぶん気持よく酔ってなにか声高に談笑しながら、足早に歩いて行くところだった。私のことは気がつかなかった。

だが、私はその男——その名前や身分を書くことはやめておくが——をよく覚えていた。覚えているどころか、面罵してやりたいくらいのものだった。

「××、この悪党！　貴様はまだ生きてるのか！」

とでもいう具合に、だ。

もちろん、そんなことは考えるだけで、やりはしない。が、叫び出したい衝動が咽喉もとまでこみ上げてきたのは事実で、やはりかなり酔っているのがわかった。それもなんだか中途半端な、うれしくない酔い方だった。

「あの悪党め……」

私がつぶやいたのを耳にとめて、温厚な紳士のXはびっくりしたらしい。

「え？　誰？」

と訊いたが、私は笑ってごまかした。

焼肉の店に行ってたずねると、そんな人はもう何年も前にとっくにやめてしまったとのことだった。よくよく考えてみれば、われわれが草野球で知り合ったなどというのも、もう十年も昔の話なのだ。

しかし、折角来たんだからというので、そこで肉を焼きながら、また少々飲んだ。酒を燗してくれと頼んだら、高校生ぐらいの女の子がアルミの器をガス焜炉にかけて煮立てたのはおどろいた。店員も、他の若い客たちも、テレビの恋人ゲームみたいな番組を見るのに忙しく、全員が整然とそっちを向いていた。

私は、Xがお粥を食べるのにつき合い、自分も唐辛子入りのだぶだぶしたのを汁も余さず飲み尽して、さすがに動きたくなくなった。……

——顧みて、はなはだ不毛な、Xには申訳ないが、低調きわまる一夜であったと言う他はない。

四十六

十年も前には、私は、深夜酒を飲んで帰宅すると、家に入る前に、よく木に登ったものであるが、このごろはもうそんな元気もなくなった。

一つには、手頃な木がないということもある。以前住んでいた家には、玄関わきに、まことに足がかりのよい大きな泰山木があって、その枝ぶりや幹のたたずまいが、しばしば酩酊した主人をさしまねいたものであった。

それが、いまは、しかるべき物体がなにもない。すぐそばにコンクリートの電柱があり、庭には木製の梯子も二た組あるが、電柱や屋根にのぼったとて、なんの面白かろうはずがあろう。ただ高い所に登ればいいというものでもないのである。

第一、いまでは木登りする私を見たって、誰も少しもよろこぶまい。軽蔑を買うのがおちだろう。結婚当初は夫のそのような酔態を多少とも珍しがった妻も、その後齢《よわい》を重ねるにつれて、まったく愛想尽かしをするに至っている。そして、子供たちは、もうすっかり大きくなって、容易なことでは笑わせられない。彼等は試験勉強でそれぞれに忙しいのだ。

その上、私は二つのことを妻から勧告されている。一つは、外でお酒を飲んだら、自転車で帰らないこと。反射神経が鈍っているくせにスピードを出しすぎるからである。

もう一つは、酔って知らない相手にからんだり口喧嘩をしたりしないこと。酒が入ると、誰しも自分を五人力ぐらいに過信するものだが、口ではともかく腕力になれば私は負けるにきまっているからである。

だから、今夜も私はおとなしく帰ってきた。誰とも口論もしなかったし、変な目つきもしなかった。ただし、自転車は置いてくるわけには行かないから、乗って帰ったが、それもちゃんとライトをつけて、ゆっくりゆっくりこいできたつもりだ。

さいわい、取っ組み合いどころか、木登りをする余力もなかった。カラオケとかいうものがいやに耳について離れないので、うろ覚えの歌謡曲をうなったり、真夜中で人気のないのをさいわい、犬の吠え声や猫の啼き声をやってみたりした。

もっとも、私のような酔っぱらいは犬のほうでも馬鹿にしていると見えて、どこでも、全然反応がなかった。

寝しなに、私は例の「ベーコン」を袋から出して、枕元に置いた。横になって、あの絵を眺めてみようと思ったのである。

ところが、それは、およそまったく眠る前に見るような絵ではなかった。人物を描いたその多くは、人間の形をしていなかった。奇怪にねじれた首、ろくろっ首の先端にちょっぴり髪の毛らしいものが附着していた。その皮膚は、象か犀のそれみたいだった。

首というよりは、なにやら猥褻な肉の茎の突端に、人間の口と歯と耳がついていた。それが蛇みたいに大きな口を開けていたが、顔があるだけ蛇のほうがまだましだった。

どこまでが肩で、どこからが首か、見当もつきかねる、腐った球根か、つぶされた鉛の玉みたいな頭があった。それにも口と歯だけがちゃんとついていた。

人間の恰好をしたものも、首から上が溶けて流れてしまっていて、顔を探さなくてはならなかった。きちんと背広を着た男も、口と歯しか持っていなかった。

ベッドのシーツの上で、裸の女にのしかかっている裸の男がいた。醜悪すぎて、まるでポルノどころじゃなかった。女といっても、口と歯がはっきり見えるだけだった。

どの肉のかたまりも口と歯だけで表情し、なにかわけのわからないことを叫んでいた。狒々《ひひ》も、木の上で白い歯をむいて叫んでいた。

それからまた、だんだん人間の形がくずれて行き、目もあてられないひどい惨死体のようになった。

肉屋の奥に吊してある肋骨をむき出した枝肉や、魚か鳥の肝みたいなもの、血ぶくれした腹綿の切れっぱしみたいなものになって行った。

じっさい、肉屋の店先にいるようなものだった。

それでも、みんなまだどこかに、ほんの少しばかり人間を思わせる部分を持っていた。足を組んだり、腕に注射器を突き立てたり、親子でサーカスをしたりしていた。もはや人間とは呼べない、それらの化けものじみた、ぞっとするような生きものたちが。

不愉快にはちがいないが、しかし、誇張じゃない。人間が時にはこんなふうに見えたって、ちっともおかしくはない。人間ってやつはこんなものかもしれない。いや、人間そっくりだ。

……

そう思いながら、私はいつのまにか眠りに入った。

四十七

早いものだ。私がこの「単純な生活」をどうやらこうやら書き継いでいる間に、もう丸一年が過ぎてしまった。

ついこないだまで、ふさふさと群がり茂って向うが見えなかった庭のいぬアカシアも、また枯木のような姿に立ち戻って、ここかしこに数枚の干からびた葉をくっつけているばかり。この私も裸同然の恰好で仕事をしていたと思ったら、最近は朝起きるなりいくつもくしゃみが出て、洟ばかりかんでいる始末だ。……心あたたまる水団《すいとん》の季節、着ぶくれてする朝の散歩の季節、窓辺の日光浴の季節が、またそめぐって来たのである。

フランスには
冬もなければ
夏もなくまた
モラルもない
この欠点さえ
べつにすれば
すばらしい国

というのがトム・ソーヤーやハックルベリ・フィンの生みの親マーク・トウェインの意見であるが、よその国のことは知らず、わが日本には今のところまだ夏もあれば冬もある。モラルだって少しはあるようだ。それに、日本語というのがまた素晴らしい。日本のことを書くにはやはり日本語でないと駄目である。

いまはまだ十一月の下旬で、明日のことは神様のほかはわからぬものであるが、どうやら私も無事に年を越せそうな見通しだけはついてきた。

しかし、年を越せたら越せたで、またまた難題が待ち構えている。以前は食卓の噂話に、どこそこの息子さんは感心にもなになに大学に現役で入った、なんとかさんとこの誰ちゃんはことしもまた浪人と決った等々と聞かされても、私はただ聞き流していたものだ。ところが、とうとう自分の倅がその受験とやらをする番が回ってきたのである。

「まあ、どうなと好きなようにしたらいいだろう……」

と私は思っており、口でもそう言っている。正直、私はそう考えているのだ。幼稚園から小学校、中学高校と、やいやい言ってここまでは後押しして来てやったんだし、もはや身の丈も父親の私を追い越したぐらいなんだから、あとはもう自分の責任でやってもらいたい。わしは知らぬ。

この私だってあまり親に相談はしなかった。相談したってどうせいい顔はしないだろうとわかっていた。死んだ父は真面目な文学ファンでこそあったが、自分の息子が文学部なんていう訳のわからぬ、やくざな世界に迷い込むなど、本当は我慢ならなかったことだろうと思う。父は私に法律とか政治経済とか、なにかもっとちゃんとした学問をさせたかったにちがいない。父亡父のその意向はどうやら隔世的に伝えられたと見え、私の長男はどう間違っても文学部だけはごめんだと思っているようで（すでに志望を固めているらしい）、その点は私もひそかに安堵しているのである。まことに結構なことである……煮ても焼いても食えない「文学」だけはやらぬに越したことはない……

——窓際の机に寄りかかってそんなことをぼんやり考えていると、枯木ごしに、西隣の家の屋根を、そこの主人が——と言っても、とうに隠居している御老体であるが——心もとない足つきでそろそろと巡回しているのが目にとび込んできた。トタンのペンキ塗りか、樋につまった落葉の掃除か。

で、私はおもわず首を引っ込めた。べつに怖るるに足るほどの人物ではないのだが、私はどうも苦手なのだ。というのも、私たち夫婦はこの老人には叱られてばかりいるからで、老人の姿どころか足音がしただけでもまたなにか言われるんじゃないかと思う。

ここに越してきた早々に、まず庭にいつまで粗大ゴミを放置しておくつもりかと注意された。ゴミと言ってもそれは廃車にしたポンコツの軽四輪であったが、なかなか捨て場が見つからなくて雨ざらしになっていたのだ。すると、近所の子供らが毎日のようにやって来て、奇声とともに自動車ごっこをしたり叩いて壊したりする。それがうるさく、かつ目ざわりでたまらぬと申される。第一、見るからに無精ったらしいではないか。

つぎには、庭の焚火に水をかけ忘れてどやされた。ちょっと油断した隙に海辺の突風が来て、原稿用紙の燃え残りの醜い燃え殻が少しばかり老人の家の軒下に舞い込んだらしい。「なんたることですか、焚火をしたあとはちゃんと水をかけて始末するのが常識でしょうが」とやられてしまった。

よほど几帳面で、きれい好きな爺さんなのであろう。よく物干し竿に洗濯物をひろげているのを見かけるが、そのような家事も一手に引き受けているらしい。なんだか機会あるごとに老細君と「隣の連中はまったく常識のないやつらだ……」などと話していそうな気がする。

そんなわけで、私は小さくなっているのである。まるで学生の昔に返ったような心持である。

近所に迷惑といえば、私が飼っている猫どももそこらで少なからぬ不始末を働いているのではないかと心配だ。いつか、斜向《はす》いの家の門口から雄の一匹があわてて飛び出してきたと思ったら、ほぼ同時に石もとんできたので非常に驚いた。主婦といえども仲々巧みに石をほうるものだと感心させられたのである。きっと猫が花壇かなにかをほじくりかけたのだろう。

また、庭木を大事にしている向いの家の老夫人には、私はひょいと外へ出たところをつかまって、「お宅の猫が毎日々々ここに糞をしにくるんですよ」と、門柱のわきの木の根っこを指さされたが、「ま、ここならいいですけどね」と言ってくれたので助かった。地面は他にいくらでもあるのに、なぜか猫はそこを気に入っているのだ。

以来、私は路上でこの夫人たちに出会った時は、いままで以上に丁寧に最敬礼しているのである。

かと思うと、今度は真裏の、南側の家の奥さんが声を荒らげてうちの猫を撃退している場面に出くわした。それを私が見てしまったのだから、なお具合が悪かった。相手もばつが悪かったと見えて、「お宅の猫がしょっちゅう入ってきて困るんです。これからは入ってきたら遠慮なく追っ払いますから、気を悪くしないで下さい」と悲鳴みたいに訴えた。はっきりそう言うだけ気性のさっぱりした人なんだろうと、私もあまり厭な気はしなかった。そこの家は大きな犬を飼っていて、彼女はたぶん犬が好きなのだ。

で、このお宅には、いわば猫の通行税として、毎夏庭に生えてくる蕗《ふき》を差上げている。……例によって話が妙な方向にそれてしまったが、かくのごとく私の猫どもの前途も相当に多難なのである――われら人間家族のそれと同じく。

四十八

大《だい》の男がどうしてまたつまらない雑種の猫を三匹も飼っているんだろうと御近所ではお考えにちがいない。実は、私もそう思わぬでもないのである。

猫なんていやらしい動物ではないか。殺せば化けるのかどうかは知らないが、全身怪しげな縞模様や斑点入りの毛皮を着ていて、歩いている時よりも坐った時のほうが背が高く、闇中にぎらりと光る眼は緑色で、あくびをした時の貌つきなんかはまるで悪魔のようである。こんな恐ろしいものにミミだのルルだの（この二つは昔いたシャム猫の名であるが）なんとかちゃんだの、新人歌手か風邪薬みたいな名前をつけて、抱いたり頬ずりしたりしている。そんな中年男のほうはもっといやらしいかもしれない。

しかし、私は世に言う絶対の猫派でもなく、犬は犬で憎からず思っているし、子供の時から何匹も飼ってきたので、いずれは犬もと考えているのである。あまり大きいのではなく、ビーグルなどというのを飼ってみたいものだ。

しかしまた、猫と違って犬となると、私が躊躇する理由はいくらもある。第一に、どうやって運動をさせるか。私自身が運動不足なのだから、一緒に散歩すれば飼主の健康にも益するかと思うが、そう簡単には行くまい。雨の日も風の日も、私が犬の相手をしてやれるかといえば、とてもその自信はない。

はたから見れば気儘ほうだいにやっているようだが、私もこれでなかなか疲れる。文章を書くという仕事は、決して頭だけ手先だけの仕事ではない。本当に気合いの入った文章は、頭でも胸でもなく、臍のあたりに力をこめて書かなくてはならぬ。だから、ほとんど肉体の全身の労働なのだ。重い荷物を運ぶのや、深い穴を掘るのと同じである。読者に少しでも楽に読んでもらおうと思えば、私はそれだけへとへとになるのである。（かつまた、楽に書いたように見せるのが、作者の心意気というものである。)

そうでなくても、猫だけでも私と妻とのいさかいの種になりやすい。男の子三人の面倒を見るだけでも大仕事なのに、三匹の猫がまた家の中を汚す、子供の弁当のおかずを頂戴する、みんなの安眠を妨害する等々のわざわいをもたらす。だのに、私は折あらばその三匹を五匹にも十匹にもふやしかねないのだから、要注意人物なのである。

その上、彼女は午後は自分の仕事を持っている。いままで書きそびれていたが、私と同じような放送局の勤めをやめてからかれこれ十五年ばかり、別の場所で高校生ぐらいまでの子供にピアノを教えているのである。したがって、私は一週間のうち昼間は家に一人でいる日が多く、それがおたがいの精神衛生にもいいようなのだ。とは言え、作家の妻の心労はこれまたなかなかのものであるらしいが。

つい一と月前のことだった。私が深夜の電話に出ると、それは三つ年上の同業のYH氏だった。

同業と言っても、彼は児童文学が専門で、彼の本のことは私よりも息子たちのほうがくわしいのだが、とにかくその多産多作なることは私などの比ではない。本は出るたびに子供の名前を書いて送ってくれる。お蔭で子供らの本箱の一つはY氏の本でいっぱいになり、うちの子はクラスの友達にも鼻が高いのである。下の二人は近くのデパートのサイン会でY氏本人に会って握手してきたこともある。

ところが、この私はいまだにY氏と顔を合せたことがない。十年も前になるだろうか、ある時彼がちょっとした用件で電話をしてきたのが始まりで、話好きらしい彼がときどき思い出したように電話をくれる、私が送った本の感想を書いた手紙をくれる、——そんなやりとりだけで、いつしか何度も会ったことがあるような気がしているのである。

だから、また仕事の息抜きに雑談でもしようという電話だろうと思い、そのつもりになったが、彼が開口一番、口にしたのは、

「……いやあ、実は女房が死んじゃったんですよ……」

という力のない一と言だった。

もちろん、Y氏にも会ったことがないのだから、奥さんの顔も家庭の様子も私は知らない。ただ、私のところと同じぐらいの年恰好の子供が二人いるとか聞いているだけだ。

まだ四十八だったY夫人は、この年齢によくあるぽっくり病みたいなもので死んでしまったらしい。発病から一と月後に息を引き取るまで、——一旦は元気になって退院の日を待つばかりになったのに、途中で容態が急変して今度は植物人間みたいになってしまい、最後まで意識を回復せずに逝ってしまったこと等、——Y氏はこと細かに話してくれたが、私はじっと聞くだけで慰めの言葉もなかった。

「……あなたのいい読者だったんだよ……」

と彼がそれも残念そうに言うから、私はよけいつらかった。

私としてはほぼ同世代の貴重な読者をまた一人失ったことになるが、Y氏にしてみればそれどころではあるまい。

別にわれわれの世代に限ったことではないが、もとは赤の他人同士だった男と女も、夫婦となり、子供を持ち、おたがいに中年と呼ばれる人生の苦しい坂道にさしかかる頃には、もう好きだの恋しいだのいう世迷言《よまいごと》とは無縁になり、ただ端的に、戦友愛のようなものを抱き合うようになっているだろう。その戦争の真っ只中で相棒に死なれては、悲しいとか淋しいとかいうより先に、まずがっくりとするにちがいない。早い話が、家の中のことも、なにがどうなっているのか、どこになにがしまってあるのか、子供の世話はどうしたものか、男親はただただうろたえ、途方に暮れるばかりだろう。他人事でなく、それは私にもよくわかる。

だが、薄情なようだが、私には他に慰めようがない。――Yさんよ、大変でしょうが、ここでへこたれずに奥さんの分も戦闘を継続して下さい、とでも言うほかはない。

「……あなたも奥さんは大事にして下さいよ……」

と最後にYH氏は真剣な口調で言った。

まさか彼が奥さんを大事にしなかったとは私は思わない。察するに、その反対である。だがそれでも物を書く人間と共にする生活の危うさには、一家の主婦の心臓を締めつけるようなものがあるかもしれない。ましてや、Y氏は長年不遇をかこっていたらしいのが、近年にわかにその苦節が報いられてジャーナリズムに迎えられ、おそろしく多忙になったらしいのを、私どもは彼のためには遠くから喜んでいたのである。

夫の新手《あらて》の重荷を、Y夫人もやはり背負わずには済まされなかったのか。それともなにか他の心労で身体が弱っていたのか。電話でのY氏の話では、亡くなった奥さんの最後の日記を見ると、「このところ毎日頭がぼうっとしていて、なにをする気力もない……」というふうな言葉が記されてあったそうである。

「戦死みたいなものだな……」

受話器を置いてから、私はしんみりと考えた。だが、この人生が長い長い戦いの日々の連続だというのであれば、斃れるのはなにも作家の妻にかぎらない。誰だって中道で倒れる者は、みな無念の戦死なのだ。

そうして、私はふと、YH氏にも奥さんとのこんな青春の時代があったにちがいないと思いながら、あの可哀そうな石川啄木のことを、啄木の奥さんや二人の極貧の家庭のことを、はるかに思いえがいていた。

いつか、是非、出さんと思ふ本のこと、

表紙のことなど、
妻に語れる。

四十九

まだ会ったこともないY氏であるが、いまの私のささやかな気持はどうやら彼に届いたようである。なぜなら、ちょうどここまで書いたところで配達されてきた午後の郵便物の中に、彼の年賀欠礼の挨拶状が入っていたから。そして、印刷の文面の余白に、彼の手で、小さく、こう記されてあったから。——

「新しい本をいただきました。いつも小生より先に読む女房がいないのが、すごく悲しくつらいです。」

……………

ところで、いくらY氏にお前も女房を大事にせよと奨励されても、にわかに表立《おもて》ってどうということは私には致しかねるのである。ここでまた世代というやつを持ち出せば、私もまた、女性一般に対して、とても昨今の新世代のようには率直流暢に愛情だの好意だのの表現ができない、旧弊な、いっそ封建的な世代に属するのである。それに、私の性情をよく知る妻にしたって、そのような表現は気色が悪いばかりであろう。

彼女のいない日、昼間留守番役の私に出来ることで妻への協力にもなり得ることは、きわめて限られている。すなわち、米の配達が来たら受取って代金を払う、新聞屋も同じ、にわか雨が降ってきたら洗濯物を取り入れる、頃合を見計らって雨戸を締め、ガス釜のスイッチを入れる、……それと、腹が減ったらなにやかや一人で作って食べる、それが面倒なら外で済ます、というぐらいの才覚はあるので、多少は妻も助かっているかもしれない。

助からないのは、——よその奥さん連の大方は、朝早く御主人と子供を送り出してしまえば、あとはどんな恰好で引っくり返っていようが、どこへ遊びに行こうが、誰々を呼び込もうが彼女たちの勝手であろうが、——拙宅ではそうは行かない、この私という者が、晴雨にかかわらず、おおむね朝から晩まで家の中を徘徊して、彼女のマネージメントについて小うるさい所見等を述べ、やたらに腹が減ったと言い（空腹が執筆と密接な関係にあることは先ほども触れた）、自室にこもってしまえばうるさくも目ざわりでもないが、それでも一定の静寂は要求されることである。

そんなわけで、彼女が昼間は夫から解放される主婦たちの境遇をいかばかり羨しく思っているか、それくらいは私にもわかっているのだ。いきおい彼女が私に家事の一部を託して、朝から行方をくらまし、市中を彷徨したり、他家を訪問して憂さを晴らしたりすることになるのはやむを得ないのである。

　変らないのは、いずれにしても夕食の最中に、または食後に、彼女の一日分の話をたっぷり聞かされることだ。以前、私が勤めをしていた時分には、深夜くたくたになって帰ってきても、う相槌を打つのもおっくうなのに、彼女がその日一日家であったことを細大漏さず報告するのに辟易させられたものだ。

　ところが、彼女は自分も半日仕事をして帰り、相当にくたびれているだろう時も、やはり喋るだけのことは喋るのである。――そのあたりが女と男との大きな相違点であるらしい。

「……あのね、中学の音楽の教科書に、バッハは音楽の父、ヘンデルは音楽の母って書いてあるのよ。それだもんだから、きょう、××ちゃんにヘンデルの曲を弾かしたら、『先生、この人、おんな?』ってきくのよ。だから、『ばかねえ、おとこよ。だけど、昔からバッハは音楽の父、ヘンデルは母って言われてるのよ』って説明してやったら、『ふうん、じゃあ、おかま?』ですって。ほら、あの頃の人ってみんな鬘かぶってるじゃない、だもんだから、『おかまなの?』だって。ベートーベンになるともう鬘なんかかぶっていないみたいだけどね……」

　そんな馬鹿々々しい話を、私は聞くともなしに聞いていればいいのである。喋るよりは黙って聞いているほうがやはり楽なようである。……そうか、するとルイ十四世も、ニュートンも、モーツァルトもみんなおかまか。……別に悪気はないのだが、こうして妻の話を聞きながらも、私の頭の半分はなにか別の事を考えている。これも私の職業からくる呪われた習性かもしれない。

とにかく、私は彼女がそんなふうにいつも小さい女の子男の子や、一番年かさと言ってもせいぜい高校生の少女たちを相手に日常を過しているのはいいことじゃないかと思っている。子供に囲まれてにぎやかに笑ったりしていれば、少くとも気分だけはいつまでも若くていられるだろう。きっと私なんかよりはずっと長生きするだろうと、こう思っているのである。

さて、いよいよ本年もおしまいだ。

さる年の大晦日の晩であった。例の紅白歌合戦も終り、テレビで除夜の鐘がいやに余韻たっぷりに撞き出されるのを確かめてから、ふと便所に立って戸外の静寂に耳をすますと、おそらく市内の龍口寺か遊行寺のであろう、生《なま》の鐘の音が一向に大げさでなく聞えてきて、なるほどこれは本当に年が明けたのだと思った。そして、スピーカーを通して聞く鐘の音はやはり味気ないものだと思った。

そのあと、つまり元日早々の真夜中、子供たちも寝しずまってから、妻と差向いで炬燵で一杯やりながら、隣の部屋ではカザルス指揮するところのハイドンの「告別」交響曲を静かに鳴らしておいた。

告別と言っても、なにも深刻な音楽ではない。要するに、冗談音楽、いたずら音楽の一種である。――それまで何食わぬ顔で弾いてきた楽員たちが、最後の楽章では、自分のパートを終えると譜面台の灯を消して一人ずつ退場する。ステージはだんだん暗くなり、最後から二番目には指揮者もいなくなり、残ったヴァイオリン一人が心細げに弾きつづけ、ついには彼も姿を消して、あとは真っ暗――という趣向のようである。私は実演を見たことはないから、いまでもそんな演出でやるのかどうかは知らないが。

年越しには「第九」の合唱もいいかもしれないけど、「告別」もいいですよ。

では、よいお年を。

五十

今回は、お正月らしく、のんびり雑談と行きましょうか。もっとも、小生の話は毎度そんな調子ですから大して変りばえはしませんが。

冬の夜ふけ、御地では如何ですか。狭いとは言っても北から南まで、細長く伸びる日本列島のこと、いまこの瞬間もしんしんと雪が降りしきっている所もあれば、冬の星座が大空にまたたいている所もありましょう。ここ、湘南地方では、近年元日に雪が降った記録はどうもなさそうで、少くとも私の記憶では白一色の雪の正月ははるか子供の頃の思い出と化しつつあります。

『にんじん』のルナールは、その「元日」という一章を、「雪が降っている。元日がめでたい（様《さま》になる？）ためには雪が降らなくてはいけない」と書き起しています。にんじんの田舎では雪がもうずいぶん積もっているから、外はいやが上にも静かで、早起きして飛び出した子供たちの足音も雪に吸い込まれてしまう。そして、にんじんが顔を洗う庭の水槽も、すっかり凍りついて、氷を割らなくてはなりません。

やがて、にんじんは、兄さん姉さんの後について、食堂にいる両親に新年の挨拶をしに行きます。みんな順番に二人にキスをして、「パパおはよう、ママおはよう、あけましておめでとうございます、ことしもお元気で、そして来世は天国へ行らっしゃるように……」そんなことを言うしきたりであったようです。

子供の私は、まさか父と母があの世へ行ってからのことまでは口出ししなかったけれど、「おめでとう」ぐらいは言いました。その時刻には、ちょっとおめかしをした母は、台所で昆布出しを取ったり鰹節を削ったりして、そろそろお雑煮の下ごしらえをしているところ、父のほうは食堂のテーブルで――いつか書いたことがありますが、昔のそのテーブルがいま私の仕事机になっているのです――やはりいい着物をきて、お屠蘇《とそ》は後回し、本物の御神酒《おみき》のほうを大分聞こし召して、早や赤い顔をしていたように記憶します。

子供の目には、白木の祝い箸や水引のついた箸袋をはじめ、お屠蘇やおせちのお重のセットといった、いわくありげな正月の塗物類が物珍しく、なにか神秘的にさえ映じました。大人になってからは、なんのことはない、この日だけは朝からお酒が頂けるありがたい日というにすぎなくなりましたが。

しかし、そういう正月も私の幼稚園の頃まででした。国民学校に入った年の暮れに戦争が始まり、正月には父はもう南方の戦場に行っていました。そして、やっと五年生の夏に戦争が終ったと思ったら今度は戦後の食糧難の時代で、お餅も闇でしか手に入らない正月がつづいたように思います。

御多分に洩れず、軍人だった亡父も失業のたけのこ生活で、なにやかやと家のものを売って暮しましたが、ある年なんかは、父のとっておきの舶来の靴なども手放して年を越しました。それで、父がふざけて「元日や古靴化けし雑煮かな」などという句を作ったので、私は子供心になんだか靴を煮て食べているような妙な気分を味わったものです。

だから、その点では私の子供たちのほうがずっと仕合せです。百年前のにんじん君よりも仕合せかどうかはわかりませんが。

彼等も、その日は私に一応挨拶ぐらいはします。それも母親に「おめでとうございますでしょ」と催促されての上ですが、とにかく父親の機嫌をそこねては出るものが出なくなるおそれがあります。すなわち、お年玉であります。

にんじんの家では、お姉さんは――自分の背ほどもある、いや、もっと大きなお人形。

お兄さんは――箱入りの、勢揃いした鉛の兵隊。

そして、当のにんじんには――母親が食器棚の奥から勿体ぶって出したわりにはお粗末な品物で――黄色い紙の上にのせた赤い砂糖細工のパイプです。にんじんはこの差別待遇は先刻承知ですが、ここで弱味を見せてなるものかと、大喜びして力いっぱい吸ってみせ、

「こりゃいいや、とってもよく吸えらあ」

と反りかえって言う。

事実、パイプをくわえたにんじんが反りかえって姉さんや兄貴に対抗している、そんな挿絵も入っています。

しかし、私の伜どもに限らず、現代の日本の子供たちはやはり人形や玩具の兵隊よりも、あのなんでも買える現生《げんなま》の金一封を好むようで、その金額の僅かな差違が兄弟間に深刻な紛争を巻き起したりすることもあります。

でも、それでも大いによしとしなくては罰が当るでしょう。お年玉どころか、お雑煮を祝うこともできない子供たちも、きっとどこかにいるにちがいないのですから。

五十一

話が前後しますが、暮れに年下の友人でチェリストのY君――彼のこともいつか夏の終りにちょっと書きましたが――から好い便りがありました。

「お元気ですか？　いま、盛岡にきています。雪が7㎝くらい積っています。今朝ふりはじめたとのことです。」

とあり、演奏旅行の出先からくれたのですが、いつにない高揚した文面でした。それもそのはず、初めての子供、それも男の子が生れたという知らせでしたから。なにしろ嬉しそうで、当然のことという以上に、いつのまにか三十代も半ばを過ぎているY君の異例の感激ぶりが目に見えるようでした。

「産院に僕もとめて貰って、その晩から妻と子供と三人で狭い部屋でねむりました。とりあげた医者は『まるで、パパのミニチュアだ』といっていますが……

いままで聞いたことのない声が、分娩室のうめき声や医者のシッタする声のあいだからあがったとき、今度こそ間違いなく自分の子供の声だと（その日のお産は妻ひとりだったからあたりまえですが）信じられました。

医者の夫婦は二人ともつきっきりでよくやってくれました。一緒に声をはりあげたり、『上手！　上手！　その調子！』なんていうのはどこでも同じかもしれませんが、それが僕には淋しかった日々の連続を思わせて、涙がとめどなく流れてくるのです。これで充分じゃないか！　そう思ってひとりで泣きました。だから壁ごしに赤んぼうの声があがったときは、両方の母親や医者の前に出て行ける顔ではなかったのです。入院したのが朝の6時、生れたのが夕方の6時20分、その間、何度、腕時計を見たかしれません。」

Y君の手紙を読みながら、私は、ああそうだった、そうだったなあ、と一字一句に肯きながら、つくづく自分の子供たちの時のことを思い返していました。一番下の息子がこの春中学ですから、最初のお産などははるか昔の記憶ということになりますが。そして、先輩ぶるわけじゃないけど、これでY君もついに一人前だなあ、でも男の子は育てるのが大変だぞ、張合いもあるかもしれないけどさ……と、こう肩でも叩いてやりたいような気がしました。また、これでY君にも私の書いたものをうんと実感をもって読んでもらえるなあ、とも思いました。

私もあの分娩室の中を、ちらっとでしたが覗いたことがあるのです。私のところは三人とも横浜の国立病院でしたが、長男の時がちょうど一月の末、寒い寒い真夜中のことでした。その上、その日に限って人手が足りなかったのか、私はベテランらしい看護婦さんにつかまって、さんざんこき使われてしまいました。やれ、なんとか帯に脱脂綿を取って来いだの、湯たんぽに大急ぎでお湯を入れて来いだの、あちこち駈けずり回らされました。

でもまあ、たのもしい相手で、この人の言うことさえ聞いていれば大丈夫なんだろうと思って一所懸命にお手伝いをしました。そのお返しにというわけでもありませんが、私は後日その場面をそっくり小説に使いました。

「僕はそっちへ行った。そこは、分娩室に直接つながっている一面タイル張りの浴室ないしは足洗い場といったような一角だった。もうもうたる湯気と、血とも汚物ともつかぬ異臭が充満していて、正体は分らないが乱雑をきわめていた。なにやら腸詰め工場の内部でも見学するような、おそろしげな道具も置いてある様子だった。

そこの流し場で、ゴムの手袋をした別の看護婦が、血まみれのひどく泣きわめく物体を太い腕でわしづかみにして、長靴でも洗うようにしてさかんに洗い立てていた。

僕は一と目見て、あわてて目をそらした。なぜなら、これが僕の最初の息子だということが父親の直感で分ったからである。それにまた、看護婦もそのもがき叫ぶ物体を洗いまくってつるつるにすることに没頭しており、それが僕の子供であることなど一と言も口にはしなかったからだ。

瞬間見たところでは、そのものは、この世にひり出される際に母体からの出口で理不尽に圧迫されたらしくて、頭部が奇妙に細長くビリケンみたいに変形されていた。しかし、看護婦の手荒な扱いに反抗するように力強く泣いているところを見ると、無事に生まれてきたのはたしかだ、と推察された。」

いささかの嘘も誇張もない、これは本当のことなのです。ただ、書き手の「僕」が初めて父親になった、信じられないような、気恥かしいような、喜びやら当惑やらをぐっと押えていることを別にすれば。

だからY君の感激もいかばかりかと想像されます。じっさい、その日ぐらい男どもの目に女性たちが偉大に見える日はない、その日ぐらいお医者さんや看護婦さんが神様みたいに見える日もないでしょうから。

すべてが無事に完了したのは、明け方の四時で、外はまだ真っ暗でした。バスも動いていませんでした。で、私は妻のベッドの蒲団のへりに手を入れて暖をとりました。当時まだ木造の古い建物でほとんど暖房設備もないような病室でしたが、しかし、本当は私はその寒さもまるで感じないくらい、初めて経験したわが子の出生場面に興奮していました。やがて、空が青みはじめたので、私は靴を手に持って長い廊下を歩き、人気のない玄関から外へ出ました。……その朝のことが、まるでついこないだのことのように思い起されたのです。

そうして、早速にとペンをとってY君夫妻にお祝いの手紙を書きながら、私はちょっとばかり彼が羨しかった、ねたましかった。なぜって、私のほうはもうそんな人生の感激に見はなされてしまって久しいような気がしているから。あの看護婦さんが洗っていた、つるつるの長靴みたいなやつが、もうこの春は大学受験とかで、自分で勝手に生れてきて勝手に大きくなったような口をきくのですから。

ところで、Y君は子供の名前を、晴一郎としようかと思う、と書いてきました。好天が続いて、毎日駅と病院の間を往復するたびに青い空がまぶしいようだから、というイメージもあるようです。自分が謙一郎でもあるし、奥さんの名がひかるさんだからでもあるらしい。私は、いい名前だなあ、と思い、大いに賛意を表しておきました。

実は、私は自分が一字名前だもので、Y君みたいな三字の名前にあこがれていました。で、長男の時はなにしろ長ければいいとばかりに、陽一郎、とつけました。まあ、悪い名前じゃないと思っています。それから、二番目には、これまた長いのをと、竜二郎、とやった。これもむしろ立派すぎるような名前ですが、ただ、ちゃんと正字で「龍」と書くと画数が多くて、面倒くさい。それで、子供は誇らしいような迷惑なような思いをしたらしく、また、正月になるといやに自分の名前を書いた凧が揚がるのでヘンな気もしたようです。そして、三番目になると、さすがに私も長いだけが能ではないと反省して、単に、三郎、と命名するに至ったのです。

Y君は書いていませんが、彼はきっと女の子の名前もいくつも考えて用意していたことでしょう。私もそうでした。私は是が非でも男の子でなくてはとは思わなかったし、女の子のほうが欲しいような気もしていました。だから、それこそありったけの知恵をしぼり資料を動員して、見目《みめ》うるわしげな名前を取り揃えていたのです。ことに二番目の時はそうでしたし、三番目は絶対に女と思いたかった。

しかし、ついに私は女児の命名者たるの光栄には浴せずじまいでした。せめてもの楽しみは、小説の中で女名前を捻り出す時だけです。

女性の名前といえば、ついこないだもまたテレビで、ジョン・フォードの西部劇の名作『荒野の決闘』をやっていました。あれは私の大好きな——かつて見た映画のベストテンを数えるとすればその中に入れてもいいような——映画の一つですが、御婦人向きかどうかは知りませんん。原題は My Darling Clementine ですと言えば、主題歌を思い出される方もおありでしょう。

あの映画のラストシーンを覚えておいでですか。ヘンリー・フォンダ扮するヒーローのワイアット・アープが、恰好よく悪者どもを片づけて町を去って行く。その彼が、朝、馬車で出て行く時、牧場の入口でクレメンタインというヒロインと再会を約し、彼女を見つめて言う幕切れのせりふが、

「しかし、いい名前だな——クレメンタイン!」

という一言でした。

女性の名前というものには、洋の東西を問わず、何百年何千年にわたる男たちの愛と夢がこ

められているのでしょう。なぜなら、世の娘たちに名前をつけるのは、多くの場合、やはり男の仕事でしょうから。残念ながら、私には語る資格がないけれども。

五十二

されど、時は過ぎゆく、です。

Y君がモスクワのコンクールに入賞して帰り、今度は留学でふたたびヨーロッパへ出発した時、まだうちの末の子は生れていませんでした。いまでもよく覚えていますが、十三年前の昭和四十三年の正月の終りでした。日のささない、寒い一日でした。前の晩は拙宅で鉄瓶の天ぷらなどをして同君の首途を祝い、あくる朝、横浜港からバイカル号で出発する彼を、彼の両親と、妹さんと、彼と仲よしだった女友達と、それに私ども夫婦と二人の幼い息子と、総勢八人で見送りました。

寒風の吹きつけるあの大桟橋の埠頭で、出航までおたがいにテープを投げ合って別れを惜しむ間、Y君はデッキから8ミリのカメラをぴたりとわれわれの上に据えたまま、どうしても顔を上げようとしませんでした。そうして、彼は最後までカメラで顔を蔽ったまま、群れとぶ鷗とともに遠ざかって行きました。写真をとっていたのではなく、泣いていたのです。

彼はその時、二十四ぐらい、まだほんの少年のようでした。息子らも——よほど港や船が珍しかったのでしょう——その日のことは覚えていると見えて「さむい日だったよ、おれはオーバーを着ていたよ」などと一ぱしのことを言います。されど、時は過ぎ行くで、当時お元気だったY君のお父さんも、去年の夏亡くなりました。なにしろ、Y君留学の年に生れた三男がもうじき小学校を卒業するのですから。

聞けばY君も小学校時代は問題児扱いで、いまで言う「いじめられっ子」だったらしく、学校へ行くのがいやさにカバンを背負ったまま海岸へ行って半日過したこともあったと言います。才能でY君にあやかれるくらいならいいのですが、うちの子は問題児というその点だけが同君に似ているようで、私も家内もずいぶん心を痛めたり頭を抱えたりしました。洟をたらしていたり、服をだらしなく着ていたり、言動がどことなく突飛だったりしたために、「きたない」だの「くさい」だの言われて、毎日々々一人だけ仲間はずれにされていたことを——本人もプライドがあって親には黙っていたのでしょうが——ずいぶん後になって知らされたこともありました。学校でつらい思いをこらえてくるので、家に帰るとそれが爆発して、家族に当るやら不貞くされるやら、勉強もますます嫌いになって行く、そんな時期もありました。

その息子が、この冬休みに、卒業記念の文集に入れる作文を書きました。一と晩かかって原稿用紙二枚に書いたのです。題名もずばり「問題児」で、乱雑なものですが、まあちょっと読んでやって下さい。――

「『はーい、今日、阿部君が先生のわる口をいいました。』『はーい、今日、阿部君が一年生のことを餓鬼といいました。』まだまだほかにある。

これは一時ぼくのことを反省会にだすのがはやった時のことである。

こんなに悪い事をするのだから、悪いやつだと思うだろうが、そういうわけではない。なぜならば、これはぼくのちょっとした悪いことを反省会にだす、そして、ぼくは先生におこられる、こういうしくみになっている一種のゲームだからだ。

言うほうはおもしろいだろうが、おこられたほうはたまらない。いや、おこられるだけならばまだいい、みんながこのことを家にかえって親につたえる。そうすれば、ぼくはこの六年二組の問題児になる。ますますぼくはひねくれ、悪いことをつぎつぎにかさねていく。

今までのことをふりかえってみると、阿部三郎はたいへんな問題児にされてしまった。つまり、みんなは問題児を一人つくったといえよう。

それなのにみんなは、ぼくのことを問題児と呼ぶ。自分たちが問題児をつくっておいて、問題児なんて呼ぶのはおかしい。

こんどは問題児をつくる人について少し考えてみよう。ぼくは男の子、少しやんちゃでいたずらっ子なのがふつうだろう。だがこれを無視して、ちょっとした悪いことを反省会行きにしてしまう人は、ひきょう者だと思う。男の子は男の子らしく生きてほしい。問題児と問題児をつくる人の関係は、二学期になって自然に消えて行った。ちょっとさみしい二学期だった。完」

これを家内が私に見せ、読んで聞かせて、

「どう？　こんなこと書いていいのかしら？」

と言いますから、私は、

「べつに構わんだろう」

と答えました。

親馬鹿みたいなものですが、私は構わないどころか、実はちょっぴり嬉しかったのです。息子にしては上出来だと言ってやりたい気さえしたのです。こないだまで、なにをされても言われても、されるまま言われるままだった子供が、いつのまにか自分のことをこんなふうに書けるようになった。これなら、もう安心だ。自分で自分を問題児と称するくらいなら、もう大丈夫だと、こう思ったのです。なぜって、それこそがユーモアというものでしょうから。

五十三

さて、新年と聞けば、誰しもみなふと考えるでしょう、ことしはなにかいい事があるかしらと。心当りがあってもなくても、いい事がありそうな気がするのが新年というものではないでしょうか。

よき便りといえば――これも暮れのことで、また話があとさきになりますが――昨年の五月、出不精の小生がまさに一世一代の覚悟で敢行したフランス見物の際に知り合った観光バスの運転手LG（ルイ・ゲスティノー）君から、手紙が来ました。

彼のことは私の報告では省略しましたが、パリからノルマンディ、ブルターニュを経てロワール河畔まで、北のほうを見て歩いた折に三日間ホテルも一緒でした。一九三八年生れで、私より四つ年下、だけどまだチョンガーなんだよ、と嘆いて薬指をこすって見せたりしました。パリ郊外のアティス＝モンスという小さな町に住み、そこのバス会社に雇われているようでした。

私が片言ながらフランス語を喋るもので、このLG君とはじきに親しくなり、毎晩食事の時はテーブルを同じくして酒を注いだりつがれたりする仲になりました。私の職業を訊くので、私は自分が実は物を書く人間だということを、彼にだけはこっそり――もちろん片言のフランス語で――教えてやりました。とてもびっくりしていました。映画やシャンソンの話などもしました。日本語を一つも知らない、教えてくれ、と言うから、アリガトウとサヨナラの二つだけ教えてやりました。最後の晩などは、ホテルがメーデーで休み同然で、彼一人でわれわれの荷物全部を運ばなくてはならないのを、私は一行中では若いほうだったから買って出て力を貸してやったりもしたものです。

そうして、トゥールで別れる時――まあ誰だってそんなことは言うんでしょうが――また機会があったら来るからな、その時はパリで会おうぜ、なんて気楽なことを言ってきたのです。帰ってから、写真を何枚か送ってやりました。むろん、彼が写っているのを、です。なかには、レンヌからアンジェへ行く途中の広い広い菜の花畑で――そこで一と休みしたい、バスを停めてくれ、と言ったのは私でしたが――彼がひょいと菜の花を摘んで「Avec une fleur!(花を持って!)」と言いながらポーズを作って見せたひょうきんなスナップもあり、そんなのを手紙を添えて送ってやったのです。

いま、彼の返事をかいつまんで紹介しますと、――

手紙も写真も大変うれしく受取った。写真はとてもよく撮れてると思うよ。だのに、返事がこんなに遅くなって申訳ないが、実は八月に右の手首を骨折して、ギプスをとるのに半月もかかったりした。あんたの手紙で、ぼくと別れてからフランスの南のほうをいい旅をしたことを知ったが、あっちは日光にめぐまれてすごくいいだろう。あんたはまたフランス語を勉強し直さなきゃと言うが、書くのはぼくよりうまいね。ここ、パリ首都圏では六月のような日は照らず、いまは雪が降ったり薄氷が張ったりで、いい時候になるのはまだまだずっと先のことだ。奥さんと子供さんたちによろしく、それからよい一九八一年を。たぶん、いつかまたパリで会えるだろうね。……

そして、最後に、ＬＧという自分の署名の下に、小さく「あんたの運転手」と書いてありました。

運ちゃんだからなどと失敬なことを言うつもりはありませんが、なるほど彼は字を書くのはあまり得意でないようです。文法の間違いやなんか、日本人学習者の私にもすぐわかるくらいです。彼はきっとこれだけ書くのにもずいぶん苦労したにちがいありません。

しかし、だからよけい私はうれしく思いました。「あんたの運転手」などと書かれて、ちょっぴり自分が偉くなったような気もしました。と同時に、口ではもう一ぺん行ってみたいと言いながら、やはりそれも願望にすぎないような気がしていたあの国へ、ではもう一ぺんだけ行ってみるか、とそんな気分にもなります。遠い遠い外国に、それでも一人だけ知り合いがいると思うと、悪くない気持です。

……………………

例によってだらだらとお喋りをしている間に、いまはすっかり真夜中となりました。

カーテンの隙間から外をのぞくと、空にはまばらな星が凍りついたようにかがやき、下界は風もなく、新しい年の夜はいよいよ静かに更けて行きます。静かに、音もなく。ただ、かすかに海が鳴っているのと、ストーブのガスの炎の音だけが、時が過ぎ行くその音にも似て……

五十四

前回、パリの「あんたの運転手」ことLG君からの来信を披露したのを最後に、正月をはさんで四十日ほど、私は原稿用紙というものに触れなかった、というより、触れずに済んだ。

こんなことは年に一度しかないのである。お蔭で、いい骨休めが出来たが、いつまでもそうはしていられない。まだまだぼんやりしていたいのであるが、いい加減にここらで精神を統一して机に向うとしよう。

もっとも、正月に一度だけ、いわば書き初《ぞ》めにLG君への返事の下書きをしたためた。ただし、これはそのままではお目にかける訳には行かぬ、出来そこないのフランス語文章である。

「暮れにきみの便りをありがたく受取った。ぼくの手紙と写真をよろこんでくれた由知って、うれしい。実のところ、ぼくは外国へ行ったのはあれが生れて初めてで、もちろんフランス語で手紙を書いたこともなかった。フランス語を喋るのはぼくにはいつでも難しすぎるし、残念ながら字引なしで書くことも同じくらいむずかしい。

きみの手紙によれば、右の手首を骨折したがもう癒った、とのこと。きみの仕事は相当危険のようだし、毎日神経がすり減ることだろうと思う。くれぐれも体を大事にして下さい。

ぼくの家にも車が一台ある、おんぼろのフォルクスワーゲンだがね。でも、ぼくはめったに運転しない、まことに悪しき運転手であるから。それに、死ぬのはちょっとばかり早いからね。もっぱら家内が乗り回している。

われわれの町、藤沢は、東京の南五十キロ、海のほとりにあり、人口約三十万。この海辺はぼくの子供の頃の思い出でいっぱいだ。当地では、冬もたいへん暖い。が、しょっちゅうはげしい風が吹く。……」

ざっとそんなことを、一行々々、覚束ないフランス語で綴ったのが、そのままになっている。これこれのことを書くというより、私の語学力で書けそうなことだけを書くのが関の山である。言ってやりたいことは山ほどあるが、あえて小学生程度の内容にとどめざるを得ないのである。しかも、この文面をもう一ぺん、綴りに誤りはないか文法的におかしくはないか、辞書と首っ引きで検査して、しかるのちおもむろに清書するという段取りである。いつになったら投函できるか、心細い話だ。

（フランス語がいかに世界に冠たる美しい言語であろうと、私の知ったことではない。私には日本語がいちばん美しく、有難い。LG君もどうやら私が苦労して教えてやった「アリガトウ」と「サヨナラ」を二つともけろっと忘れてしまったらしい。）

それにしても、この一月は異例の快晴つづきで、おまけに日中はよく風が吹いた。それが下旬になってようやく天気がくずれ始め、きょうなど、海のほうを見ると、一面いやな灰色の空のところどころに、不気味な白目のように孔が明いている。

出かけて行って確かめるまでもなく、きょうも明け方からあの空の下で、サーフィンの若者たちが波乗りに興じているにちがいない。長年住むこの湘南海岸が、それも目と鼻の先の海面が、サーフィン族の集合地になろうとは想像もしていなかった。波乗りといえば、私たちの頃は素手でやるか例の洗濯板のような薄っぺらい板きれでやったもので、進歩したところでゴムボートがせいぜいであった。

で、私は何年か前に彼等が大挙して出現した時には、最初遊歩道路を車で走りながら、「なんだか知らないが、きょうはばかに大きなごみが浮いてるな」と、こう思ったものである。ところが、それはごみではなく、全身真っ黒なゴムのスーツで固めた連中がてんでにあの紡錘形のボード――と英語で言ったほうがよかろう――にへばりついて、波間にぷかぷか浮いていたのである。

なんと私も若者の流行にうとくなってしまったことか。

五十五

つい先日などは、この海岸で恒例のサーフィン大会なるものが行われたらしい。私は知らなかったが、その当日、ある放送局の女性プロデューサーが「冬の湘南」というラジオの風物詩を作るのだと言って、小型録音機《デンスケ》をかついで訪ねてきた。そして、近年のサーフィンブームにふれてなにか言うことはないかとマイクを向けるから、私、すなわち答えて、

「……べつになんにもないねえ……ぼくはサーフィンは興味ないから……見に行ったこともないから……でも、暴走族よりはましだと思うよ……サーフィンは音がしないからねえ……助かるよ……ただ、あいつらはこの辺の住宅地の路地にやたら無断駐車して……男も女も道ばたで平気で着換えなんかするのは、まあ仕方ないとして……帰りがけにどっさりごみを置いて行くんだよ……空きびん、空き罐、空き袋、弁当の包み、タバコの吸いがら……砂浜で焚火をして、なんでも手当り次第焚きつけにするなんかもどうかと思うねえ……ま、せいぜい海をきれいに使ってくれ、これ以上ごみをまき散らすな、ということだね……大体、サーフィンっていうのはもっと大きな波の来る所でやるもんじゃないのかね……本場のハワイのなんかテレビで見る

と凄いじゃないか……こんなぴちゃぴちゃっとした水たまりでいいのかねえ……そこが日本的サーフィンなのかもしれないけど……」

私としても必要以上に若者に憎まれたくはないから、これでもずいぶん手加減して日頃目障りにも腹立たしくも思っていることの一端を述べたが、喋っているうちにだんだん自分が意地悪爺さんみたいに思えてきて、少々自己嫌悪におちいった。人のたのしみごとに水をさすのは、たとえ正当な理由があっても、後味のよくないものである。

そこで、私は話をもっと当りさわりのない方向へ、昔のこの海辺の情景へと持って行った。私もそのほうが楽しいし、聞くほうだってそうにちがいない。

――私がいま住んでいるこの辺りも、かつては犬や猫の仔を捨てにでも来る時の他は昼間でもめったに足を踏み入れない防風林であったこと。日が落ちたら最後、外灯もない大きな闇の一帯が子供心にこの世の果てのように怖ろしく思えたこと。毎年四月か五月に大人たちに連れられてボウフウや松露を採りにくる時だって、松の梢を吹きぬけ電線を鳴らす潮風が、白昼ひゅうんひゅうんと、ものうげに、もの哀しげに、無窮の時を思わせるかのように、虚空にむせび泣いて、淋しくてたまらなかったこと。

しかし、文字通りの白砂青松のなぎさでは、くる日もくる日も全裸に近い漁師たちが地引網を悠長に引き、網には魚が銀色にはち切れんばかりで、われわれはよくバケツを提げて貰いに行ったものであること。当時は鰺でも鰯でもいくらでも欲しいだけくれたから、貰いすぎて始末に困ることもあったこと。(雑魚のたぐいは肥料にしかならなかった。)

また、暖い砂地には西瓜がよく出来るので西瓜畠があちこちにあり(砂上の家屋には夏は蚤も多かったが)、桃やトマトもいたるところに生《な》っていて、子供のわれわれは通りすがりにちょいちょいもいではおやつ代りに咽喉をうるおしたが、べつに誰に叱られるでもなかったこと。そのくらい人家が少く、人通りもまれであったこと。子供たちは履物がないからというよりも、砂の感触をじかに楽しむことに慣れていたために、なにかというとすぐにはだしになって行動したこと。……

「ああ、あの頃はよかったですな……」などと言えば、お定まりの感傷的回顧談になって、往時を知らない世代にはただ馬鹿臭く聞えるだけであろう。私も自分がそんなに老人くさくなったとは思いたくない。しかし、私は海辺の思い出をむりやり語らされるたびに、最後はきまってこう言いたくなるのである、「だから、昔の湘南はいまや私の文章の中にしかないのです」と。

すると相手は、私がずいぶん大きな口をたたく、大した自信家だ、と呆れて顔を見返すようである。なるほど、これはたしかに私の言い過ぎだ。湘南と言ったってずいぶん広いのだし、過去に多くの文人がこの海を写している。私の書いたものなんかそのはしくれにすぎない。

それなら、こう言い直すべきだろう。われわれは誰しもみな、なつかしい子供時代のふるさとの景色を、――歳月とともに消えてしまった過去の風景を、――記憶の中に畳み込んでいるが、もちろんそれはその人の記憶の中にしか存在しない映像で、人がそれを文章にしようがしまいが、結局は小説の中の描写みたいなものでしかないのだ、と。眼前の景色と、回想の景色と、そのいずれが実像でいずれが虚像であるかは、まさにその人の心のおもむくまま、人生のあるがままである、と。

五十六

『不如帰』で有名な徳冨盧花の『自然と人生』の中に、「湘南雑筆」というのがある。明治三十年、三十歳の年に逗子に居を定めた盧花が、翌々年三十二年の元日から大晦日まで、一日も欠かさず取り続けた自然観察のノートに基づく折々の写生文四十七篇が並んでいる。私は不勉強で、ちゃんと読んだこともなかったのであるが、巻頭の扉には、

昔賢猶自ら謙して吾は真理の海の渚に貝を拾ふに過ぎずと云ひき。今予凡手凡眼、遽に見て急に写せる写生帖の幾葉を引きちぎりて即ち「自然と人生」と云ふは、僭越の罪固に逭れ難かるべし。

読者幸に恕せよ。

明治三十三年七月

蘆花生識

という、私などは一読恥じて死ななくてはならぬような謙抑そのもののエピグラフが記されている。サーフィン族へのあてつけとは申せ、あのように大言壮語した矢先で、私はよけい恐縮せざるを得ない。

湘南というのが正確にどこからどこまでを指すのか、私は調べたこともないが、一応葉山逗子の辺から大磯小田原あたりまでとすれば、私がいまいるのがそのほぼ中央、蘆花の逗子は同じ一と続きの海岸線の東の端であると言えるだろう。しかし、海はおなじ海なのだから、その景色にさしたる違いはなかったろうと考えて、私は自分が目にするはるか以前の湘南の冬景色を想像しつつ、蘆花の文章を一字々々辿って読んだ。

砂山《すなやま》の松を穿《うが》ちて、野に出づれば、北風飄々《へう〱》鬢《びん》を吹き、ステッキ持つ手龜《てかゞ》まむとす。空には凍雲漫々《とうゝんまん〱》、目の到る所山も野も枯れに枯れぬ。野川《のかは》の橋を渡る頃、曇《くも》りたる空より粉《こな》の如き飛雪紛々《ひせつふん〱》として降《ふ》り来しが程なく已みたり。

「冬」なる哉。雪を帯ぶ茅《ばう》舎の影寒田《かんでん》に宿れば、田も半ば氷《こほ》りぬ。林《りん》には波の吼《ほ》ゆるが如き音あり。「冬」の声なり。残雪《ざんせつ》を帯《お》ぶる枯蘆《ころ》のがさ〳〵鳴る音、乾《かわ》き果《は》て、枯《か》れ果《は》てゝ、吾魂《こん》を爬《か》き破《やぶ》る心地《ここち》す。春《はる》は終《つひ》に来らざる乎。（一月十日）

川辺《かはべ》の葭原《よしはら》に下《お》り、氷りたる泥を踏み、霜白き葭《よし》を分け行くに、鴫《しぎ》五六羽《ば》ばた〳〵と起ちて、対岸《たいがん》の葭原《よしはら》に入りぬ。葭原《よしはら》の尽《つ》くる所は、農家の裏《うら》なり。四《よ》ツ手網《であみ》一《ひと》つ朝日《あさひ》にかゝりて、紫《むらさき》の紗《さ》の如く光《ひか》れり。網《あみ》の上に白羽《はくう》の如く白銀《はくぎん》の如くキラ〳〵と輝《かゞ》やくものあり。氷片《こほり》のかゝれるなり。

日次第に上りて、川の両岸を鎖《とざ》せる氷も次第に融《と》け、融《と》くるに従ひて碧空《へきくう》の色、枯葭《かれよし》の色、黄《き》ばめる松の色、四ツ手網の色など次第に流れぬ。海藻《かいさう》を満載《まんさい》せし舟氷《こほり》を分けて川に溯《さかのぼ》り来り、岸上《がんじやう》の農夫《のうふ》と価《あたひ》を論《ろん》じて海藻《かいさう》を売《う》る。此は麦《むぎ》の肥料《ひりやう》にするなり。一舟の価三四十銭。（一月十六日）

朝日満庭《てうじつまんてい》、隣家の主婦《しゆふ》は襷《たすき》かけにて、井戸側《ばた》に洗濯《せんたく》し、吾宿《やど》の主婦《しゆふ》は満面の日を受けて、漬《つけ》大根《だいこん》の首切《くびき》りつゝあり。其側《かたはら》に両家《りやうか》の子供三四人、嬉々《きゝ》として遊《あそ》ぶ。行人《かうじん》皆挨拶《あいさつ》す「今日《けふ》はお暖《あたゝ》かで厶《ござ》いますよ。」

午後、潮干《しほひ》て、川口の浅瀬《あさせ》には、女子供青苔《あをのり》を採《と》り、蠣《かき》を拾《ひろ》ひつゝあり。川上の葭原《よしはら》には、人ありて簌々《さくさく》葭《よし》を苅《か》れり。山蔭《やまかげ》の田《た》は未《ま》だ氷白《こほりしろ》けれ共、日向《ひなた》は次第に融《と》けて、ばり〳〵ばり〳〵われと破《わ》れて響《おと》を立て居れり。（一月廿五日）

初午《はつうま》の太鼓《たいこ》鼕々《たうたう》たり。

梅花《ばいくわ》は已《すで》に六七分《ろくしちぶ》、麦《むぎ》は未《いま》だ二三寸《ずん》。

「奉献稲荷大明神《ほうけんいなりだいめうじん》」の旗村々《はたむらむら》に立ちて、子女衣《しぢよころも》を更《あらた》めて往来《わうらい》し、人《ひと》の振舞酒《ふるまひざけ》に酔《よ》はざるはなし。（二月一日）

今日《けふ》は立春《りつしゆん》なり。

潮甚《うしほいた》く干《ひ》たり。砂広《すなひろ》く、海狭《うみせま》くして、水低《みづひ》きくなりぬ。

夕方出《ゆうかたい》でゝ浜《はま》に歩《ほ》す。

日は落日《らくじつ》に間《ま》もなうして、然《しか》も西の空は薄《うす》き藍色《あいいろ》の靄《もや》の覆《お》ふあり。日は夢《ゆめ》の如く靄《もや》の中《うち》に微黄《びくわう》をぼかす。（二月四日）

「冬」なる哉。春は終に来らざる乎。――と蘆花は一月十日の頃では嘆声を発しているが、立春後の大雪を境に春は少しずつ、むしろかなり足早に近づいてくる。そして、彼の文章もにわかに生気と色彩を帯びてくるのが感じられる。私は蘆花のスケッチが四季を通じてまことに色彩に富んでいるのに感歎させられたが、これはおおむね漢文調の美文のせいだろうか。

そうではあるまい。われわれを取り巻く自然は、かつてはこのようにさまざまの色彩に満ちていたにちがいないのだ。そうでなければ、私自身がいつのまにかセメント色の現代風景に感覚を鈍麻させられて、山川草木の色、日月星辰の動きに盲目になってしまったのだとしか思えない。おそらくはその両方であろう。

どうやらわれわれは沢山のものを手に入れた代りに、同じくらい多くのものを失ってしまったらしい。手水鉢《ちようずばち》の氷を砕いて手を洗う必要もなくなった代り、田の面《も》がいちめんにばりばりと割れる音は聞かなくなった。井戸端で洗濯する不便は解消した代り、焚火を囲んで話をする楽しみは忘れた。道路はどこも舗装された代り、木橋を渡る気分とも葭原を鳴が飛び立つ光景とも無縁になった。

生活はいよいよますます文明化され、便利になり、単純ならざるものとなって行く。が、そうなればなるほど、一方でわれわれは、氷の音や焚火のぬくもりや野鳥の羽音や、また海藻のにおいや霜柱を踏む感触や行人の挨拶やが恋しくなって行くのではないか。

ところで、私はさきほど蘆花の文章を写している最中に、突如として、三十年前のあることを思い出したのである。「初午の太鼓鼕々たり。梅花は已に六七分、麦は未だ二三寸。」という文句に見覚えがあり、それからそれへと見て行くうちに、たしかにこれだと確信するに至った。――どうでもいい話だが、私はこれが高校二年の国語の試験に応用問題として出されたことを思い出したのである。そして、その出所が実はこの「湘南雑筆」であったことを三十年後のいま、ようやく知らされたというわけなのである。「なあんだ、これだったのか」と私は思った。

問題はたしか「つぎの文章を年頭から年末まで季節順に並べよ」というふうなもので、蘆花の文章が一、二行ずつ、十《とお》ばかり並んでいた。易しいようでいて、なかなか微妙な出題だった。私も一部分間違えた。それでよけい印象に残っていたにちがいない。

「夕風《ゆうかぜ》そよ吹《ふ》きて、新樹空《しんじゆそら》にそよぎ、麦圃《ばくほ》も静《しづ》かに波《なみ》うちつゝあり。」はすぐ四月とわかるが、「風《かぜ》止《や》みて、揺動《やうどう》せる空気《くうき》は瑩然《けいぜん》と凝《こ》りぬ。此頃《このころ》の空気《くうき》は金質《きんしつ》あり。」が十一月だというのは相当むずかしい。三十年前、高校生の私が頭をひねった問題は、息子たちにはおそらく歯が立つまい。

五十七

さて、私ども夫婦の年配ならどこも同じであろうが、拙宅でも、この冬は長男が大学入試を目前に控えて勉強中である。

真夜中を過ぎ、一時二時を回っても起きているのは、その息子と私だけである。他の者はとっくに寝てしまっている。三匹の猫も所定の位置に就いて熟睡している。私にしてからが、このごろは夜は目がしょぼついてあまり役に立たず、さっさと床に入ってしまうことも多い。

息子が、ときどき二階からそっと降りてきて台所に入るのは、眠気ざましにコーヒーでもいれようというのらしい。その足音を聞きつけて、私はふっと自分の受験時代のことを思い起したりする。それこそはるか大昔と言ったほうがいいような古い記憶だが、それがどうも私にはそれほど昔のこととは思えない、ついこないだのことのような気がするのだ。

その冬、私は、子供の頃からずっと過した昔の家の応接間——永らく父の書斎でもあった洋間——を一人で占領して、最後の追込みにかかったのはよかったが、なにしろ底冷えのする部屋なのにまいった。暖房といっては小さな箱火鉢が一つあるきりだった。おまけに、私は炭火だと頭が痛くなる性質《たち》で、火鉢は苦手だった。

そこで、足許からじんじんと迫ってくる寒気に対抗すべく、思いきり着ぶくれして達磨《だるま》みたいな恰好になっていた（と思う）が、それでもなお足りず、遂には頭からすっぽり毛布をかぶって勉強したものである。そうして、やはり夜中に、台所で一人、かき餅をあぶって齧ったり、牛乳をわかして啜ったりした。ぼそぼそと、われながらわびしく、心細く、自分が鼠かなにかのように思えたものである。

父も母も、私がなるべく静かに勉強に没頭できるようにという配慮以外には、なに一つ余計な世話はやかなかった。ああしたらともこうしたらとも言わなかった。ふだんからそうだったし、なにしろ教育ママというようなものが発生するはるか以前のことであった。勉学に必要なのは一にも二にも静寂、という常識がまだ通用した時代であった。（その点、私は息子がラジオかカセットか、なにやらけったいな音曲を低くでも鳴らしながら学習を行なっていることにはなはだ奇異の念を禁じ得ない。）

当時の私は、とにかく受験というこのゲームをうまく切り抜けぬことには埒《らち》が明かないとは頭ではよくわかっていたが、――そして、たえず自分の心を奮い起たせるように努めてはいたが、――心底ではなにかむなしかった、少しも仕合せではなかった、本当の自分がやっていることのようではなかった。

というのも、私は、一年ほど前によその土地へ行ってしまった幼馴染みの少女のことが忘れられず、机に向っていても思いはつのるばかりで、もう彼女とは会うこともないだろうと思うと、大学なんかどうでもいいような気がしてくるばかりだったから。しゃらくさい言い分だが、私には参考書だの問題集だのを片づけるよりも、この恋愛の悩みを始末することのほうがよほど重大な急務であったのだ。

私の息子には、そのような幻影の持合せはないのかもしれない。いや、それはどうだかわからない。ひょっとすると、彼もかつての父親同様、すでにどこかで誰かに失恋して、不仕合せな身の上を日夜ひそかに嘆いておるのかもしれぬ。自分でもそれと気づかぬほどに、誰の目にもとまらぬくらいに人知れず、勝手に恋愛して、いつのまにか勝手に失恋している、そういう年齢だからだ。しかも、その思いが幼くて純粋なだけに、苦しみ悩んだ記憶は最後まで消えずに残るのである。

それはさておき、父親の私がこうしていつも自分の部屋にこもり、夜となく昼となく机に向っている図は、あるいは息子らにはそれとない励ましになっているかもしれない。なぜなら、妻が冗談に「うちにはもう一人受験生がいるみたい」と言うように、この私はいつもいつも未完成の原稿を抱えて、時間的にも心理的にも自分を追いつめることに専心している、いわば永遠の受験生だからである。

親も子もはたして如何相成るや。春は終に来らざる乎。

五十八

それにしても、二月という月はたちまち過ぎて行く。人は知らず、私は二月と聞くともう三月のことしか考えない。余韻のたっぷりある一月と、そこはかとない予感にみちた三月とに挾まれて、あってもなくてもいいような月だが、物事の順序としてはやはりなくては困るといったようなものだ。

日ざしがまぶしいようなので、私は昼すぎに運動がてら自転車で用足しに出かけた。が、走ってみると風の冷たいこと！　久しぶりに海を見たいような気もしていたのだが、それはやめにした。

遊歩道路のまぎわまで行って、引き返した。その時、肩ごしに振り返ると、防風林の葭簀《よしず》囲いのあいだから、くすんだ青緑色の早春の海がのぞいた。トタンの切れっぱしかなんぞのように。brrr……と横文字で書きたいような眺めだ。

海辺の大きな団地の中にある郵便局に寄って本の小包を出してから、駅のほうへ行こうとすると、向う側にやはり自転車を停めて信号待ちをしている、制服の高校生がいる。

そいつが、にやにやしながら私のほうを見ているようだ。私も見たようなやつだとは思ったが、なおよく見るとうちの息子であった。

「こんなところでなにしてる？……」

と口の中で言いかけたら、向うからすーっと近づいてきて、

「図書館、追い出されてしまった……」

と言訳みたいに言った。

三学期の授業も終り、あとは卒業式を待つばかりなのだが、このところ毎日学校の図書館へ行って受験勉強をしているのだ。

「ふうん……」

私は町なかで倅と会話を交すのも照れくさいので、赤の他人みたいにあしらって、

「で、どこへ行くんだ？」

と訊いた。まっすぐ家に帰るようには見えなかったから。

「あそこのラーメン屋」

息子はきまり悪そうに答えた。

「ふうん……」

私は笑いかけたが、別に論評は加えなかった。そのラーメン屋なら私も知っている。高校生相手みたいな、気前の好さそうな店で、なにを隠そう、実は私もときどき入ることがある。が、

黙っていた。そして、内心「あんなところで子供と出っくわさなくってよかった」と思った。

信号が変り、息子は行ってしまった。

私も反対方向に走り出した。しばらくしてから、「あいつ、弁当を食って、その上、ラーメンも食うのか」と呆れたり、「小遣い、持ってるのかな」とふところ具合を察したりした。

父親のほうは、走り慣れたいつもの道、知る人ぞ知る静かな住宅地の抜け道をゆっくりくぐり抜けて、駅前通りに出たものである。

行きつけのレコード屋に寄って、先週注文しておいたコラ・ヴォケールのシャンソンのレコードが来たかどうか尋ねる。（テレビでも録画を流した彼女の来日実況盤である。）品切れで、まだ入ってないという。私はちょっとがっかりするが、もっともだという気もする。あの晩のテレビは評判になったし、リサイタルはもっと素晴らしかったっていうからな。みんなが争って買うから、こんな田舎のレコード屋まで回って来ないのだ。

向いの大きなストアに入って、二階のパン屋で焼き立てのバゲットを買う。なにも気取って言うことはない、ただの棒パンであるが、これが私は好きなのだ。

ただ、この店で困るのは、パンが出来立てかどうか手で触ってみるわけに行かぬことで、一旦手を触れたら冷たくてもそいつを買わねば相済まぬような気がすることだ。で、私は大きな籠に突っ込んであるパンの束に頬っぺたを近づけてみることにしている。

つぎに、横の煙草屋で煙草を十個ばかり買っておく。

それから、本屋にも寄って目当ての本を探すが、その間も煙の出そうな熱いパンの匂いが手提げ袋からはなやかに立ちのぼって、少々気が引けるくらいだ。……

しかし、この辺から私はだんだん皮膚の感触や身につけているものの着心地が悪くなって、早く家へ帰りたくなる。というのも、あちこちの建物に入るたびに、暖房が暑すぎたりそれほどでもなかったりして、汗が出たり引いたりする。そうして、帰宅するなり下着を取換えずにはいられなくなるからである。

帰りみちでは、日がかげって、にわかに冷え込んできた。自転車をこぎながらも、一度汗ばんで乾きかけた自分の胸や背中が気持が悪くて仕方がなかった。

五十九

自分の部屋では、籐椅子にもたれ、足熱式と称する円柱形のガスストーブの上に両脚をのっけて、それでも足りなければ膝掛けの毛布を動員する。——これがふだんの私のポーズである。

もちろん、これでは物を書くことは出来ないが、読むには最適である。

おまけに、いまは腹の上に猫がいた。

この猫は、これまでも何度か私の文中に登場したが、三匹の中ではいちばん小型の雌のキジ猫で、もういま以上に大きくはならぬ性質《たち》らしい。仔猫の大き目のやつといった感じだが、どうやら目下妊娠中のようである。

してみると、こうして私の腹の上で丸くなっている彼女のおなかの中では、例の鼠のごとき恰好の生きものが四匹か五匹、もぞもぞと身動きしているにちがいない。……私は、だんだんとそれらが自分の腹の中にいるような変な気持がしてくる。……

それはともかく、猫は私の体温をうばって温まり、私は私で彼女の毛皮からいくばくかの暖をとる。つまり、彼女は生きた手袋みたいなものでもあるのだ。

夕方、ばかに冷え込みがひどくなってきたので、私は右のような姿勢で、その辺にあった雑誌のページをめくっていた。なにやらおかしなことばかり書いてある雑誌だった。

私は、しまいにはくすくす声を立てて笑い出した。笑いながら感心さえしていた。当節の若者たち、たぶん高校生や浪人生、求職学生の諸君がこしらえたパロディの傑作なるものが紹介されていた。いわく——

歯が為に金は要る

コネにて一件落着

一次はどうなるかと思いました

ランクあれば苦あり
点は人の上に人を作る

……………

私は腹を揺すぶって笑ったので、眠っていた猫がやおら起き直ったほどであった。

偏差値だの足切りだの裏口入学だの寄付金だの、たしかにそんな洒落でもとばして笑いころげでもするしかないような世の中だ。毎日々々またかと思うような厭なニュースばかり聞かされる。

しかしまた、これらの洒落の一つ一つには、純真な情熱が認められず、正当な努力が報いられない、今の世の中に傷ついた青年たちの、やりきれない涙や憤りがにじんでいるようではないか。そう思えば、大人はこれを笑ってはいられなくなってくる。ましてや、私のように受験生をかかえた多くの親たちは……

ふと、窓のほうへ目をやると、これはまた珍しいこともあるものだ、雪が降り出している。それもちらほらという程度ではない、大変な勢いで降ってきた。

「これは積もるかもしれない……」

私はすぐ思った。いつだってそう願わぬためしはない。それというのも、私がしじゅう家にいるのが商売の人間で、その上、本場の積雪に関してはまったく無知な人間であるからにちがいない。

私は立って行って、窓のガラスごしに、雪が舞っているのをしばらく眺めていた。これしきの雪でも暖い海辺では貴重なものに思われるのである。

なぜ雪は降るのか。それは雲の上のはるか彼方で、おそらく天国と呼ばれる一角で、天使が鵞鳥の羽根を毟っているのだ——そんな喩え話をどこかで読んだ覚えがあるが、あとからあとから舞い来たってやまぬ無数の白いものは、よほど沢山の鵞鳥がそこにいることを想わせる。

では、どうして天国にはそんなに鵞鳥がいるのか。なにゆえにまた天使と呼ばれる連中は、そんなふうにやけに鵞鳥の羽根などむしったりするのか。

それはわからない。私のような散文的な人種には、ただただ奇怪至極と言うしかない。

案のじょう、一時間もしないうちに、雪はぴたっとやまってしまった。

「いつだってこうだ……」

ちょっぴり舌打ちしたいような気持で、私はカーテンを締め直した。

六十

春はもうそこだ……春のことを考えよう……春の若草……若草山……

どの地方にも一つや二つはありそうな、そんな平凡な山の名前が、ひょいと私の頭に浮んだ。霞がたなびいて日がうららかに照っている草山の斜面が、ぼんやり目にうつった。

この市内にもそれがあった、子供の頃だが。ということは、今はもうないという意味である。現在の市役所や消防署や税務署や職業安定所やがかたまっているあたり、さらにその向うに小学校があるあたりまでが、昔、若草山であった。ただ、われわれ子供たちはそれを、おんべ山、と呼んでいた。

短い草に蔽われた、禿山と言ってもいいような低い山だった。山というよりは、こんもりと盛り上がった岡のようなものだった。当時は、このおんべ山に限らず、そうしたなだらかな岡が市中のあちこちにあった。

私たちは小学校の帰りみちに、よくおんべ山に立ち寄っては、そこの草はらでなにをするでもなくぶらついて時間をつぶした。裾のほうに東海道線の線路がいくすじも光っていた。いまはもう見られない流線型の電気機関車が、ときどき颯爽たる姿を現わした。

山の上からだと、藤沢の南側の低い家並や松林のつらなりがずっと海岸のほうまで見渡せた。もっとも、海そのものは大抵霞や霧にけぶって見えず、ただそっちの方角がぼんやり明るいというだけであったが。

ある春の日だった(と思う)。新学期の一日だったかもしれない。その日を、私はおんべ山全体をつつむ若草のにおいと、それを地面ごとゆっくり温めている午後の日ざしとともに記憶しているから。

私は誰か同じ組の子と二、三人で、ランドセルを背負ったまま、岡のいちばん高い所まで行ってみた。

すると、そこに、塵芥を埋めるためにでも掘ったらしい深い穴があった。私たちはその中を覗いてみた。

(この私がいつもいつも春は悲しいと感じがちだというのではない。が、きょうはこんな場面を思い出してしまったのである。)

私は、穴の底に、一匹の大きな茶色い犬が横倒しになって、目を明けたまま、まだかすかに息をしているのを見たのである。

病気で動けぬのか、それとも汽車に轢ねられたかしたのを誰かがここまで運んできて、投げ込んだのか。

その時の私は、たしかに後者だと信じた。そうだとすれば、それは思いやりだろうか、それともその反対だろうか。私は、まだ生きている犬を穴に捨てる人間がこの世の中にいると考えるには、あまりに幼なかった。だから、これはきっと誰かが犬を憐んでしたことだ、その人はもう助からないと見て、せめても人目につかぬところに犬を隠してやったのだと、そんなふうに自分に言い聞かせた。

しかし、私は連れの子の誰にもそんなことは告げはしなかった。自分がいまどんな気持でいるか——私はどんなにかその犬を助けてやりたいと思ったろう！——それすら打明けることはしなかった。

私はただ穴のふちにしゃがんで、見棄てられた犬を見下ろしているだけだった。誰かが面白半分に石を投げつけるのさえ止めはしなかった。

これは十歳かそこらの私に実にひどいショックを与えた。死んで行く動物をどうしてやることも出来ないという、その苦しみを止めてやることも、人間の晒《さら》しものにされている状態から救い出してやることも出来ないという無力感が、子供の私に初めて生命のむごたらしさを教えたようであった。

私は口の中がからからに乾いたようになり、なにか恐ろしい毒でも飲まされたような、いやな気分にとりつかれて帰宅した。夜、床に入ってからもその犬のことが目に浮んで寝つかれなかった。そんな状態が四、五日はつづいた。

おんべ山という至極のんびりした名前は、それからというもの、私には不吉なような、不快な名前の一つとなり、事実私はそこへ足を向けなくなった。行けば、またあの深い穴の底に、死にかかった哀れな犬を見るような気がしたからである。

ところが、――若草に包まれたのどかなおんべ山の記憶は、犬のそれのみにとどまらなかった。

六十一

私はよりによって、こんな話ばかり書こうとしているわけではない。だが、春の予兆は私をしてごく自然に頭をそういう方向にむかわせるらしい。

高校に行ってからのこと、ある年ある日の授業中に、国語の先生がふと昔の教え子の話をはじめた。旧制中学時代の生徒、しかも学業半ばで死んでしまった生徒のことを。

その生徒は、あの時代の多くの若者たちのように戦場で死んだのでもなければ、勤労動員中に爆撃とか事故とかで死んだのでもなかった。

考えようによっては、それは実につまらない死に方であるとも言えた。下校の途中、汽車から振り落されて死んだのである。

戦争の末期、鉄道がダイヤは乱れ車輛は老朽しながらもまだどうにか動いているといった時代であった。隣町から通学していたその生徒は、鈴なりの満員列車で帰宅する途中――ちょうどあのおんべ山を過ぎたカーブのあたりで――身体を押し出されたかした拍子に線路の鉄柱に頭を打たれて、草むらにほうり出された。

(年少の読者のために書き添えれば、当時は汽車も電車もまだ自動ドアなどではなく、乗客はデッキの手すりにでも窓枠にでもいくらでもぶらさがって、危険を覚悟で運ばれて行ったものです。学童も例外ではありませんでした。)

少年は、即死ではなかったが、近くの病院に運ばれてそこで死んだ。

「……わたしはその日は当直でしたから、すぐに自転車で飛んで行きました……もう駄目でしたがね……『おかあさん、おかあさん』と最後まで母親の名を呼びつづけていましたよ……母親も間に合わなかったんです……わたしがずっと手を握っていてやりました……あとで、その生徒のカバンをあけてみたら、国語のノートが出てきて……すっかり血に染まっていましたが……そこには、その日わたしが授業で喋ったことが、一つも洩らさずにきちんとノートしてありました……」

先生は、口にこそしなかったが、たまらなかったろうと思う。

教室は、その話でしんとしてしまった。かわいそうな昔の中学生。彼はきっと真面目な、いい生徒だったのにちがいない。私はもう他のことは考えられなかった。

その時までに戦争は終り、時代は早やすっかり変ったように見えたけれども、それはそんなに遠いことではなかった。ひょっとして身近な友達のことのようにも思えたし、近い将来の自分のことのようにさえ思われた。

ところで、これもまた或る春の出来事であった——などと書けば、いささか小説的潤色が過ぎるだろう。季節はいつごろだったのか、それは聞かされなかった。聞いたのかもしれないが、忘れてしまった。

ただ、私としては、この話を思い返すたびに、春浅い今時分の、よく晴れた昼下りの、昔のおんべ山のたたずまいが目に浮んでくるというだけである。

六十二

今の　野原は
かれ草やかれ木で
いっぱいだ
でも
すこし　生えてきてる
くさばなも　あった

こんなのを長男が書いたことがあったのを思い出した。まだ彼が小学生の頃だが。(今の野原)という題がついていた。それを祖母の、つまり私の母の七十何歳かの誕生日に――ちょうど雛祭りの日に――書いて、お祝いに贈ったものである。贈られたほうはさぞや拍子抜けがしたことだろう。

当人は詩のつもりであったが、

「へえ、これが詩?」

「こんなの、詩じゃないよ」

などと家族一同の失笑をも買ってしまった。

でも、彼の観察だけは正しかった。いまごろの野原はまさしくこんなふうなのだ。これからは、日一日と空が明るみを増し、草木が芽ぶきにかかり、鳥の囀りがはなやかになって行くだろう。海からの風も、シャツの上から肌をくすぐるようになり、家にこもって読んだり書いたりしていることがなにか罪深いことのように感じられてくるだろう。

二十《はたち》の頃、私はこの春という季節が苦手だった。肉体のほてり、心の苛立ちにさいなまれ、その捌け口がないことで途方に暮れる日々の連続だった。そうして、鼻づらを春の精気にくすぐられた犬か猫みたいに、人の子の私も夜となく昼となく外をほっつき歩いてばかりいた。だが、どこへ足を向けても、見るもの聞くものすべてが、熱に浮されたように、物狂おしく感じられ、それがまたやりきれなかった。

近年の私は、ようやく春が悩ましいというよりは悦ばしい年齢に到達したようである。悲哀をおぼえるとしても、もう感傷にまみれるほどではない。自然に盾突くぐらいなら、その色彩を模倣するようにして仕事をしたい——などと考える程度には利口になった。

「ありがたいことに!」

この気持の底には、「青春なんて一度で沢山だ……」というのに似た、さもそう言いたげな、苦い、皮肉っぽい、呪わしいものもまじっている。まだまだ若さにたっぷり未練を残している証拠のように。しじゅう誰彼の年齢を話題にしながら、自分の年はけっして言わない女性のように。

六十三

春はもう悩ましくないとは言いながら、私はこのところしょっちゅう出歩いてばかりいる。そこにはやはり動物学的法則のようなものが働いているにちがいない……

例の海沿いを走るバスで、久しぶりに鎌倉へも行ってきた。ちょうど一年前にも私は鎌倉行のことを書いている。それを思い出して出かけたわけでもないのに、去年の手帳を見るとまったく同じような行動をしているのでがっかりした。犬や猫とおんなじである。

しかし、そのしばらく前には、これは珍しく伊豆の伊東へ行ってきた。温泉につかりに行ったのではない、絵を見に行ったのである。

その絵というのが、誰あろう、いつも私が本の装幀をお願いし、現にこの「単純な生活」でも毎月素晴らしく単純なカットで拙文に花を添えて下さっている大沢昌助さんのそれである。その大沢さんの大作が数十枚、一堂に集められた「大沢昌助の世界」展というもので、これを見逃しては申訳が立たない。

朝からうららかに晴れた、暖かな一日であった。私は東京から「こだま」でやって来る仕事の仲間二人——彼等も大沢さんのファンだ——と伊東駅前で落ち合うべく、その日はいつもより早起きして家を出た。

熱海で乗り換える合間にサンドイッチとコーヒーを買い込んで、がらがらの車内で外の景色を見ながらぱくついたが、これは特に空腹であったからではない。そういう真似をしてみたかったからにすぎない。遠足の子供がやたら物を食うようなものだ。

電車を降りた私が、息せき切って走りながら出発寸前のバスに滑り込んだことでは、その意気込みが連れの二人を感心させ、「原稿のほうもこうならいいんだけど」などと皮肉を言わしめたほどである。

一碧湖経由シャボテン公園行なるバスで三十分ばかり揺られて行く。どういうものか、この日この時刻の伊東市中は観光地らしくもなく閑散としていて、バスの乗客もほとんど全員が大沢展の客のようであった。

正午ごろ、みんなしてぞろぞろと降りたところが財団法人池田二十世紀美術館なるもので、大きなガラスをいっぱいはめ込んだ、妙にキラキラする現代的建物、遠くから見たらきっと岡の上に巨大なガラスの破片が刺さっているように見えるにちがいない。

しかも、それが早春の伊豆の陽光によけいキラキラして、ここだけはもうまばゆい春のさなかのようだ。まず伸びをして深呼吸をする。

伊東なんて何年ぶりだろう。一碧湖には昔学校の遠足でだったか、会社のレクリエーションでだったか一度来たような気もするが、はっきりした記憶がない。

とにかく、こんな山の中に、忽然と、かくもモダーンな美術館が出現したのにはおどろいた。後刻、大沢展とは別のフロアに内外の近代現代の名作がおびただしく、見せびらかすでも隠匿するでもなく至極あっさり陳列してあるのに接しては二度おどろいた。隅に置けない、という形容はこういう時に使うものにちがいない。

大沢さんの絵は一九三三年からことし八一年まで五十年にもわたる作品がずらりと並べられていて、その多くは私は初めて見る大きな産物ばかりであった。それを東京やその他の大都会の人工照明によってではなく、伊豆の澄んだ自然光線で見ようというのだ。

私は、伊豆の空や風は大沢さんの世界によく合っている、と思った。

言い遅れたが、この日はやはり東京から訪れた作者夫妻を囲むオープニング・パーティというものがあった。

座の中央に引き出されて、多くの人の祝辞やら讃辞やらに包まれた大沢さん夫妻は、ひどくてれくさそうであった。が、うれしそうでもあった。七十八歳の大沢さんには金婚式のようなものでもあったかもしれない。

ところが、頑固で、臍曲りで、月並を嫌うこと人一倍の老画家は、「挨拶なんかしないよ、いやだよ」と言ったそうで、代りに美術館長が大沢さんの分もスピーチした。いかにも大沢さんの絵にはスピーチは似合うまい。

それでも、会場で貰ったプログラムには珍しく大沢さんの言葉がのっていた。

「若い時から、現在までの作品の中から、選んで展覧会をすることになると、永い時のながれを感じるというより、過去と現在という二つの違った次元を考えることになる。

若い時に描いた絵は、今と、かなり違っている。

しかも発表当時、それも見た人は、次第に、居なくなったので、一層のこと、『まぼろしの名画』と云って、ならべた方が、えらそうにみえていゝぢゃないかと、からかうやつがいるので、それに乗ることにした。

その後のことだが、戦争が終って、自分の生活の中に、絵画も、引入れようと思ったら、何も出来なくなって了った。

そして、いつしか自由に描けるようになって来た時は、白髪の老人になっていたという僕の世界を、御みせしようと思う。」

そんな大沢さんから見たら私のような若造が尻馬に乗って言うのもおこがましいが、Ars longa, vita brevis.（芸の道は遠く人生は短し）ということか。少年易老学難成ということか。

ちょっぴり悲しげにも聞えるこの言葉を読み終ったあとで、私はいま一度、大沢さんの白髪《しらが》あたまに見入ったものである。

なるほど、大沢さんはすっかり白髪であった。ただ、それは仙人のそれのようではなく、少年がそのまま一挙に老人になったような感じ、ピーターパンがいきなり白髪になったような風情でもあった。そのように、大沢さんの絵もいつまでも若々しく、みずみずしいのだ。

……やれやれ、やっとスピーチのたぐいが全部終ったようである。

なにしろ、昼の十二時開会ということで、遠くから駈けつけた人も多く、みんな咽喉もかわき腹も空かしていたにちがいない。乾盃の合図とともに、展覧会兼パーティ会場はたちまち炊出しの現場のごとく、さかんに飲みかつ喰らう人々の欲望で満ちあふれたのは、おどろきであった。

私にしても、いまだかつてあのように沢山の大きな絵に囲まれてビールをあおったりシューマイを頬張ったりしたことはない。

昼日中の酒は回るのが早いから、私も三十分もしないうちに通常の酩酊状態に近くなり、大沢さんの名作傑作もすべてこれ酒の肴のように思われた。

絵でも彫刻でも音楽でも、そういうものを作る人達について私がいつも思うことは、ただ一つ——うらやましいなあということだ。なんて全身的で、はっきりしていて、男らしい労働なんだろう、言葉なんていうものをいじくり回さずに済むあの人達の仕事は！

つまらない考えごとをしたり、連れとの雑談に興じたりしていて、私はまたまた御馳走の大半を食べそこなってしまった。ふと見たら、もうどの皿も容器も空《から》になっていた。パーティっていうやつはいつもこうだ。

よく食べる人は帰るのも早いようであるが、私たちは二時間近く、ぼんやり椅子にもたれたり、大沢さんや奥さんと赤い顔をして何枚も記念写真におさまったりした。

それから、また青空が明るすぎてまぶしいほどの戸外に出た。

帰りは三人で一碧湖までバスの通う道を歩いた。まだ冬枯れのままの岡々の斜面や雑木林を、さあーっと風が吹きわたる。山の中でこんな風の音を耳にするのも実に久しぶりだ、と思った。

途中、与謝野鉄幹・晶子の歌碑があるとかいう木の道しるべが目についたが、まっすぐどんどん歩き続けるほうが面白かったから、立ちどまりもしなかった。

みずうみに出ると、早速また休憩したくなった。つまり、一杯やりたくなった。で、水辺の蕎麦屋に立ち寄り、熱燗をつけてもらって、みんなでざるそばを食べた。歩いたあとのそばは旨かった。

蕎麦屋の窓ごしに眺めると、のどかな午後の湖面はさざなみ一つなく、ボートが二つ三つ浮いているきりで、およそ人の声もしなかった。

鳥の声ぐらいはしていたはずだが、それがどんな声であったかは覚えていない。

大沢さんの展覧会は五月の三十一日までやっているそうである。

六十四

この季節に限らず、場所ごとに、毎日夕刻になると相撲のテレビも見なくてはおさまらない。私は特に誰といって格別贔屓《ひいき》の力士があるでもなし、はなはだクールで無節操な観客であり、同じ関取でも場所によって応援したりしなかったりする。それなのに、見そこねると一日分損したような気がするのだ。

で、五時頃、町の行きつけの焼鳥屋へ行って――ちょうど開店時刻でもあるから――焼鳥を適当にあつらえてテレビの前で銚子三本ものむうちに六時打ち出しとなる。大変具合がいい。それで物足りなければ、もう少しなにか食べて飲む。これで私の晩めしは終りである。あとは大人しく帰宅すべきであるが、そこがそうは簡単に行かぬところに男どもの難問がある。

飲むほどに酔うほどに、しだいに人恋しくなり、梯子をやる羽目になる。今回も少々読者の皆さんにおつき合いを願うことになりそうである。

その晩、相撲を見ている最中に、ひょいとN君の顔が浮んだ。そうだ、Nを呼び出してやろう。そう考えたら、もう先方の都合なんかどうでもよくなっている。これも春の宵の気まぐれの魔のなせるわざだから仕方がない。

折よくN君は在宅した。のみならず、声の調子から察するに、得たりやおうの感なきにしもあらずであった。

「もうちょいで仕事終るからね、行きますよ」

なんだか電話のそばでがったんごっとんいう機械の音もしたようだ。N君のところは家業が小さな印刷屋で、あとを継いだ長男の彼はかたわら俳句をやっている。なにか郷土の歴史のようなものもこつこつ書いているらしい。

彼は小学校中学校が私と同じで、一級下だという。もちろん在学中は顔も知らなかったし、親しくなったのもこの数年のことである。が、私としては同郷の先輩の特権で、彼に対しては「おい、こら」などと気安く後輩扱いできるのが愉快でならない。

N君はまもなく、いつものように単車《オートバイ》でやって来た。白っぽいジャンパーを着ているのもいつもと同じで、中年ぶとりでか、そのジャンパーの腹がいつも蛙みたいにふくれているのである。顔もお月さんみたいにまん丸いようなのである。

よく商家の旦那が持っている小さな集金袋みたいなものを提げていることもある。

その風体が、日頃東京風の背広人種もしくはエリート族とのみ接触すること多い私には、昔の御用聞きにでも出会ったようで、なつかしきことこの上ない。目の前に、たしかにここの土地に根を生やした人間がいるという実感十分だ。

その上、N君はここらの人間同士が使う言葉を私にも使うから、私はいよいよ小学校の昔に帰ったような気分になる。

彼はいまだに「誰某は局に勤めている」などと言う。局というのは地元の郵便局のことなのだ。

「どこそこのイセキが」などと言う。このイセキは遺蹟でも、跡取り息子のことを言うのだ。

それからまた、これは彼の専門の俳句と関係があるのだろうが、どこそこのユースホステル

かなど言い出すのではないかと思ったが、

の玄関脇に一本だけだが桜の木があって、それが仲々いい桜だから、今度そこで花見をやらぬかなどと言い出す。

私は花より団子のほうで、花見というような風流は苦手であるが、こういうN君と飲んでいると心が休まる。東京風の話題や言い回しを忘れてしまうみたいだ。

N君にも焼鳥をすすめたが、彼は旨いともまずいとも言わずに、例のジャンパーのおなかを蛙のようにふくらまして、黙々と串にかぶりついている。大体、彼は口数はそんなに多くないほうだ。私もそのほうがいい。

しかし、彼は先祖代々土着の人間だから、根無し草の私なんかと違って、この土地のことは隅から隅まで知っている。で、いつもあやふやな記憶をたよりに物を書いている私は、たちまち彼に間違いを指摘されてしまう。

「こないだ、あの若草山のことをちょっと書いたんだよ」

と話しかけたら、

「あれは若尾山ですよ、尾はしっぽの尾」

と言われてしまった。そこで、

「じゃあ、あれをおんべ山とも言ったろう」

と食い下がってみたが、N君は一笑に付して、

「違いますよ、おんべ山はもう一つこっちかたの、いま団地が出来てるあたりがおんべ山ですよ、まるっきり別もんですよ」

小生の記憶の信用しがたきこと、かくのごとし。

「ふうん、そうかね……もう書いちゃったよ……こいつは早速訂正しなくっちゃなんねえな……」

N君と話していると、私もだんだん言葉づかいが土地風になってくるのである。

「じゃあ、おんべ山のおんべっつうのはなんだね」

と私はN君の蘊蓄をためすかのようにたずねる。が、彼は土地っ子の面目にかけて、

「おん、は御、べ、は幣、ぬさ、でしょう」

と明答して平然としている。

これからはなんでも彼に訊いてから書かなくてはいけないと私は思った。

六十五

焼鳥屋を出てから、近くのバアを二軒ばかりのぞいた。N君の単車も私の自転車もそのままにして行く。

田舎町のことだから、九時ともなればもう店屋はほとんど締まって、人通りもまばらだ。通りの暗さは真夜中とほぼおなじである。

さて、こうやって飲んで話すのも今夜が初めてではなく、おたがいもう相手のことはよくわかっているつもりでいたが、まだまだ知らないことがあるものだ。

「ぼくは中学出てから、平塚の農学校へ行ったんですよ」

とN君が言った。

私は彼が土地の商業高校を出たものとばかり思い込んでいたので、意外だった。

「算盤が駄目だったから工業学校へ行こうと思ったんだけど、工業の先生と仲悪くって睨まれてたからね」

N君は、私もその顔をぼんやり覚えている中学の教師の名前をあげて、くさした。偏屈な先生だったような気もする。

「そうか、農業の勉強したのか」

「そうですよ。昔はうちも少しは畑をやってましたからね」

たしかに、あの頃はそんなふうであったにちがいない。この町の人は商売とは別にみな自分の畑ぐらいは持っていたのだ、あのおんべ山みたいなところに。

当時——というのはN君や私の小学校中学校時代、戦争中から敗戦直後へかけての十年足らずであるが——まだこの町は市になって年数も浅く、現在のようなベッドタウンではなかった。むろん団地のようなものはその名称すら生れていなかった。そして、私が通った小学校中学校には市中のおよそありとあらゆる職種の家の子が集まっていた。サラリーマンの子弟のほうがむしろ少数派であったろう。(いまになって私は自分のその学校生活をかけがえのないものとして思い返す。)

そんなふうに、なにやかや同年代同士でのみ通じる昔話にふけっているうちに、ふとN君が改まった顔になってたずねた。

「あの……阿部さんの小説に……亡くなった兄さんの話が出てくんでしょう……?」

私はややどきっとした、自分でももうそのことに触れたくないと思っているし、人に触れられたくもない気がしているから。

事実を隠したいなどと思っているのではない。そうではなくて、そういう事柄を自分が小説なんぞに書いたことが最近は嫌になっているからである。

だが、N君はごくあたりまえの調子で私に質問した。

「……あれ……ほんとのことですか?……」

「そうだよ」

私もつられてごくあっさり答えた。

「実は、ぼくの弟がそうなんです」

と、N君は全然深刻ぶらずに言った。

「え？」

と私は訊き返した。そんなこと、彼から聞くのは初めてだ。

「生れつきの知恵遅れで、いま施設にいるんです。三十五です」

「そうか。知らなかったよ……」

私はしんみりして黙り込んだ。N君が作者の私にあんな質問を発したのも、よくある小説読者の探偵的興味ではなかったのだとわかって、うれしくもあったが。

私の兄、一番上の兄は三十一で死んだ。赤ん坊の時、頭に受けた傷がもとで、この兄は最後まで知能を回復することがなかった。施設に入ったこともあったし、病院にいた時期もあった。いま生きていれば五十八位になっていただろう。せめて三十一で死んだことだけが兄の唯一の親孝行と言えたかもしれない……それほどまでにこの兄の存在は父と母の心を苦しめ、嘆き悲しませたから……

しかし、N君は、時には笑い声さえまじえながら、淡々と、弟の話をしてくれた。（それをいささかここに書き留めることを、N君よ、許せ。）

「五人きょうだいの一番下なんですがね、この弟が生れた頃はちょうど戦後の食糧難でしょう。

おふくろは栄養失調だったんですよ。四人の子供が育ちざかりだったもんで、自分の食べる分もぼくらやおやじに食わせたんですねえ。うちのおふくろはそういう女だったです。それで……生れてきた弟は知恵遅れで……」

その母親は、たぶん働き過ぎだったのだろう、脳溢血でかなり早くに亡くなったという。

「おふくろさんは、きっと死に切れない思いだったろうねえ……」

言いながら、私は自分の母親の顔を思い浮べていた。兄が生きていた頃、私の母はよく言っていたものだ、この子を置いてとても先に死ぬわけには行かない、と。

「そうでしょうねえ……」

とN君は言った。

しかし、知恵遅れと一と口に言っても、いろいろであろう。N君の弟は、要するに、むずかしいことは一切わからないというだけで、日常の用は一応足りるらしい。私の兄もその点は同じだったが、N君の弟は小学校だけはどうにか出られたというのだからずっとましである。そして、いまも休みの日だけは施設から帰ってくるらしい。

「ただ、目をはなすと、家を出てどんどんどっかへ行っちゃうんですよ。そのたんびに家じゅうの者が手分けして捜すんですけどね。車が好きだもんで、ドアに鍵のかかってない車があると、勝手に明けて乗り込んじゃったりしてるんですから……」

話しながら、N君は困った奴だというように苦笑していた。

私の兄もそうだった。いつも誰かが見張っていなくてはならなかった。一人で出て行くことは知っていても、一人で帰ってくることは知らなかったから。最後に、

「じゃあ、この先もずっと君が面倒を見ることになるんだなあ、その弟さんの……」

と私が言った時、N君が下を向いたまま、

「うん、そうだね」

と、むしろ他人事みたいに答えたのがとても印象的だった。

それは、彼の十字架だ、いくつになっても赤ん坊のままでいる大きな弟は……

N君を見る私の目は、この夜を境に一変したと言っても誇張ではないだろう。

同時に、私は、兄という重荷を背負わずに済んだ虫のいい自分と、弟を負って生れ故郷の古い家を一歩も出ずに静かに年をとって行くN君との違いを痛烈に感じた。

そうしてまた、時代の違いというものも感じた。もし兄がいまの時代、この世の中に生れ合せていたら、もう少しは仕合せに生きられたのではなかったか……私の父も母ももう少しは苦しまずに済んだのではなかったかと……

六十六

心臓の故障という思わぬ事故で、この二た月、読者の皆さんに御無沙汰をしてしまいました。まず、そのことのお詫びを申上げなくてはなりません。

少々の不調であれば私の身体は無理が利くはずでしたし、これまでもずっと無理を利かせて来たのですが、今度ばかりはそれも叶いませんでした。

他人の身体の話は、私の経験では、聞き苦しいものだし、自己の症状を人前で事細かに述べ立てるのも悪趣味の一種かと思いますから、簡単に報告するにとどめますが、――小生のばたばた言うおかしな心臓のことは、これまでも何度かお話ししたでしょう。実際、おかしな奴め！　と思いながら、それでも表面無事に過してきたのですが、四月の半ばに至ってどうにもいけなくなりました。

胸が苦しくてやり切れぬ、物を食べるとその胸苦しさが倍加する、動悸がひどくて眠られぬ、咳まで出て横になるより起きているほうが楽――といった妙な具合で、顔なども、いまから思うと、むくみが極度に達してお化けのようで、そんな日が何日か続きました。（これらの症状は、どこの家にもあるあの厚生省推薦家庭医学大事典といった本に書いてあるそれと滑稽なくらいぴったりで、模範的とでも称したいようなものでした。）

あんまり変なので、その朝、近所のお医者へ行きました。例の「煙草はよくないですな」「たまには海でも見たらどうですかな」「薬はないですな」としか言わない、いまだにとっつきにくい老医です。

実は、私はこの先生のところへ行きづらい事情があって、それでなおさら御無沙汰していたのです。というのは、去年の夏でしたか、私が例によって愁訴した時、一度大きな病院をたずねて精密検査をしてもらいなさいとわざわざ書いてくれた紹介状を、命よりも検査料が惜しいとばかり、いまだに打っちゃらかしてあったからです。

仕方なく、その旨正直に白状して、くだんの紹介状も未開封のままお返しして、お詫びした上、診察を仰ぎましたが、今度という今度は先生も見逃してくれませんでした。問答無用、その場から即刻病院行きを宣告され、あれよあれよという感じで近くの私立病院へ、翌朝そこから市民病院に移って、計九日間の入院生活となりました。

こうなったについては、いろいろ理由も考えられましょうが、早い話、罰が当ったのだと思います。私は私の心臓をおもちゃにしすぎた、とまでは言えなくても、いささかおひゃらかしすぎた。この世に出現してから四十七年間、ただの一日も休まずに働いてくれた私の心臓——こんなによく出来た機械がどこにあるだろう！——を、私は文章の上でも笑いものにしすぎたようです。

そういう小生の発病に対しては、私の敵ならずともいい気味だと思うにちがいない。失礼だが私よりはずっと年配で、かねてから拙作のよき読者であられるS女史などは、「心筋炎、心臓性ぜんそく、狭心症等、心臓病でたっぷり苦しんだ」ベテランですが、そのお見舞いの手紙には、

「健康管理の姿勢と、科学性においては、阿部さんは、私に劣っておられるような気がします。……率直に申上げますが、これまでのお作の中に、医学知識はいささかずれて（遅れて）いるところがあると思われることがありました。……今度のご入院（多分、かつぎこまれなさったのでしょう）で、むしろ大局的には安心しました。これで長生きなさる、猛反省なさって、人体についても科学的に少し勉強なさって、気の小さなインテリだの作家だのにありがちなように、やたらに神経質にはならずに、積極的に長生き政策をたてられる筈。……」

と、嚙んで含めるごとくに私の無知がたしなめてありました。厳しい指摘で、私としても一言もありません。健康をないがしろにして、なにが単純な生活ぞや、と言われているみたいです。しかし、追っての便ではSさんも、

「一病息災という言葉は本当です。柳に風折れなしも本当。病気に対して、しなやかに対応できるようになるからでしょうか。沢山の収穫がありますよ、きっと。」

と、今度は優しい励ましも書いてくれて、私はあらためて感激したのです。会ったことはないSさんですが、他人の健康についてこのように親身に思いやるだけの知識も気持のゆとりも、これまでの私には欠けていたとつくづく思い知らされました。四十七という年まで、私はそれくらい病気らしい病気と縁がなかったのです。

別の日、老先輩の作曲家I氏が、ちょうど面会時間外だったものですから、病室の私あてに一枚のメモを置いて行ってくれましたが、それには、

「入院したんですから、ゆっくりした気持で病人になって下さい。退院したら、また作家生活になるんですから。一寸ばかり、途中下車したつもりでね。」

とありました。このIさんも、若い時分は結核でさんざん苦労し、以後も病気がち、先年は声帯の癌で大手術もした人で、やはり病気について造詣(?)深く、筋金入りのように見えます。日頃はそんなことは口にしないI氏ですが、私はそのメモのメッセージの陰に、「無病息災なんて、あぶなっかしくて見ていられないな、いずれこんなことになるんじゃないかと思っていたよ……」という皮肉な呟きをも聞くように思いました。病気のベテランは同時に生活の、人生の達人でもあるということでしょうか。

病院のベッドの上で、私はつくづくと考えました——病気になってやっと休みがとれた、こんなことでもなければ休息のチャンスもないなんて言えば、よほど働き者のように聞えるが

……勤めをやめて筆一本の暮しになって今年でちょうど十年だ、おれのような本来寡作、非流行の人種でも、なにやかや必要に迫られて書いているうちには心臓がおかしくなるのか……そもそも言葉というものが、心臓に、悪いのか……

私はIさんが言った「作家生活」という四字を反芻しながら——Iさんにはおよそそんなつもりはなかったでしょうが——その言葉の滑稽な響きに、ほとんど声を出して笑わんばかりでした。「作家」という呼び名にしてからが、うさん臭いことこの上なしなのに、そんな者に生活と呼ぶに足る生活があってたまるものか……生活らしい生活をしていたのなら、おれはいまごろこんな所に寝かされたりはしていなかったろう……

親切にしてくれたお医者さんや看護婦さん達には大いに感謝しているのですが、残念ながら、それは、心臓の問題ではなく、心の問題でした。したがって、心臓のほうはほとんど復調したいまも、そのまま宿題として残されています。

退院後のある日、私は日課にしている散歩の足をのばして鵠沼《くげぬま》海岸の町へ出、たった一軒ある古本屋をのぞいて見ました。（もっとも、私はしばらくは読み書きからも遠ざかって、頭を空っぽにしていたいと思っていましたから、自分の専門の小説だの評論だのは手にとるのも憚られましたが。）

すると、棚の隅のほうに、かねて読みたいと思っていた中桐雅夫氏の『会社の人事』という詩集がほぼまっさらで出ていましたので、早速買い求めて帰りました。
最初の詩は、こういうふうに始まっていました——

老い先が短くなると気も短くなる
このごろはすぐ腹が立つようになってきた
腕時計のバンドもゆるくなってしまった
おれの心がやせた証拠かもしれぬ。

酒がやたらにあまくなった
学問にも商売にも品がなくなってきた
昔は資本家が労働者の首をしめたが
今はめいめいが自分の首をしめている

「やせた心」という十四行詩でした。これを、私は自分の事のようにではなく、正《まさ》しく自分の事として読んで、そのページから先へ進めなくなりました。お医者さんも私に上手には説明できなかった私の病気について、この詩はかくも言葉少なに、しかも余すところなく答えてくれている！　「やせた心」というのこそ、現在の私の本当の病名にちがいないと、そう思ったのです。

私はこの詩人よりはずっと年下である。老い先もまだそれほど短いとは言えない。しかし、だから、私の心が彼の心よりもやせていないという保証はない。その反対でしょう。人類はだんだん年をとって行くのだから、誰の心も、いよいよますます、痩せ細って行っても不思議はないのではないでしょうか。少くとも、いまはそう思いたくなる時代ではありませんか。

「会社の人事」という、本の題名になっている詩は、もっと淋しい詩で、男なら誰だって読んで自分の人生を振返らざるを得ない、そうして、なんだか見えない涙で胸がつまるような、こんな二行で結ばれていました。

子供のころには見る夢があったのに
会社にはいるまでは小さい理想もあったのに。

ところで、ここで、二た月前の本誌の拙作のページをめくってみますと、当然のこととは申せ、まだ肌寒い時節のことが書いてあります。冬枯れの色がまばらに残る伊豆の早春の風景なんかも出てきます。

それが、いまはもう若葉も出そろい、すっかり青葉の候で、降っても晴れても、いたるところ盛夏のきざしがむんむん立ちこめています。いわば、おでん燗酒の気分から一足とびに枝豆で生ビールのそれへと飛ぶわけで、私のこの文章もなんとなく前章への続き具合が悪いかと思います。

しかし、作者としては、Sさんの言われる「人体についても科学的に少し勉強」して、せいぜい体力心力の充実増強を心がける所存ですので、もうしばらくおつき合いを願います。

六十七

土用の入りとかで、日中町を行くと、いやに鰻の大安売りが目についたが、この私は、鰻ぐらいではどうにもならぬくらいへばっている。事実、土用以前にも鰻は何度も食したのであるが。

だるくて、溜息ばかり出て、身の置きどころがないようで、暇さえあれば敷きっぱなしの蒲団にごろんと横になる。頭の中もぼうっとかすんで、光化学スモッグとやらにおおわれた白昼の大気さながら、白くにごったきりである。

どうも自分の頭が自分の頭のようでない。馬鹿な猫の頭かなんかを自分の首にすげたみたいな、頼りない具合だ。

「猫もこの暑さにはぼうっとしているのではないか……」

こんなふうでは、とてもまともに読んだり書いたりできるわけがない。文字というものがぎっしり並んでいるのが、第一、暑苦しくてかなわない。自分でも字を書くのに手を動かすのが、そもそも大仕事である。とりわけ劃数の多い漢字がたまらない……

かくして、一日また一日と、なすすべもなく半馬鹿状態で明け暮れて行くらしい。

愚痴はこのくらいにして——病気をしてからというもの、私は以前にもまして散歩を励行するようになった。五月中は朝に晩に歩いたが、六月になるとだんだん午前の部を怠けるようになり、七月に入ってからはさすがに夜だけになったが、これだけはほとんど欠かしたことがない。雨の日も風の日もで、雨降りなら傘をさしてでも出る。

以前の散歩と違うのは、毎度妻と二人で出ることで、いつ見ても「アベック」で歩いているわれわれを、さぞ仲睦まじい夫婦と見る人は見ているにちがいない。少々くすぐったいが、これは私には健康上の義務みたいなもの、そして妻の役割は、ともするとサボりたがる私を監督、叱咤する看護婦というようなもので……

(こういう場合、夫たるものの気持の底には、かけがえのない同伴者への感謝の念もさることながら、だからこの相手には丈夫でいてもらいたい、否、是非とも丈夫であらしめねばならぬという、身勝手、虫のよさ、調子のいい打算も働いているらしい。)

それにしても、五月ごろの朝の散歩の気持がよかったこと！　子供たちが学校へ行ったあと、さし向いでゆっくり食事を済ませ、お茶を飲みながら一としきりお喋りをして、それからおもむろに海岸の町の通り――なんとそれは「銀座通り」と呼ばれる――へ出て行くのだが、それでもまだ銀行もスーパーマーケットも明いていない時刻なのだ。大抵の商店がまだおもての戸を下ろしたままである。

やや遅目の勤めに出る男女ばかりが、かつかつと靴音をひびかせて、足早に電車の駅を目ざす。ゆっくりゆっくり歩いているひまじんの私には、連中のその靴音が快い、彼等がすいすいと私を追い抜いて行くのが快い、ことに若い女性たちの着ているものがまだ皺になっていない様子や、気持もきりりと着こなして部屋を出てきたといった面持ちが、なんとも快い。

自分とはなんの関係もないがゆえに、よけいすべてが快い……

しかし、もっと発見だったのは、この町には歩き疲れても腰を下ろす場所が一つもないということだった。(喫茶店等の設備は別として、だ。)東西に一キロ近くあろうかという商店街のいずれの側、いずこの店先にも、休憩所一つ、ベンチ一つないことに気がついた。

われながら、こいつは発見だと思った。これも自分が半病人なればこそで、元気な時には考えてもみなかったことである。

で、私はつくづくと思い当ったのだ。これでは、身体に故障のある人や、足のよわい老人たちはどうしているんだろう……ちょっと足を休めたいという時に、ほんの寄りかかる場所すらないのでは……

外国の写真やなんかによくある、いたるところの木蔭にベンチが置かれてあって、じいさんばあさん連が思い思いのポーズで休んでいる景色も思い出した。あれはただのムードや装飾ではなくて、はなはだ切実な生理的要求から発したものであったんだと……

いまから思うと、私もずいぶん足が弱っていたものだ。外へ出ると、なんだかしょっちゅう坐る場所を探していたみたいだ。

仕方なく、小田急の駅へ行って、妻は待たせたまま黙って改札口をくぐり、しばらくホームのベンチに腰を下ろして息をついたこともあった。その際、出勤する知人とばったり顔を合せたりした。

銀行では開店の時刻まで、シャッターの降りた入口の石段に、妻が笑うのも構わず、ペタンと坐っていた。

そのような位置、そのような角度からだと、道行く人々をふだんよりよく観察できるものであるが、なおその上に、まむかいの豆腐屋が戸を明け払ってたたきに水を流したり、その隣の経師屋の職人がごそごそと仕事を始めたりするのが見られて、興味深い。

朝の町へなぞめったに出ることのない私の目には、そんな光景がばかに目新しく、物珍しくさえうつった。言うも愚かなことであるが、世の中にはじっさいいろんな職業の人がいて、いろんな事をしているものである。

こういうことも病気の収穫といえば収穫であった。

私はまた、妻が大した知合いでもない町の商家の家庭の事情などにいやに詳しかったり、行く先々で案外の顔の広さを証明したりするのに感心させられたが、これは主婦の生態からしてむしろ当然のことかもしれなかった。もっとも、私のほうは、その種の話題をいちいち事細かに報告されても、みな端から忘れてしまうのであるが。

……しかし、さわやかな五月はたちまちに去って、猛暑が来た。

六十八

もはや朝の散歩どころではない。日中気息奄々としている私は、それでも夜になると多少息を吹き返しはするものの、夜は夜で耐えがたいようではないか。

夕食後、ふたりとも裸みたいな恰好で家を出て、海辺の宵闇を歩き回るのであるが、涼風にめぐまれることは稀で、歩くにつれ、なんだかじわじわと毛孔から塩でも噴いてくるみたいだ。

夕涼みのはずが、これでは帰ってまた風呂にとび込まなくてはならない。

並んで歩きながら、なにかの拍子におたがいの肘がちょっとでも触れようものなら、おもわず火傷でもしたように、

「熱い！」

と悲鳴をあげたくなるようで、

「おい、もう少し離れて歩いてくれよ」

と邪慳なせりふも口にしたくなる。

あまりのむし暑さに、仲睦まじく見える中年夫婦の関係も仲々に微妙である。ぴたっと寄り添って、いまにも火が出そうな若いカップルのようにはとても行かない。

引地川沿いの、ぎっしり隙間がないくらい植込みで蔽われた土手みちなどを行く時の、息苦しさと言ったらない。文字通り蒸風呂にほうり込まれた感じで、頭がおかしくなりそうだ。

「いやにむんむんするなあ……」

と私が嘆息を発すると、妻は、

「木がみんな太陽の熱を吸ってるからよ……」

などと怪しげな科学的知識を口走る。

私としては木がなにを吸おうがなにを吐き出そうが、それはどうでもいいことで、ただこの

息づまる闇の匂いに、植物の猛烈な意志みたいなものを感じるまでだ。

樹木という樹木、草という草が、人間どもを尻目に深夜の酒宴をやらかしているみたいだ。酔いしれて、ぐでんぐでんになって、毒気を吐きちらかしているみたいだ。こうなると、植物というやつは動物よりも兇暴で手がつけられない感じだ。

そういうある晩、二人でいつものコースからちょっと足をのばしてH氏宅をのぞいて見ることにする。暑中見舞といったところ。

小雨もよいなので傘を一本だけ持って出たが、結局ささずじまいで、ステッキみたいなものであった。大体、こんな晩はどこを歩いても、海と川の水蒸気の中をくぐって行くようなものなのだ。

大兵肥満のH氏は、ランニングにパンツ、その上に寝巻をはおって、しかし前はすっかりはだけて——という珍妙な恰好で、ビールを飲みながらテレビの映画を見ていた。厳しい公務の一日からやっと解放されて、遅い夕食の続きと見える。

夫人のほうはまさか裸ではないが、ホットパンツぐらいの露出は敢行している。

いずこも同じ、おたがいさまだ。

のんべえのH氏には上等の舶来ウイスキーを、小学生の女の子と坊やには私が文を書いた絵本を進呈して玄関だけで帰るつもりだったのが、上がれ上がれと言われるままに、結局二人して上がり込み、映画も最後まで見てしまった。

H氏宅へ行ってから、私は朝刊の番組欄を思い出した。映画はなつかしの名画『カサブランカ』であった。

H氏は私の高校の先輩だが世代は似たようなものだから、「世界映画史上バーグマンほどの美女がまたとあろうか」という見解においては簡単に一致し、しきりに溜息まじりにバーグマンの美しさを褒めたたえ合った。その際、もちろん女房たちの意見などは訊かなかったし、聞かされても無視したにちがいない。

終りに近い酒場のシーンでの「ラ・マルセイエーズ」の大合唱のところでは、H氏は「これが聞きたかったのよ……」と感激興奮のあまり自分でも箸で皿を叩いて歌い出した。酔うと片言のフランス語をあやつってシャンソンを口ずさむのが彼の愛すべき酒癖の一つらしい。

だが、私のほうは折から節酒中の身でもあり、全然しらふではフランスを称える気にもなれず、夫人がいれてくれたH氏の中国みやげの雲南茶を啜りながら、なんだか手持無沙汰であった。

やがて、霧のエアポートでバーグマンとボガートが目と目を見交して万感こもごもの別れを演じ、映画が無事に終ったところで、われわれもH氏宅を辞去したが、外へ出ると、なんとわが海辺の町もカサブランカに負けない霧の夜である。ただし、むこうは秋深く余韻嫋々の霧であったのに対して、こちらは相も変らぬ蒸風呂のそれであるが。

近道をしようと、運動公園の裏側へ出て、野球場の外野の金網に沿ってぐるりと回り、テニスコートからプールのほうへと抜ける。薄闇を見はるかしたところでは、芝生の上には人影も犬の姿も見当らない。たぶんもう十一時を過ぎたろう。

引地川の橋を渡る時は、二人どちらからともなく土手の下のほうをのぞいて見る。

「いる、いる……」

そこに、草むらの蔭に、いつも決って、五、六羽の白い家鴨がかたまって寝ているのである。

「家鴨も夜は目が見えないんじゃない？……あそこなら犬や猫に襲われたりしないのかしら……」

などと妻が頼りないことを言うのに、私は私で、

「いや、そんなことないだろう……犬はよく川のふちを歩いてるぜ……」

など、これまた無責任な返事をして、しばらく欄干にもたれて川風にあたっているのである。

六十九

しかし、毎夏、この引地川のほとりを歩くたびに、私がまず思い出すのは、まだ川の上流に

堰があった子供時分の釣りのことだ。また、今は消えてしまった遊び場や遊び道具のことだ。

男の子なら誰しも覚えがあるだろう。年上の子の手ほどきで、見よう見まねで、川と言わず池と言わず、つまらない水たまりなんかにおそるおそる糸を垂れて、なにが釣れるかと胸をときめかした日のこと。

たとえば、私などは、この川の一番海に近い橋の橋杙のところで、生れて初めて鯰《なまず》を釣り上げた時のおどろき、その時の暗く不気味な水の色がいまでもふっとよみがえることがある。

履物をぬいで水に入り、川岸に生いしげる水草の根のあたりを、やたら網でしゃくって回ったのは、そうやって鰻を捕まえるのだと誰かに教わったのである。

むろん、子供の遊び場所は川と限らなかった。海もあれば池もあり、松林もあれば原っぱもあった。田んぼの用水路でも遊んだし、畦みちでも遊んだ。

近所の雑木林に入り、好きな大きさの竹をつぎつぎと小刀——鉄のさやに「肥後守《ひごのかみ》」と銘打ってあるナイフ——で切り取って、紙鉄砲を作ることも習い覚えた。

この鉄砲の玉には、新聞紙を濡らして丸めたのや八つ手の実をこめたが、他にも山吹の茎の芯を上手に引き抜いて、それを少しずつこめながら撃つ、もっと細身の鉄砲も作った。

それから、やはり竹の小片に切込みをつけて笹の葉っぱをはさみ、口に含んでビービー鳴らす式の小さな笛がはやったこともあったが、その笛の作り方はもううまく思い出せない……

こういう遊びは、独楽《こま》や、凧や、蜻蛉とりや、釣りや、川泳ぎなんかと同じく、みんな近所の年上の子の感化によるものだった。私などは自転車に乗ることも最初はよその子に教わった。もちろん、そういう連中のなかには相当な不良少年、不良青年もいたが、彼等は彼等で真似のできない才能を持っていた。そして、面白いことに、自分より年下の子になにか教え込むのを義務と心得ている風があった。

その頃は、車も今みたいに走っておらず——全然、と言ってもいいだろう——自転車だってこんなに普及していなかったから、子供は用があればどこまでも、ずいぶん遠くまでてくてくと歩いて行ったものである。

そんなふうにして隣町の友達の家まで、はるばる犬の仔を貰いに行ったことがあった。初めて自分で飼う犬で、小学校に上がりたての頃だった。そうして、大事に大事に抱いて帰ったが、何日もしないうちに死んでしまった。

腑に落ちない死に方で、子供心に大いに嘆き悲しんだが、いまから思うと、その仔犬はどうもお尻に蛆をわかしていたみたいだ。そんなこともよくわからぬくらい私はまだ幼稚だったのである。

私自身が小さな不潔な動物みたいなものであった。

七十

私がときどき切手を買いに行く、近くの小さな小さな雑貨屋の、いつも着物に割烹着の小母さん——おばさんと言っても、もう孫が何人もいるんじゃないかと思うが——彼女は、私の記憶する限りでは、戦後三十何年ずっとそこに住み、この土地の昔を知る数少い一人だと思われる。あるいはもっと古くからいたかもしれない。

というのは、その古ぼけた家の外見からして察しがつくし、なによりも附近の景色が私自身の少年時代の草野球の思い出と結びついているからである。

そこで、ある日のこと、私はなにげない話のついでに告げてみた。

「おばさん、実はぼく、子供の頃毎日この前を通って通信学校のグランドへ野球をしに行ってたんですよ、三十何年も昔の話だけどさ」

(通信学校とは、太平洋戦争の末期にすぐそこの松林の中に出来た海軍通信学校のことで、グランドというのは名ばかりの、だだっぴろい砂浜のことであった。かなたには何本かの高いアンテナが突っ立ち、葦の生えた沼みたいなものもあったが、砂地の校庭はそのまま海に向って防風林の松林につづいていた……)

「あら、そうお……」

と彼女は言ったが、そんなにおどろいたようには見えない。この私がどこの誰で、昔と言うその頃にはどのあたりに住んでいたのか、そんなことも訊きはしない。あの頃、野球道具をかついでがやがやとおもてを通り、時にはなにか悪さをして行った餓鬼どもの一人ぐらいにしか思わぬのだろう。

私もうっかり名乗り出て、古い悪事を——彼女の息子か娘をいじめたとか、軒先の器物をこわしたとか——思い出されては困るので、それ以上の自己紹介は差し控えておく。

そこで、話題を転じて、

「……あの頃、たしかこの前を細い川が流れていたでしょう、道の片一方を？」

と言うと、小母さんはすかさず、

「そうですよ、川がうちの横をこう（と、指で示して）通って、うちの裏をお稲荷さんのほうへ抜けていたんですよ」

と、なんだかちょっと怒ったように言う。

その返答に私は彼女のプライドのごときものを感じて、ほほえましくなった。

川って言ったって、どぶ川のような浅い流れで、幼児が釣りのまねごとをするのに役立つ程度の小川にすぎなかった。アメリカエビ（蝲蛄《ざりがに》をそう呼んでいた）や弁慶蟹のたぐいもいたが、大きい子はそんなものは相手にしなかった。ただ、土を掘るとみみずがとれたので、もっと大きな川へ釣りに行く時、そのどぶ川に立ち寄るだけだった……

どこからどう来て、どう流れていたのか、私などはもう正確には思い出せないが、その水がこの辺りの田という田を一面にうるおしていたことだけは確かであった。

だからこの附近の家はどの家も、門や玄関に入るのにみな木の橋やコンクリの橋をわたって入ったのである。

小母さんにしてみれば、道路が広くなって車の往来が激しくなり、一日砂埃や排気ガスに包まれているいまよりは、どんな小さな川にせよ水が流れていた昔のほうがよかったにちがいない。

「たしかこの辺に（と、私は店の中からそっちを指さして）海の家みたいなものがあったね?」

と問えば、これまた打てば響く具合に、

「ええ、ありましたよ。なんとかさんのお別荘でしょ」

と即答があり、くだんの家屋は昭和何年頃に誰某所有の土地にどこの何という大工が請負って建てたもので、当時珍しい普請で、使われている木口《きぐち》はどうで――と小母さんの記憶はしだいに冴え、解説は懇切をきわめるのである。

「ところで、ぼくなんかの先輩で野球仲間だったNさんっていう人、あの人はどうしてますか？」

「ああ、Nさんねえ……あの方は高校を出たぐらいの年に亡くなられましたよ……」

「え？　死んじゃったの？　病気で？」

「そう、病気で。なんの病気だったかしらねえ……それでも一と月ぐらいは入院してられましたかねえ……」

「じゃあ、Nさんの向いのT君は？」

「Tさんは立派にやってられるわねえ（と、小母さんは誰でも知っている大企業の名前を口にして）、もうだいぶお偉くなられて……」

そんなことを、私は小母さんといつまでもだらだら話し込んで時間をつぶすのである。彼女は店の奥の番台のような、カウンターのような、机らしきもの——その上に葉書や切手を入れる小さな箱があり、お釣もそこからくれる。レジなんてものはないのだ——その台にもたれるようにして肘をついて立ったままのんびり喋っている。

私ははからずも、三十年前に海辺の強い風の中で野球をして別れたきりの昔の仲間たちの消息にちょっぴり接して、拾いものでもしたような気分になる。一人は高校生ぐらいでとっくに「亡くなられ」、一人は東京の大きな会社で「だいぶお偉くなられて」いるなんて、なんだか嘘みたいでもあるが。あの頃はこの小母さんもまだ若々しい、働きざかりのお嫁さんだったのであろう。

彼女はでっぷりとして、堂々としているが、旦那さんは小柄な人だ。永くどこかに勤めに出ていたようだが、いまは家にいる。その老主人がやはり着物姿で、客の応対に出てくることもある。

切手一枚買うだけでも、二人とも実に親切なのである。中身が重そうな時は秤で計ってくれるし、切手の糊をしめす水はそこにある、別の糊もそこにある、今度ポストを集めにくる時間は何時頃だ等々と教えてくれる。愛想もお世辞もないが、この老夫婦の親切はみんなが知っているにちがいない。

私がいつも申訳なく思うのは、ほとんど切手しか買わないことで、そのくせ毎度目方を計ってもらったり料金表を見てもらったり、手間を取らせるからである。私の妻も同じらしい。ごくたまに、卵を買うことがあるが、これは地卵らしく美味しいのはいいのだが、パックなどには入っていない。一個また一個とさっきの秤にかけて、一個また一個と普通の紙袋に入れてくれるから、よほど気をつけて持ち帰らねばならぬ。

ほかにどんな品物が置いてあったか。いま思いつくままに記せば——歯磨、ツバメのマークかなんかのついた徳用マッチ、香奠袋、トイレットペーパー、粉石鹸、袋菓子、インスタントラーメン、そんなものが売れても売れなくてもいいんだというような具合に、ちらほら並べてあったと思う。

店の大きさは、ほんの畳三枚分ぐらいである。

七十一

暑さは暑し、海辺の喧騒と埃っぽい熱気はつのる一方であった。地には押し寄せるサーフィン族と海水浴客の車の列、カーラジオのサウンド、空からは県警のヘリコプターの警告のメッセージ……

心臓病患者としては、さすがにことしは海やプールに飛び込むのは剣呑に思われ、私は夏が来てもまだ海の顔も見ていなかった。（深夜の散歩の折、遊歩道路の歩道橋から闇の中にうごめく海を想像する、のは別として）で、銷夏法としては、仕方なく一日に何回も湯を浴びたりしていた。

そんなふうだと、家にこもりがちの私は朝から晩までなにかと文句ばかり並べ、二た言目には「こんな所にはおれん！」だの「どこかへ行きたい！」だの掛け声ばかりかけている。私もうんざりだが、家人はもっとうんざりであろう。そいつはよくわかっている。

子供らは、感心にも早朝に出払ってしまうので、あとに残ってぶつぶつ言っているのは私だけなのだ。

浪人中の長男は浮かぬ顔して東京の予備校へ。

高校二年の次男は、その稼ぎを何に使おうとの魂胆か知らぬが、横浜方面へせっせとアルバイトに。

中学に入ったばかりの三男は、毎日水泳部の「部活」で何千メートルか泳がされるんだそうで、日灼けして黒い顔にだんだん目ばかりが光るようになってきた。

この私もどこかへ逃げ出さねばならぬようだ。が、海はごらんの通りで、山だっておんなじだろう。そこで、目の前の海のほうはちらとも見ずに、背を向けて出て行くことにした。東京へ！

八月十五日の午後、炎天下を小さな鞄一つ提げて、上りの湘南電車に乗り込むと、これが意外に空いているので拍子抜けがした。

新橋に着いてタクシーを拾い、街を走ると、これまた人も車もまばらで、どこもがらんとしているのに驚く。大抵のビルも商店もシャッターが降りている。土曜日のせいばかりではあるまい。お盆休みでみんな押し合いへし合いして田舎へ繰出して行ったあとが、これなのだ。

なんだか妙な笑いがこみ上げてきた。いい時に来合せたもんだ。八月のいま時分は、こんなふうに空き巣然と帝都に潜入するに限るようである。もっとも、私の上京（！）はこれが今年三度目であるが。

タクシーの数もふだんの五分の一位だろうと言う個人タクシーの老運転手に、

「おじさんは夏休みとらないの？」

と訊いてみるが、その返事ははかばかしくなかった。

「……子供たちにね……『どっか遊びに連れてってやる』って言ってもね……『おやじ、行きたきゃ一人で行ってきな』って、こうですよ……まったく……子供も中学ぐらいまでですな……」

と、すっかり諦めた口ぶりである。

どうやら運ちゃんの言い分は、子供たちがみんな大きくなり、昔の家族旅行や海水浴の楽しみも無くなったので、それならいっそ仕事でもしているほうがましだと、こういうことであるらしい。同じ父親の一人として、まことに同感を禁じ得ぬではないか。

それから、当節は猫も杓子も大学へ行きたがる、まともに学問する気なんかない連中が——という例の話題になり、「うちの倅にもさんざん絞りとられましたよ」、やっと理工科を出たんだが、いま研究所におり、なにしろ給料が安くって「いまだに脛《すね》をかじられてます」とのこと。かと思うと、近頃の学生が小遣い稼ぎにアルバイトに励むこと、おまけにそれが大人も顔負けの高収入で、簡単に金が入ることを覚えるともう親の言うことなんか聞きはしない……

私はまるで自分の倅どものこと、おのれのすぐ近い将来の苦難を言い当てられたような心地がして、せっかく家から逃げ出してきたのに少しばかり気分がこわれる。

それからまた、こういう「商売」をしながら見ていると、地方から出てきた女子学生が見るうちに「堕落」して行くのがわかる、じっさいそれは恐ろしいくらいだ、田舎にいる親たちには東京のこわさは想像もつくまい、「なんにも知らずにせっせと仕送りしてる親たちが可哀相ですよ」という話になる。

娘がいない私は、ふと怪しからぬ妄想にとりつかれる。何万人か何十万人か知らないが、地方出身の女大学生がこぞって都内のタクシーの座席で、一夜にして「堕落」して行く煽情的な場面を目に浮べて、おもわずバックミラーに運転手の視線をさぐったりする。

いまの私にはもう縁遠い世界だが、なるほど東京とはそんな所であるにちがいない。感心して聞いている間にも、車はすいすいと遅滞なく大通りを走り続け、数分で私の密かなねぐらであるところのK会館に到着した。

昔のなにがし財閥の屋敷跡だというその結構な一角だけは、都会の中の孤島のように、木立の緑がこんもりと美しく、蟬しぐれが湧き立つようである。

まるで公害など知らぬと言いたげな、さわやかな東京の白昼、一瞬の無人の夏の幻といったところだ。こんな日が一年に何日もあるとは思えない。

七十二

私が借りた部屋は、三階の西の端、北向きのようで、午前は日が射さないが、私は冷房が苦手だから午後もなるべく窓を明けておくようにしている。それで、一日じゅう、眼下の欅や椎の繁みから、煮え立つような蟬の大合唱が立ちのぼってくるのである。

夜の引き明けから一斉に啼き出した彼等が、気温の上昇とともに鳴きしきるのはまことにもっともであるとして、それが日中のある瞬間に、これまた一斉にふっと啼きやむことがあるのは何故か。おやつの時間でもあるのか、なにか会議でも開いているのか。

おどろいたことには、時々樹間を飛び立った一匹が、めくらめっぽうに窓ガラスに打ち当っては、「キ、キ、キ……」と悲鳴をあげてまた見当外れの方角に飛んで行く。待ち構えていれば手摑みにできるかもしれぬ。

しかし、この蟬の声もさすがに遠く近くの車の音を打ち消すほどではない。建物の裏側では、クーラーかボイラーかなにかそんな機械の唸る音も二十四時間ひっきりなしである。ベッドに倒れて目をつぶっていると、それらが潮騒のように聞えるのが、なんだか海辺の家にいるような錯覚をおぼえさせることもある……

「おやじが死んでことしが十五回目の夏か……」

私はそんな暗算をしてみた。

父が死ぬまで——というよりは（おかしな言い方だが）父を無事に死なせるまで——ことに最後の四月《よつき》余り、いろいろと気を揉まされたり医者探し病院探しで奔走させられたりした時のことが、いやでも浮んでくる。十五年経ったいまでは、一切が歳月という慈悲に和らげられて、古ぼけた写真のように、淡々しく、なつかしく思えるだけであるが。

父は胃癌で、しかも手遅れで、たぶん自分でもそれとは知らずに死んで行った。たぶん？肉体的苦痛はあまり味わされずに死ねたのが幸い、というふうにわれわれは考えたがったけれども、精神的なそれとなればどうしてわれわれに知り得よう。人は結局それぞれの思いを抱いて一人で死なねばならぬのだから。（生き残った者が死んだ人間について喋ったり書いたりすることは、どうせ虫のいいことばっかりである。）

入院すると同時に、父はにわかに神経に狂いを生じ、東京から応援にやって来た嫂を指さして、

「あの女は、何者か？」

などと口走ったりした。

母や妻に代って病室に泊り込んだ嫂は、夜どおし気味の悪い思いをさせられて、たった一と

晩で逃げ帰ってしまった。

そうして、父は、しきりに幻影にうなされるやら、解読不能の文字をメモ用紙に書きつけるやらしているうちに、八月の最も暑いさかりに肺炎を併発して息を引き取った。

苦しまなかったというのは肉親縁者の気休めで、最後の一夜などは父はやはり大いに苦しそうであった。ただ、われわれにはその苦しみが理解できなかったまでのことだ。

その時、私はまだ三十を出たばかりで、ほんの文学的青二才というようなものであったから、父の死に直面していやにむきにもなったし、手ばなしで感傷的にもなった。そんな私は、周りのもっとすれっからしの大人の目には、さぞや純情にもちゃんちゃらおかしくも映ったことであろう。

いまの私は、その点、大分別人になっているような気がしている。それが褒めたことかどうかは別として、

「いやはや、どうも夏というと、こういう厄介事にぶつかるめぐり合せになってるらしいな……」

ぐらいの自嘲的言辞を弄する余裕は備わっている。

かく申すゆえんは――実は、この四月に(私の病気と相前後して)八十一の老母が脳出血で倒れ、現在も市内で入院中だからである。

それにつけても思い出されるのは、十五年前の春、父が内々に癌と診断され、余命あと数ヶ月と宣告された時、おもわず母が口にしたせりふである。

「……また間《まん》の悪いこっちゃ……この分やったら夏の暑いさかりにお葬式出さんならん……」

老いたりとは言えまだまだ気丈だった母は、冗談でも皮肉でもなしに、すこぶる真剣に呟いたものである。じっさい、生者にはいろいろと都合というものがあるが、死ぬほうはそんなことは斟酌してくれない。

それゆえ、同じせりふを、今度は息子の私が母に関して用いたとしても、さほどの咎めは受けまいと思われる。さいわいにして、母は発病時の予想に反して、この夏もどうにか持ち応えてくれそうであるが。

だが、それも時間の問題だろう、年が年だし、あの様子ではおふくろも長くはないだろうと、私は医師だの看護婦だの同種の病人を看取ったことのある経験者だのに教えられるままに、いち早く観念しているのである。

たはむれに母を背負ひて——と、心やさしい昔の詩人は歌っている。私はといえば、この年まで、たわむれにでも母をおぶったことはなく、手を握ったこともなかった。（そんな気色の悪い真似がたわむれに出来たものか、と言いたくなるのは、私が詩人でないからか、とびきりの親不孝者だからか。）

ところが、この春以来、退院転院、一時帰宅、再入院、また転院と繰返しているうちに、そのつど母を背負って歩いたり横抱きにして車に乗せたりするのが私の仕事になった。もはや気色悪いなどとは言っておられない。

そうして、実のところ、私はそのあまり軽きにではなく、あまりの重さに内心おどろいた。文字通り骨と皮になっていても、母のこわばった軀はまだまだ息子の背や腕にひしとこたえる重さがあって、私はそのたびによろめいたり汗をかいたりしたのである……

七十三

宿泊先の部屋の窓の真向いに、蟬たちの占拠する木立をはさんで、五、六階建ての褐色のビルが大きく目に入る。言うところの高級マンションのようで、おそらく高級ゆえになかなか買い手がつかず、まだ多くの空室を残しているように見える。

そこの最上階に近い一角の、台所らしい部分の小窓から、主婦の白く太い二の腕が、ぬうっと出て、私はわれに返ったようなあんばいである。

「やっぱり、ここは東京だ……」

こんなふうに執筆道具一式を携えて東京へ出てきたのは何年ぶりかであるが、その試みが必ずや成功するという保証はない。なんとなれば、私は少しでも早くその場所に慣れようと心がけるよりも、なかなか落着けない理由を探すほうが上手だからである。

例えば、附近に町並があるとして、どんな店舗がどんな具合に並んでいるか、あちこち実地に歩いてみて、土地の雰囲気、住民の気っ風のごときものが一応は呑み込めないと、私は安心しないのだ。で、最初の二、三日はまず町の研究で過ぎてしまう。といって、私はその町のことを書くつもりは少しもないのだが。

初めての部屋の机や椅子の寸法、電気スタンドの好し悪しなども気にかかる。昼間、窓や障子をしきりに開け閉《た》てして、光線の具合を検討することも大事である。よその家の物干し台などがあまり近くにあることは好ましくない。かくして、部屋の研究でも一日は過ぎる。

家から持参した小道具を机の所定の位置に並べてみると、きっと忘れたものを思い出すのも癪である。カッターナイフがない、スティック糊と鋏（鼻毛切り用の鋏も）がない、爪切りなんかも持って来るんだった……というわけで、ないとなるとたとえクリップ一個でも是が非でも必要なような気がしてくるものである。そこで早速町へ調達に出かけるから、また半日位はつぶれてしまうのである。

かくまでウォーミングアップに意を用いて、なおかつなんらかの理由によって腰が据わらないとなれば、もはやそれまでである。小道具一式を元通り鞄に詰め直して、部屋を引き払うしかない。

当然のことながら、その決心に到達した時には大抵一週間は過ぎているのである。

おかしなことではないか、原稿を書くには紙と万年筆があれば足りるので、ただ物を考えるだけなら、それすら不要なはずなのに、これでは書斎ごと移動しなくてはならぬではないか……

なんのことはない、私は暑い喧しい海辺から逃げ出し、くさくさする退屈な家から逃げ出して、ほっとしたのも束の間、たちまち海や家のことが心配になり出したのである。

いつも、どうしてこうなのか、と自問するまでもない。私という人間は単なる出不精という以上に、自分が根を生やした土地にしがみついて、梃子でも動かぬタイプに属するらしいのである。それを、無理やり引っこ抜かれてよその土地に移し植えられると、短時日のうちに萎れてしまうらしいのである。

それは、私が俗に言う家庭的な人間であるという意味ではない。家庭的であろうがなかろうが、家庭を必要とする人間、ということなのだ。この二つは——少くとも私のような男にとっては——まったく相異なる事柄である。

それはまた、私が目下の自分の家庭に満足しているということでもなければ、もっと別の家庭を新しく作り直したいということでもない。そんなものは作れもしまいし、私ならずとも作れるはずはない。

にもかかわらず、私は一つの「家庭」を夢見ている。およそ不可能な夢と知りつつも、そのイメージに執着している。

では、それは、どのような家庭か。

残念ながら、それは人間の家庭ではない、動物の家庭でもない、ルナールが『博物誌』に描いている樹木の家庭である。

ちょうど去年のいまごろ、せっせとフランス通信を送って下さった（このページでもちょっと紹介した）O先生の名訳で読んでいただこうと思う。

木の一族

暑い暑い原っぱを通りきったところで彼らに遭《あ》う。

街道筋などに住まないのは、騒音のせいで、住むのは野末、鳥だけが知る、湧水《わきみず》のほとりである。

遠望では、とても中に入れそうもないのに、近づくと、木の幹はすぐ間をあけていれてくれる。しかし、それがまた用心ぶかい。私は体を休め、涼をとることができるが、しかし、彼らが私の様子をよく見、警戒をやめないのがちゃんとわかる。

そのくらしは、年長者を中心にした家族生活で、小さい者は双葉が出たばかりの者もふくめて随所にいるが、けっして離れることはない。

死ぬまでに相当時間がかかり、枯死しても立っているから、土煙をあげて倒れるまでは、見守られることになる。

枝をのばして、愛撫し合っても、それは、みんなの所在をたしかめるので、めくらがやるのとおなじである。怒りの仕草をみせるのは、風が、息せき切って彼らを根ごと抜こうとする時である。内では、口喧嘩一つしない。小声で「賛成《ダコール》」と言うだけである。

私は、こういう彼らこそが、私の実の家族になるべきだと思う。ほかの家族などすぐ念頭から去るであろう。少しずつ、彼ら樹木は私と縁組をしてくれるだろうし、それに価するために、こちらはこちらで必要なことをおぼえて行く。すなわち、

すでに私は、流れる雲をながめることができる。

また、きめられた場所を動かずにいることもできる。

その上、だまることも、いいかげんできる。

私はもうこの文章をいくど読み返したか知れない。「家庭」に憑かれた人間として、私の思

いはこのごろしきりにそこへ帰って行く。

しかし、ルナールの言い分は言い分として、われわれはけっしてこんなふうには生きられないだろう。

人間同士は、おたがいに反対もすれば、中傷もする。いたわり合いもする代り、傷つけ合いもする。言葉を持っているから、黙りはするけれども、思い悩むことはやめない。あちらこちらめまぐるしく動き回って、仕合せでなく、死ぬ時も死んだ後も誰かの手を借りなくてはならない。

元気な者は家族隣人の看病もすれば葬式も出すが、つねに樹木ほど憐みぶかいというわけではない。

他にも、樹木たちのあずかり知らぬ、醜く愚かしいやりとりの数々。いわく、親子兄弟骨肉の争い、姑と嫁の確執、小姑と嫁との、嫁と嫁との反目……

こうして見るならば、どうしてわれわれ人間に単純な生活が可能だろう。むしろ、樹木の暮しを見るにつけても、われわれはいよいよもって人間生活の複雑怪奇にペシミスティックな心境にならざるを得ないのである。

——お察しの通り、私は、せっかく宿を求めて東京に潜伏していた一週間というもの、ほとんどなんにもしなかった。久しぶりの物珍しさで街中を歩き回るか、高校野球のラジオをつけっぱなしにして昼寝するか、その二つしかしなかった。が、それはそれではなはだ結構な気分転換となった。

K会館の日本庭園というのは大層なもので、手入れの行き届いたあまたの名木珍木で埋め尽され、山あり谷あり、橋あり燈籠あり、池あり、池の中に島ありという具合で、記念撮影のバックなどにはもってこいの風情であった。

朝に夕に、部屋の窓からその庭を瞥見しているうちに、私はだんだん海辺の家が恋しくなった。その蔭で猫が昼寝をしている、みすぼらしい雑木ばかりの、せせこましい庭がやけに恋しくなった。

そうして、いま帰ってみると、暑い暑いと言っていたのが嘘のように、家の中を涼風が吹き抜けている。

入道雲がくずれ、大きな鏡のように広がった青空に、今度はパフでたたいたような白い雲が一面に現れて、海の上にはとっくに秋が来ていたことを知らされる。

蟬はその哀れな寿命を終え、草むらには虫がすだいている。

七十四

九月に入った早々、同じ市内に住む大学教授のMが電話をしてきて、

「いよいよ出かけるから」

と言う。

Mがようやく宿願叶い、貴重な休暇を取って三月《みつき》ばかり西ドイツとスイスへ行く話は、大分前に聞いていていたが、この数日後に出発だという。

そこで、ささやかながら二人で送別の宴を張ることにした。宴と言ったって、なんのことはない、いつもの調子で、私の行きつけの例の焼鳥屋で落ち合い、あとはもう一軒、また一軒と飲み歩くだけのものである。

「自転車で来いよ、自転車で。線路づたいにまっすぐ来ればいいんだから」

「うん、じゃあ、そうしよう」

温厚謹厳なる紳士のMは口では同意したが、自転車というのがいささか自信無げであった。

実は、Mは私が乗っているのと全く同型同品種（ついでに同価格）の自転車を所有しているのである。私が運動のためにも自転車を乗り回しているのを見て、それと同じのを入手したい

と言うから、同じ店に掛け合い、値引きのサービスまで同じにしてもらって世話したのだ。五万近いが、なかなか堅牢な品物である。

ところが、Mは多忙なのか億劫なのか、折角購入した自転車にめったに乗らぬと見え、いまではもっぱら夫人が買出しに利用しているらしい。

五時半の約束で、駅前広場の待合せ場所へ行って窺っていると、M博士が自宅とは反対の方角から、はなはだぎこちないハンドルさばきで、依然として新品同様の自転車を操って現れたので、私のほうがきまりが悪くなった。教授は空気入れを借りようと自転車屋を探し回ったという。

おまけに、その日のMは見たこともない粋なハンチング様の帽子をかぶり、なにが入っているのか大きなビニールの買物袋をれいれいしく籠にのせていた。

「なるほどね、これから外国へ行こうっていう人は違うね」

私としては、彼のそのいでたちに一言、寸評を加えざるを得なかった。Mの風体は、すでに彼の心が日本を飛び立ってスイス上空あたりにあることを示すものであった。

早速その足で焼鳥屋ののれんをくぐり、席に着いて乾杯もそこそこに、Mの抱負を拝聴することになる。

「なにしろ、八年ぶりだからね」

そう言うMは、じっさい嬉しそうだった。声もいつものようでなく、少々上ずっているみたいだ。

それはそうだろう、私なんかがちょいと外国見物に行くのと違って、Mはドイツ語およびドイツのすべてが専門である。いわばドイツが飯の種であるのだから、是が非でも定期的に御本家に顔を出す必要があるのだろうし、行って来れば——俗な言い方だが——それだけ彼の仕事にも箔がつくのであろう。

しかも、Mはドイツを愛するの余り、日本語よりもドイツ語のほうが達者というような男だ。それは、はたで聞いていて一寸気味が悪いくらいのものだ。もっとも、その分だけMは日本語が早口で、聞きとりにくい憾みがあるのであるが。

とにかく、他の誰をさしおいても、こういうMをドイツへ行かせてやらないという法はなく、当人はそれを八年間もじっと我慢して待ったのだから、少しぐらい声が上ずったって仕方がない。

彼のその渇望、不如意、雌伏の思いといったものは、同じ年代の私などにはまたよくわかるものだ。四十代半ばといえば、職業上も責任と同時に身体の無理も重なる、人間関係でなにかと心労も多くなる年齢だ。Mにも男の子が二人いるから、家庭内のおやじの役割も小さくあるまい。いや、そんなことよりもなによりも、外国へ行こうと思えばそれだけ余計に仕事もせねばならぬ。おのが学問のためにドイツへ行きたしと思えども、つい一年また一年と機会を延ばさざるを得なかったのは無理からぬことだ。

それにしても、Mがあまり嬉々としているので、私としてはよからぬ勘ぐりも働かせたくなった。すなわち、彼も男であるからには、たまには家庭を脱出して一と息つきたかろう。自由の境地で、ひそかに青春の夢を追いかけ、というよりは第二の青春の可能性を試してみたかろう。(家庭的な男ほどそうであろう。)

青春といえば、Mにはそんな前歴がないでもないらしい。最初のドイツ留学の時――結婚の遅い彼はまだ独身だったが――亡命チェコ人の美少女と知り合い、恋と呼ぶには淡々しすぎる、それゆえにまたいかにもMらしい、清純甘美な思い出をあとに、涙の別れを演じてきたという――「Mの悲恋」の物語は、彼自身が控え目に吹聴したことでもあるし、親しい仲間はみな知っていることだ。

そのチェコ娘――彼女もいまは立派な婦人であろう――とはMはその後も文通ぐらいはしているらしいから、会いに行って会われぬことはなく、彼にも会いたい気持が全然ないとは言われまい。

「……そうじゃないかね?」

だが、私の危険な誘導尋問に、Mはにやにやするだけで、賢明にもはっきりした答弁は避けた。

その瞬間、彼よりも一と回りも若くて、美人の、自他共に許すやきもちやきのM夫人の顔が、私の眼前にもちらついたくらいである。夫人のやきもちは、M先生が女子学生にたいへん親切で、人気があることにも向けられているらしい。……

ま、そんなことはともかく、私は、Mの学術上の収穫の多からんことを、かつまた、彼が愛してやまぬ第二の母国の美しき風光に大いに英気をやしなって無事帰還せんことを祈るのみである。

七十五

「ところで、なにか買って来ようか？　なにがいい？」

とMが訊く。

以前なら、私は月並に「酒、煙草……」とでも答えただろう。が、今回はちょっと違った。

「そうねえ、どこか海辺の石を拾ってきてもらいたいね、三つばかり……」

「石？」

そんなものでいいのかという顔だ。

「そう。あんまり大きいんじゃ持ち運びが気の毒だから、小石でいいよ。でも、あまりちっちゃくてもつまらない、まあ、鶏卵大のがいいな」

と私は勝手な注文をつけた。しかし、石ころなら無料《ただ》だから、そう負担にはなるまいというつもりである。

「そりゃ、お安い御用だ。こっちも助かる」

とMも簡単に引き受けた。

なぜ私が石を所望するか。その訳まではMに打明けなかったが、私は昨年のフランス見物で小石のみやげに味を占めたのである。

その石は——全部で三個だが——いまも私の机の上で、白々と、意味ありげに、日本の秋の午後の日ざしを浴びている。文字通り真っ白な石と言ってもいいが、白い中にうすい血痕のような斑点がまじっている。

石も美しいが、これを拾った場所がまたよかった。フランスの地図を開いて、リヨンから真下に線を引くと、『アルルの女』のアルルに行き当る。そのアルルからさらに地中海に向って下ったところに、『白い馬』という映画で一躍有名になったカマルグの沼地が広がっており、その南端にサント・マリ・ド・ラ・メール Saintes-Maries-de-la-Mer（海の聖マリーたち）という不思議な名前の、人口二千二百足らずの小さな町がある。もっとも、町そのものは日本の海水浴場のそれに似て、地名ほどに不思議というわけでもなかったが。

五月のある一日、その海岸で私は初めて地中海を見たのである。あいにく小雨で海はけぶっていたが、私はしばらく濡れながら渚を歩いたあと、ふと思いついて、足元の石を三つ拾った。そうして、他のみやげと一緒に、カバンの隅にしのばせて大事に持ち帰った。

もちろん、私も無料《ただ》の石ころの他に、あれやこれや、つまらぬガラクタのたぐいまで、小遣いをはたいて買い集めたものである。妻や子供たちを喜ばせてやろうとか、人に見せて自慢してやろうとか、ありふれた旅行者の心理である。

しかし、帰ってから日にちが経ってみると、なにを買ったのだったかも大半忘れている。それに、いくらメイド・イン・フランスにしたところで、今日、日本の東京で手に入らぬような品物はめったにないのだ。うっかりすれば、むこうで日本製を買わされることだってあろう。また、是非とも欲しいとなれば、人に頼んで買ってきてもらったっていいのである。

私は石を拾ってきてよかったと思った。これこそ正真正銘のフランス産であり、いちばん飽きの来ない船来品である。その上、私は机上にこれらを目にするたびに、遙かな異国の浜辺に思いを馳せることができる。これらの珍にして妙なる産物をもたらした海の波や風や太陽の仕事に、人間の芸術以上に、教訓を汲むこともできる……

私がMにドイツの石ころを所望した所以は、ざっと右の通りである。

彼は感心にも手帳を取り出して、メモした。何と書いたかは知らない。「石3つ」とでも記入したか。

その彼が、なにを思ったか、ふと、

「みずうみの石じゃいけないかね？」

と言うので、私は、

「いや、海の石だ」

と強く念を押した。スイスの湖水のほとりで拾われた石なんか、私はあまり有難くない。すると、

「ドイツ語では、海もみずうみも両方ともSee《ゼー》なんだが……」

と、Mは急に教師風の口ぶりになったが、

「仕方がない、なるべく海へ出るようにしよう」

と頼りない返事になったのは、ドイツには海辺がそう沢山はないからにちがいない。

「しかし、ドイツには海は二つある。北海とバルト海と。どっちの石にしよう？」

と、今度はいやに自信ありげに訊くから、私はちょっと思案して、

「バルト海のにしよう」

と答えた。おなじ石ころでもなんとなくそのほうが値打がありそうな気がしたから。

そんな打合せから始まったその晩の送別の酒宴が、どんな具合であったか、——誰彼と町を飲み歩いた話は一度ならず書いた覚えがあるから、今回は省略しておこう。ただ、最後は例によって真夜中となり、二人とも自転車を引きずるようにして、Mのマンションまで行ってしまったこと、予想に反して私はM夫人にこわい顔をされずに済んだことを記して置こう。

その後、Mの飛行機が墜落したという話も聞かないから、彼は無事ドイツに到着し、いまごろは上機嫌で第二の青春を楽しんでいることであろう。

七十六

「ハッハッハッ、うっかりしてMのやつが外国で浮気でもしそうなことを匂わせてしまった。これは大変だ……」

書いてから、しまったと思うのは、私として毎度のことだが、笑っているうちに少々心配になってきた。

Mの細君に知れたら只では済まされまい、そうでなくても、私は日頃から飲酒というだらしない習性と因果な職業的悪癖——つまり、あけすけなことを平気で書く病気——とによって、淑やかなM夫人には警戒されているのであるから……

しかし、この私にも男性側の証人として、いささか弁明させてもらいたい。——いったい、世のいわゆる中年男というものは、隙あらば女房の目をぬすんで若い女性とアヴァンチュールを楽しもうとしているかのごとく見られがちであるが、実情はそれには程遠いのである。所謂「小説」にあるようなアヴァンチュールは、たやすく起りそうに見えて実はめったに起るものではないのである。万が一起りかけたとしても、それはまことにたわいもない一場の夢で終ってしまう場合が多いのである。女房が嫉くほど亭主はもてやしない、とはよく言ったものだ。

きょうは、一つ、そういうくたびれかけた中年男の話をコントにしてお目にかけよう。高く澄み渡った星空の下、そぞろに冷気がしのび寄る秋の夜長にふさわしいショートショート、と申してもよいかもしれない。

kiss（ショートショート）

ざっと十年も前の話だが、一と目惚れというのはやはりあるものだと、その時つくづくぼくは思った。

ぼくみたいに気の弱い、引っこみ思案の男でも、もちろん女性の見目《みめ》かたちにいきなり惹きつけられることはあるけれども、だからといって、一と跳びに行動に移るなんていうことは思いもよらないし、やったこともない。まあ、せいぜい遠くからその美を観賞するぐらいで、恋だの何だのいうのは、もう少し相手の気心も知れてからの話なのだ。

ところが、その夏の晩、勤めの帰りに仲間と初めて行ったその店で、彼女を一と目見ただけで、もうぼくは恋に陥ってしまっていた。しかも、ぼくとしては、バアのホステスにのぼせ上がるなんて、われながら信じかねる椿事だった。

もっとも、彼女のホステスはアルバイトで、昼間はどこかの劇団の養成所にかよっている女優の卵、というのがその正体だったけれど。

女としては上背のあるほうで、ぼくとも十センチも違わなかったが、身体つきはほっそりしていた。いつも裾の長い地味なドレスに身をつつんで、ひどくゆったりと往き来した。そうして席についても、ほとんど黙りこくっているのだが、その愁いに沈んだ風情がかえって他の女の子よりも客の目をひく——そういう娘だった。

彼女は話しかけられても、訊かれたことしか答えないというふうだった。が、ぶあいそうというのでもなかった。話すことがなくなると、困ったように目を伏せてしまうので、最初は間《ま》がもてなくて気づまりだったが、そのうちに慣れてしまった。というより、ぼくは彼女のその神秘な沈黙のとりこになったのだ。その間にもわかったことは、彼女が実にふるいつきたくなるくらい恰好のいい唇をしていることだった。

ふつう、こういう場所の女というのは、何かきわどい話題で客の心をくすぐるとか、さりげなく相手の膝に手を置くとか、すぐやるものだが、彼女はもちろんそんなことはおよそ一切しなかった。潔癖なくらい客との接触を避けているようにさえ見えた。

とにかく、夜の東京のそういう場所で、彼女みたいに立居振舞いがしとやかで、物静かで、しかも男心をそそる、ういういしい美女に出会ったことは、後にも先にもなかった。彼女の顔をみるだけで、一日の疲れも吹きとぶ気持だった。

いつからともなく、ぼくはその店へ行く時は、彼女が来ているかどうか確かめてから行くようになった。芝居のレッスンか何かで、ときどき不意に休むことがあったからだ。そうして三日にあげずかよっているうちに、彼女のほうでも、ぼくが行けば他の客のことはほうっておいてもぼくの横に来て坐るようになった。自分から少しずつ話をするようにもなった。

秋になって、彼女は、最近下宿をかわったと言いながら、新しい部屋の様子などを、訊きもしないのにぽつりぽつりとぼくに話して聞かせた。今度は二階で日当りがいいからうれしいとか、まだカーテンを選んでないとか、でも管理人が門限に厳格だから夜中に帰った時は合鍵でそっとしのびこまなきゃならないとか……

その話からすると、部屋に男の客を上げるなどはもっての外という感じだったが、ぼくのほうは自分がそこに坐りこんでいる場面を想像せずにはいられなかった。

実を言うと、ぼくは彼女のその新居のために何度かこっそり贈り物もしていたのだ。べつに大したものじゃない、ちょっとした部屋のアクセサリー程度のものだったけれど。しかし、そんな品物でも彼女はずいぶん喜んでくれて、つぎにぼくが行った時にはかならず、あれはどこそこにどんなふうに飾ってあるなどと、ぼくの目にも見えるように報告するのだった。

さて、そんなふうな間柄になってみると、一度ぐらいは彼女の部屋をのぞいて見たいと思うのが人情ではないだろうか。といって、ぼくは虎視眈々とチャンスをねらっていたわけでもなかった。

が、その日は意外に早くやってきた。その晩、ぼくはいつになく快く酔っていて、その勢いで断然宣言したものだ。

「きょうはきみを送って行こう！」

すると、彼女もいつになく弾んだ声で応じた。

「送ってくれる？　うれしいわ！」

こんなに早く二人きりになれるチャンスが訪れるとは思っていなかった。タクシーに乗っている間、ぼくの胸は期待でふるえていた。

大通りで車をおり、路地のつきあたりまで百メートルぐらい肩を並べて歩いた。秋の夜は長いとはいえ、十二時はとっくに回っていて、あたりは人通りもなかった。

「ここよ」

彼女が立ちどまった。一見普通の住宅のようだが、二階が貸間になっているのだろう。

「へえ、あそこがきみの部屋かい」

ブロックの高い塀ごしにうかがうと、庭木の茂みの奥に二階の窓が見え、ぼんやり灯がともっていた。

「おや、電気がついてるじゃないか」

ぼくが大きい声を出すと、彼女は唇に指を立ててささやいた。

「大っきな声しないで。つけっぱなしにしてあるのよ、夜中に帰って真っ暗だとこわいから」

そう言われても変だなとも思わなかったのは、ぼくもすっかり気持が上ずっていた証拠だろう。ぼくは口をつぐみ、こういう場合、男なら誰だって期待するはずだし、期待したってそうおかしくない、相手のつぎの言葉を待った――「ちょっと寄って行かない？」とか、「お茶でも入れるわ」とか……

ところが、彼女はそんなそぶりも見せず、舌打ちするみたいに呟いただけだった。

「また今夜もこの塀をよじのぼらなくっちゃならないわ」

そこで、ぼくは思いきって切り出した。

「こんな時間に帰っちゃ、本当はまずいんだろう?」

「まあね。でも、いつもなんとかしのびこむのよ」

彼女はあくまで落ち着きはらっていた。

「無理しないで、今夜は二人でどこかへ行こうよ」

ぼくの言葉の意味を、彼女はしばらく考えているようだったが、やがてぼくのほうは見ずに、静かに答えた。

「でも、きょうは帰るわ」

かぼそい声だったが、口調ははっきりしていた。凛とした響きさえあった。外見は物静かでも、いざとなれば男も顔負けの大胆なことがやれそうな、そんな娘だということがむしろよくわかった。

こっちも、それ以上無理押しする気はなかった。べつにこれっきりというわけのものでもないだろう。

「じゃ、塀をのぼれよ」

ぼくとしては、彼女がよじのぼるのにお尻ぐらい押してやろうという気持だった。

「靴をぬいじゃうわ」

彼女はすばやく靴をぬいで、ハンドバッグといっしょに塀の内側に投げこんだ。それでもまだ門の蔭から動こうとしなかったが、やがて、やさしく哀願するようにささやいた。

「ありがとう。もうだいじょぶだから、帰って」

なるほど、おしとやかな彼女のことだから、これからお転婆するところをぼくに見られたくないんだろう。そう思ったから、ぼくは「じゃ、行くよ」と言いながら、つと暗がりの彼女に顔を近づけ、閉じた唇にそっとキスした。

彼女はおとなしく、されるままになっていた。ほとんど実感のないような、たよりない感触だった。で、ぼくはもう一回キスした。おなじようなものだった。

「………」

自分の声がかすれて言葉にならないのを、ぼくは聞いた。彼女は何も言わなかった。暗くて、表情もわからなかった。

ぼくは、「さよなら」のつもりで、軽く片手を挙げて、歩きだした。そのまま、二度とうしろを振り返らなかった。

歩きながら、ぼくは唇に残ったさっきのキスの味を反芻した。この年まで、沢山の女と――とまでは言えないけれども、幾人かの女と――真剣なキスも、たわむれのキスも、してきたはずだが、あんな冷やかな味わいのキスは初めてだった。そいつは、まるで陶器の人形か石の彫像にでもしているような具合だった。そして、彼女の無表情で無反応の唇から、それでも微弱な電流のようにつたわってきたのは、いかにも彼女らしい、しとやかな嫌悪と侮蔑のしるしだった。

無理もないことだ、とあとでぼくは知った。彼女は、ぼくが体よく追い返されたあの下宿の一室で、愛する女性と暮していたのだった。

作者いわく、美女にはやはり謎の要素が必要のようである。そして、中年男にはどうやら若い娘にしてやられる役が似合いのようである。

七十七

私が日本の海辺で、遙かなるドイツのMに向けていたずらまがいの文章を綴っている時、Mのほうは律儀にも彼地で私に便りを書いてくれていたらしい。ちょうどそんなタイミングで、九月の終りに彼の絵葉書が舞い込んだ。

18日から西ドイツの典型的な大学町ゲッチンゲンに来ています。10月20日ごろまでここで資料あつめなどしていますから、北の海辺の石ひろいは雪の季節になってからのことになります。だいたいゲッチンゲンなどという人口13～4万の小都会がのっている日本製の地図などありますまいね。——

そう書いてあるから、私は半信半疑で、早速日本製の世界地図を引っぱり出して、Mのいるゲッチンゲンの町を探した。——ちゃんと載っているではないか。おかしなことを言うやつだ。それはともかく、このぶんなら、私は年の暮れにはドイツ北辺の石を掌中にし得るであろう。ところで、きょう、私は久しぶりに海岸に出てみた。例によって、自転車で走りながら、防砂林の松の梢ごしに、葭簀《よしず》の垣根ごしに、ちらと望見したにすぎないが。

なにしろ、この数日、あんまりいい天気だから……抜けるような青空だから……

朝の静かな海は、大きな大きなテーブルの表面にガラスの粉でもまぶしたように、ちかちかと光っていた。風も波もほとんどない。

波打際にごく近いところに、一とかたまりになって、なにやら黒い物体が一面に浮いているのは、海鳥でもなければ塵芥でもない、サーフィンの若者たちである。彼等もまた、海の静けさに調子を合せたかのように、叫ぶでもなし、動き回るでもなし、いやに粛々として浅瀬に漂っているのである。ぬるい風呂にでも浸っているような具合だ。波がやって来ないのだから仕方がない。

そののんびりさ加減に、私はむしろ拍子抜けがした。と同時に、水の色にも空の明るみにももう冬のしるしが現れていると思った。大気が凍りつく前の一瞬のかがやき、最後の温もりといったものが。

ついこないだ、夏の日に秋の気配を感じたと思ったら、もう冬がきざしている。よその国のことは知らないが、この国の四季の移り行きがゆるやかで、おだやかで、などと考えていたのは、永年の固定観念だったようだ。

この変化のめまぐるしさは、まったくわれわれの生活と同じ、いやそれ以上ではないか。われわれの毎日だけがあわただしく、自然は悠々としているなんていうのは間違いだ。

それにしても、このごろの私の日常はなんだかめまぐるしくってかなわない。五十という年齢の曲り角を目前にして、単に年のせいだと言ってしまえばそれまでであるが、なぜこうめまぐるしいようなのだろう。

しかも、そのめまぐるしさが、ちっとも楽しくはないのだ。年とった親に倒れられて慌てたり、大事な時に自分が病気をしたり、その皺寄せのようにして今度は家人がへばったり、そうかと思うと子供らは子供らで、受験だの進学だのが相ついでそれぞれの重荷で悩んだり腐ったりしている。つぎからつぎへと碌なことがない。

このめまぐるしさは、悲しいかな、青春時代の興奮のめまぐるしさとは似てもつかぬものだ。二十歳《はたち》前後の、あの夜も昼もないような、期待と不安にみちた、自分の事だけを考えていればよかった、無責任で、熱に浮かされた日々のそれとはまるで性質が違うのだ。私の生活は、外見むしろ次第に起伏に乏しく、感激を欠いたものになりつつある。にもかかわらず、たえず何者かに追い立てられ、雑事に心身を消耗させられて、不快な疲労感と侘しい徒労感だけが、澱《おり》のように溜って行くらしい。

その何者かというのは、一体何だろうか。

生活の魔、とでも言うようなものか。

それにまた、五十の曲り角と言ったって、どっちへどう曲るのか、曲ったら少しは楽になるのか、曲ったとたんに今度は急坂を転げ落ちるのか、知れたものではない。

私と妻とは二つ違いだが、正確には一年と六ヶ月しか離れていない。したがって、私が転げ落ちるとすぐ続いて彼女も転げ落ちるわけであるが、そんな風に考えてみたって別に面白くもなんともない。どうやら私たちも「メッキが剝がれて地金が出る年齢」にさしかかったのである。

七十八

あわただしく飛び去って行く日々が、いまさらのように惜しまれる。そこで、今月は、滑稽にも大急ぎで「日記」のようなものを書きつけて置こうと思い立った。題して——晩秋感傷日記。

実を言うと、私は以前小さな手帳のそれではあったが、何年も続けていた日記を、いまはやめてしまっている。日記は残しておけばなかなか重宝なものだし、つけることが習慣になればさして面倒な手間ではない。毎晩ほんの二、三分もあれば事足りるのである。

が、私はなんだかつまらなくなって、やめてしまった。はかない、こまごまとした事柄を、いちいち書き込んでみたって仕方がない。どうしても記録しておかねばならぬ事実ならともかく、それを書いたことも忘れて二度と開いて読む機会もないようなメモを、何冊もこしらえたってしようがない。私には、記憶に留めるよりもいっそきれいに忘れてしまったほうがいい、そんな事柄のほうがだんだん多くなってきた。

それに、この二年来に限っては、この「単純な生活」が私の日記に代ってくれるものだ。むろん、この文章には作りごとも大いに混じってはいるけれども、私が生きたという記録としてなら、このほうがはるかに本物である。その上、これは読者への月々の手紙でもある。

そんなわけで、私の古い日記どもは、布や革の表紙にひどい黴を生やしたまま、箪笥の抽斗の奥に眠っている。そして、それらを私はいつか自分の手で全部燃やしてしまうだろうという気がしている。

日記で思い出すのは、戦争が終ってしばらくして、亡父が日記だの備忘録だの長年書き溜めた感想のたぐいを、庭先でことごとく燃やしてしまったことである。敗戦国の一軍人として、新時代には無用の社会的存在として、父は半ば衝動的にその挙に出たのであろう。

子供の私はそれを、いかにも短気な父らしいと思ったが、いまになって私は自分がきっとおやじと同じことをやるだろうという予感がするのである。そうでなくても、このごろ私はすることなすこと、かんばしくないことまで、だんだん死んだ父親に似てきた。親と子が欠陥においても相似るというのは、まことに運命的である。

十月×日

昼まえ、妻のバイクを駆って市内のK医院を訪う。血圧を計る。ちょっと根を詰めて仕事をした翌日なので、一四〇—一〇〇と出る。心臓の小さな赤い粒の薬を二週間分貰う。薬はのみ忘れることが多いので、いつも三週間は十分ある。血圧の数字も薬の効能も、気にかけるのは程々にすべし、というのがK老医の説で、私がかようのも気晴らしみたいなものだ。天気がいいと医者へ行きたくなるのだ。

K氏は年季の入った俳人でもあり、私は俳句のほうはさっぱりだが、同じ文学と考えれば半分同業みたいなものだ。薬を貰うだけなのに、私が行くとまず俳句の話になり、小説の話にもなり、世情への悲憤慷慨にも及んで、話好きのK氏はなかなか帰してくれない。私は一向に構わないが、つぎの患者はえんえんと待たされるのである。

もっとも、K氏はどの患者とでもその長話をやるらしく、いつかも私が待合室で順番を待っていると、定年過ぎとおぼしきどこかの老人と大きな声で昔話をしていた。

「先生はお父さんもお医者さんだったんですか?」

と相手が訊くのに、

「いやあ、そうじゃあない、ぼくは石屋の倅ですよ」

とK氏が答え、相手が、

「そうですか、いしや(石屋)が詰っていしゃ(医者)になったと、こういう訳ですな」

と洒落をとばして、若い看護婦さんまでがキャッキャッと笑っているのが聞えた。

午前中はやはり老人の患者が多いようだ。孤独な老人たちがせっせと医者にかようのは、かならずしも病身のためばかりでも医療費が無料のせいばかりでもあるまい。彼等は(彼女らは）親身に自分の話を聞いてくれ、やさしい言葉の一つもかけてくれる人がほしくて、医者の門を叩くのではないか。

言葉によってしか癒されぬ、そういう病気もあろうではないか。

昔なにかで読んで、いまも私が忘れられずにいる話。——西ドイツかどこかのある町で、孤独に堪えかねて自殺した老女の遺書には、ただ一行、こう書かれてあった。「きょうも一日、誰も私に話しかけてくれなかった。」

してみれば、K老医の長話は薬以上の効き目があるにちがいない。

十月×日

昼まえ、またバイクで隣町の老作曲家Iさんをたずねる。

私は車もバイクも、ちゃんと免許は持っているが、もうめったに乗らない。そっちはもっぱら妻の領分で、私は自転車さえあれば困らない。しかし、ときどきいたずらしてみたくなる。ことにこういう秋晴れの朝などは、バイクで川ぷちや海べりを飛ばしてみたくなる。すると、ヤングの諸君がオートバイに狂う気持がなんとなく察せられる気もするが、やはりスピードは私の性分には合わない。

新刊早々の自分の本に、扉にIさん宛署名したのを謹呈し、ソファで近着の現代音楽のレコードを聞かせてもらったり、よもやま話をしたりして、二時間位お邪魔した。Iさんは午後は生徒のレッスンがあるから、あまり疲れさせてはいけないのだが。

帰りに山椒の鉢を貰った。このまえ頂戴し忘れたもの。Iさんが庭に出て、鉢の泥を洗い落し、新聞紙でくるんで紐をかけてくれた。

「浜木綿《はまゆう》も持って行かない？」

と言われたが、それはまたの機会にした。

Iさんのところで見事なのは、何本かのリラの木である。来春その株をわけてもらう約束をしてある。

持ち帰った山椒を庭に移し替えるのは、妻に任せる。目下樹木や草花に狂っているのは彼女であるから。

山椒の木は、私の好きな樟《くすのき》と月桂樹とに一直線に並べて植えられた。すぐに大きくなるという話だから、楽しみだ。私としては、ときどきそれらの木に近づき、順番に葉を一枚ずつむしり取っては、折り曲げたり掌で揉んだりして、それぞれの香気を楽しもうという寸法である。

こんな楽しみ方は邪道か。

七十九

十月×日

午後、北海道から知らない人が電話をくれて、ちょっとおどろかされた。帯広市十勝清水町という所のS君という青年で、遠慮がちに、

「講演をしてくれませんか？」

と言うから、二度びっくりであった。

聞けば、その町に文化会館が出来てこの十一月でちょうど一周年になる。そこで、記念行事の一環として講演をしに来てもらえまいかというのである。私は弱ってしまった。

それは実に過分の光栄だと思うけれども、私は読書会とか小さな講座のようなものに二、三度出たことがあるだけで、講演というようなものはやったことがない。喋るのは苦手だから、その二、三度だって後味はよくなかったが、義理みたいなもので断り切れなかったのだ。

私はそんなことや、病気のことも持ち出してあまり遠出ができないからなどと、苦しい理由を並べて電話のS君に丁寧に断った。それにしても、もっと話上手で有名な人が東京にはいくらでもいるのに、どうして私なんかを呼ぶのだろうと思ったから、

「あなたも文学が好きで、なにかそういうことをやっているんですか？」

と訊くと、S君はちょっと照れた感じで、

「ええ、そうです」

と答えた。

なにかそういうこと、というのは、自分でも小説を書いたり同人雑誌を出したり、という意味だ。

S青年はとても残念そうだった。帯広まで飛行機で二時間ですからとも言ってくれたし、実際、時間の問題だけなら私には全然断る理由はないのだ。

私は必ずしも社交辞令ではなしに他日を約して電話を切ったが、なんだかひどく済まない気がした。そのような（失敬な表現かもしれぬが）僻陬《へきすう》の地で、ささやかながら文化活動に情熱を燃やしている若い人たちの好意を無にしたような、辛い気持になった。

しかし、一方では、そんな遠いところにも私の本を読んでくれている貴重な読者がいることを、この電話によって改めて知らされた思いだった。

十月×日
日曜日。すばらしい上天気で、まさに運動会日和と言うべき一日。

午後、妻と連れ立って自転車で、市内の——といっても、五、六キロ山側に入った所の——O台の岡の上にあるO小学校へ運動会を見に行く。

O小学校は私の母校でもないし、子供たちのそれでもない。新興住宅地の、出来てからまだ何年も経っていない学校である。私はこれが二度目だが、妻は初めてである。

O小と私との因縁は——詩人でもない私が身の程知らずと言われそうだが、昨夏知人の先生たちの懇望にほだされて、同校の校歌の歌詞を作製したのである。O小ではそれまで校歌を作りそびれていて、生徒たちは他校へ遠征した際にも、遠足や鼓笛隊の行進の時にもたいへん不自由しているという話であった。

作曲は前記のIさんがしてくれた。Iさんは私の拙い歌詞をもとに、校歌というより愛唱歌と言うにふさわしい魅力的な曲を作ってくれた。

私はそのメロディをIさんのピアノやO小コーラス部員のテープでは試聴したが、発表会には行かなかったので、きょうは作詞者としての責任上、全校生徒諸君が歌うのを実地に聞かせてもらおうというのだ。

Oの町は、O台というその名の通り、富士をのぞむなだらかな台地の上にある。バスの他に交通機関もない離れ小島のような一角に、忽然として未来都市が出現したかのように、白い高層ビルが林立しており、ちょっと外国へでも行ったような気分になる。

私は妻と二人して、上り勾配の県道を必死でペダルを踏んで、それでも二進《につち》も三進《さつち》も行かなくなると降りて押しながら、ようやくO小学校にたどり着いた。

プログラムのおしまいの全学年リレーはよかった。子供のリレー競走というのは、いつ見ても興奮させられる。

それから、全校生徒が整列して、得点の発表やらなにやらがあり、校長先生の挨拶のあと、校歌の斉唱になった。

私は校庭の隅の、梧桐《あおぎり》の木の下で、幹にもたれていたが、あわてて煙草の火をもみ消した。われながらなんだかおごそかな数十秒間であった。

生徒は歌詞をよく覚えていてくれて、オルガンの伴奏で一所懸命歌ってくれたが、私は案の定、

「やっぱり三番が必要だな……」

との印象を抱かされた。

前任の校長先生と打合せをした時、歌詞は二番まででいいでしょうということで、私も賛成だったからそのつもりで書いた。私はまた、校歌というときまって出てくるような教訓的文句や訳のわからぬ漢語は一切使うまいと決め、陰気くさい五七調七五調も避けた。

結果は、非常に明るく、軽快なテンポの曲が生れて成功だったが、一番二番と一と息に歌わ

れると、どうもたちまち終ってしまう感じだ。おまけに、いよいよ校歌として実施という段階で、前の校長先生は定年退職、新しい校長さんがやって来て、是非もう一番書き足してほしいと言われる。

私としては、一番の出だしを「富士がみえる　風がはしる」とやり、二番を「海がひかる　雲がわたる」とやってしまったので、三番に持ってくるものがなく、大弱りなのだ。しかし、なんとかせねばなるまい。

やはり横で突っ立って聞いていた妻に、

「どうだい、やっぱり短いかね？」

と訊くと、

「そうねえ、すぐ終っちゃう感じねえ……」

と頼りない返事だった。

閉会後の人波をかき分けて、校長先生に挨拶に行く。すぐ退散するつもりだったが、引き止められ、校長室に案内されてお茶を御馳走になり、みやげにお弁当と紅白のお饅頭を貰った。

「三番をそのうちになんとかしますから」

と約束して出てきた。

帰りは下りだから大分楽だったが、大和・厚木方面へ通じる道路で、しかも休日のこと、車の往来が激しくて疲れてしまった。

妻がとかく私に遅れがちになって、気を揉ませるのは、例の植木マニア、植物熱の延長で、路傍に面白そうな木があるとこれを打ち眺め、珍しい野草があると降りて引き抜くという具合だからである。

近くの町まで戻ってくると、路上の市場みたいなところで買物をするから待て、と言う。メイクイーンとか何とか、じゃがいものいいのがあったと一箱買い込んだのはいいが、持ち上げたら急に気分が悪くなったと言う。

山のほうの畑のふちで、つまらない蔓草かなにかを引っこ抜くのに夢中になって、さんざん人を待たせた罰だと思ったが、仮病でもなさそうなのでスーパーの入口のベンチでしばらく休ませる。日射病か。

結局、じゃがいもの箱もなにもかも、買ったもの全部、私の自転車の前うしろに積まされ、私は重心を取られそうでふらふらしながら帰宅した。

えらくくたびれる日曜日であった。

八十

十月×日

この十日間余り、妻の身体のことですっかり振り回された恰好だった。お乳に変なしこりがあると言い出したものだから。確かにそんなものが出来てはいるようだ。これは否定しようがない。触りたくもないのに、手をとって触らせられる私のほうがびくびくものだが。彼女は以前にも二度ばかりそういう経験をしている。その時は婦人科のほうだったが、さいわい空騒ぎに終った。だから私としては「またか!」という気分になるのもやむを得まい、「また今度も神経で大げさを言ってるんだろう」と。

それでも、こういう事態が出来《しゆつたい》すると、ただの嫌疑にせよ、不意に太陽が雲間に入ったような、急に家の中の空気が冷え込んでくるような、暗くうすら寒い気分になるものだ。当人も血色は良し、ふだん通り活動的で、これといって目立つ異状はないのに、すべてをその一点に結びつけて考えるようになる。いつかみたいに、O小学校の運動会を見ての帰るさ、ちょっと気分が悪くなったりしたのさえ、そのせいであると直ちに結論を下してしまう。さように、ことごとに神経過敏に思いつめて、そのために食欲がなくなり、痩せてきたりする。終末的なことを口走り、滑稽にも早ばやと死ぬ準備にとりかかったりする。

はたにいる私としては、こういうのがかなわない。癌なら癌でいいじゃないか――とまで居直る勇気はないが、まず事の真偽を突きとめねば一分たりとも落着けない。そこで、自分のことなら医者へ行くのはまっぴらなのに、家族のことだと一刻も早く宣告を下してもらいたいという心境になる。情け無用だ。

で、とにかく追い立てるようにして市の病院の外科へやった。が、世の中には似たような悩みの持主が多いと見え、おそろしく混んでいてレントゲンの順番を待つだけでも一と月近くかかるという。医者は触診で、まあ大丈夫とは思うが確答は出来ぬと言ったという。もっともな話だが、こういうのがまたかなわない。一と月近くも戦々兢々の状態で待たされるのか！

その間《かん》にも、当人はいよいよ癌で斃れる覚悟を固め、銀行預金がどうで郵便貯金がどう、各種保険はこうで重要書類はかしこにあり等々と、私への家庭業務の引継ぎ（早い話が遺言）を始めたりする。主婦の職掌がいかに複雑多岐に亘っているか、短期間では到底そのように習熟することは不可能であると、夫が思い知らされるのはその時であるが、いきなりそう来られては私も困る。こちらにも都合というものがあり、ハイさよならとばかり出て行かれては迷惑である。

宙ぶらりんで一と月も過したら、その醜態惨状はいかばかりか、おおよそ想像がつくので、私はこうしてはいられないと思った。それならどうすればいいか、絶対安心という名案も浮ばない。東京のもっと大きな病院へ行かせる手もあるのだが、当人はそんな遠出をする暇はないと言う。(これはこれでずいぶん勝手な言いぐさだ。) 本当は身体に刃物を入れられるのがこわいのにちがいない。(私は自分の身体じゃないからちっともこわくない。)

私は、こうなったら仕方がない、いまドイツにいるMや東京のK氏たちの山登りの仲間で、私とも飲み仲間のKさんに相談してみようと思った。Kさん——やはりK嬢と書くべきか、彼女は妻とおない年だが独身だから——は、横浜のS病院の院長室にいて、いつだったか、「あなたが病気になったらいつでも入れてあげる、あたしが厳しく監視しててあげる」などと冗談みたいに言っていたことを思い出した。私は前にも彼女に中年男の健康に関するパンフレットを送ってくれるよう頼んだりしたことがあるが、こんな時になると彼女の顔が目に浮ぶというのも虫がよすぎるかもしれない。

今度も、そうと決めたら、そのグラマーで、登山家で、旅行好きで、大きな声でよく笑う姉御肌のK嬢がとたんに女神のごとく頼もしく思えてきた。たまたま日曜日だったが、いくら彼女がねぼうでも起きるだろう時刻を見計らって、自宅に電話してみた。そして、久闊を叙したのち、「実は女房のやつがねえ……」と始めたら、「あら、実はあたしもこないだ切ったのよ!」という返事がかえってきて、私はにわかに心づよさが倍加された。

K嬢は小豆大の怪しげなものを発見、すぐ切り取って調べてもらったが、なんでもなかったという。それでも結果が出るまでの一週間はやはり生きた心地がしなかった由。「だいじょぶよ、そんなの」と慰め励ますようなことを言ってくれたが、「とにかく連れてらっしゃいよ」ということで、外科部長のスケジュールを訊いてくれることになった。

二日後の朝、いつもより少し早起きして妻をS病院へ連れて行った。申込みからカード作りから書類回しから、なにからなにまでK嬢がやってくれた。われわれはただ坐っていればよかった。「まあ、あなたのほうがよっぽどしょげ込んじゃってるみたいじゃない?」と私は言われてしまった。きっとそんな顔をしていたのだろう。「しっかりなさいよ!」と、ぽんと肩を叩かれた感じだ。

九時過ぎ診察。よくわからない。午後一時から小手術ということになる。

それまで時間をつぶさなくてはならない。二人で歩いて電車の駅まで戻り、私は腹が減ったので小さなレストランに入る。私が食べているのを妻はじっと見ているだけ。水も飲まぬようにとのことだ。それからまた別の道をぶらぶら引き返し、途中の小公園でベンチに腰かけて休む。もし癌ということになったら……その時は何週間か入院しなくてはなるまい……私は妻の留守をどうするか……子供たちをどうするか……入院中の老母のことはどうなるか。話はじきそこへ行く。

もちろん、当人よりは私のほうが冷静なはずだが、その私にも一つだけどうにも消しがたい危惧がある。それは妻がこのところ自分でも疲れた疲れたと言い、事実、この春の老母の発病、つづく私の病気以来、かつてない心身の負担が彼女にかかっているということだ。癌であるかないかは別として、今度倒れるとしたらそれは妻の番であってもおかしくはない、当然すぎるくらいだ……

なるようにしかなるまいと口では言いながら、そう言って済ますには無念すぎる思い、今年という年を呪いたくなるような痛恨の念が私にはある。

局部麻酔の簡単な手術ということだったが、予想以上に時間がかかった。表面から触った感じではそれほどでもなかったそのかたまりが案外に大きく、場所も深かったためという。手術が終るまで、K嬢が廊下のベンチでいろいろ話をしてくれた。こないだ休暇をとってモロッコのほうへ遊びに行き、日射病にかかったとか、いつのまにかこの病院にも勤続十何年で、またまた表彰されたけど、そのたびに恥かしい思いをするとか、彼女らしい話だ。そうやって私の気持をまぎらしてくれるつもりだったのだろう。

手術後、私は呼ばれて部屋に入り、切り取られた血まみれのそのものを見せられた。ちょうど棗《なつめ》の実ぐらいの大きさの、なんとも不気味な、グロテスクな肉の塊だ。それを医師がメスでさらに切り開いて見せてくれる。その醜悪なる第一印象からすれば、これぞ癌と言われても納得したにちがいない。

大学に検査に回すから、結果は一週間後とのこと。「無事を祈ってるわ」とK嬢が何度も言ってくれた。実際、彼女は後日、病院のレクリエーションで行ったという浅草の観音様で、妻と私にお守りを一つずつ買って来てくれさえした。

つぎの一週間のことはもう省略するが、さいわいにして妻のは癌ではなかった。それが今朝わかった。お守りの利き目もあったかもしれない。

私はきょうの抜糸にはもうついて行かなかった。電話口で「大丈夫だったのよ！」という妻の声、つづいて「今晩はお二人で乾杯して下さい！」というK嬢のはずんだ声がした。私にもだが、妻には長い長い十日間だったろう。

ところが、そうなると人間は勝手なもので、帰ってきた当人は「あたしが癌になんかなるはずないじゃない、こんなに元気なのに！」と跳びはねんばかりにして、「ひどいわよ、あの先生、癌でもないのにさっさと切ったりして、外科の医者って切り魔ね！」などと忘恩のせりふさえ吐く始末だ。もちろん助かったという思いが抑えがたければこそであろうが。

私はといえば、まずはK嬢にもドクターにも感謝の他はなかった。ただし、「おれはお前のあのヘンなかたまりを見せられちゃったからね、当分焼鳥だけは食う気がしないよ」というわけで、それだけが残念である。

八十一

十月×日

めずらしく、昨日と今日、二日続けて仕事で東京へ出た。きのうは予定の時間ぎりぎりに湘南電車で行ったが、きょうは少しのんびりしたいと思い、早くに家を出て小田急の特急ロマンスカーでゆったり坐って行った。ロマンスには程遠い散漫な気分だが。

たまたま手近にあったロシア文学全集の一冊を手提げ袋に入れてきたので、車中で開いてプーシキンの短篇『葬儀屋』中村白葉訳を読む。ずっと昔、学生時代に読んで以来だ。僅か数ページのその名作に私は完全に堪能し、深い満足感にひたりつつ、「走る喫茶室」なる車内サービスのメニューの中から、熱いココアを取って飲んだ。この電車のホステス諸嬢はみな若く、おおむね感じよく、ウイスキーだって飲みたければのめるのである。子供たちが小さかった頃、よく手を引いて線路ぎわでロマンスカーが通過するのを見せてやったものだが、大人の私は如上の理由からして、いまだにこの特急のファンなのだ。

沿線にはいつ見ても開発途上の新興住宅地が多く、概して殺風景な眺めの連続だが、そここに点在する雑木林の色づきはじめた風情など、眺めるともなく眺めやっているうちに新宿に着く。

時間はたっぷりある。だが私はこういう時にいつも当惑してしまう。どこへ行ったらいいかわからない。三十年近く前には、私にも新宿は青春の町の一つと言えた。その後、勤めに出ていた十年余りの間もずいぶんこの辺をうろついた。それがいまではちょっと一と休みしよう、なにか食べようと思っても途方に暮れてしまう。新しい店はいろいろあるけれども、どれも私が入って行っていいような店とは思えない。かくして、新宿に限らず東京は年ごとに私から遠ざかって行く。

安心できるといえば本屋の紀伊国屋ぐらいだから、足は自然とそっちへ向う。地下道をえんえんと歩き、狭苦しい階段をいくつも登って、洋書売場に行ってみる。そこがいつも比較的すいているみたいだし、日本語の活字はなるべく見たくないからだ。が、この洋書売場だって私が学生の時分はこんなじゃなかった。この十分の一位しかなかったと思う。(あの頃、紀伊国屋の入口近くには半分露店みたいな小屋掛けの犬屋があって、いつも檻に仔犬が入れられていた。)

それにしても、大分前から、私はもう未知の新刊書をあさる意欲はなくしている。そんなもの買い込んだってどうせ読めやしないのだから。その代りに、私は自分が学生時代大事に持っていて、その後手放してしまった——大抵は必要に迫られて僅かな金に換えたのだが——そういう不運な本を、それとなく探していることに気づく。例えば、古めかしい風俗的な挿絵のいっぱい入った大判のモーパッサン短篇集とか、やはり挿絵入りのカミュの『ペスト』とか、図版を満載したコローの上下二冊本の研究書とか、イタリア語の本ではフェリーニの映画の台本兼写真集とか、そんなものだ。

それらを是非とも買い戻したいというのではない。ただ、なぜとはなしに、今もまだ売られているものならもう一度その顔を見てやりたいと思うだけだ。そうして、あとは並んでいる本の表紙や背文字をぶらぶらと見て歩くだけ。なつかしい題名、なつかしい著者名のかずかずよ！　ひそかな片想いの相手にまた出会うような、ちょっぴり胸痛む瞬間だ。青年の私は、純情な向学心には燃えていたのであるが、言うところの御縁がなかったかして、残念ながらそれらの大部分を読まずに過ぎた。時すでに遅し、だ。

いまどきの文科の学生諸君はどうなんだろう。彼等も横文字の書物のあの特異な紙の匂いや、清楚な活字の列に、昔の私のように胸ときめかすことがあるや否や。

十一月×日

今月に入って早々、在ドイツのMがまた絵葉書をくれた。例の石ころの行きがかり上もあるが、とてもいい便りなので今回は全文を引き写させてもらおう。

ハンブルク、一九八一年一〇月二八日

ハンブルクに来ています。国際港とはいえ、エルベ川につくられた港町です。そこで今日、バルト海沿岸まで出かけました。阿部さんからの「海辺の石」の注文がなかったら行かなかったかもしれない北の海辺を散策し、久しぶりに見る海の風景にほっと心なごむ思いがしました。大きな石をもち歩くわけにいかないので「小品3点」をポケットに入れてきました。でも、帰国まで55日、先は長いのです。こちらは午前10時で3℃。——写真のような断崖にまでは行きませんでした。カモメと白鳥の浮かぶ、水の澄明な、静かな海でした。　M

なるほど、写真には崩れかけたような荒涼たる断崖がうつっている。それと、白波の押し寄せる、茫々たる、灰色がかった海。どこだか知らないが、やけに淋しい海景だ。BRODTEN-ER STEILUFER/Ostsee とあるが、私はドイツ語は字面《じづら》を眺めるばかりで、バルト海のどこその絶壁、とそのような意味であろうと推察して、有難く押しいただいておく。

とにかく、きょうはうれしかった。Mのやつ、私の注文通りとうとう石を拾ってくれたかと思った。なんだか彼にはるばるドイツまで石ころを拾いに行かせたような気がしてきた。また、この文面から、Mが大分ホームシックにかかっているらしいことも察せられた。「先は長いのです」というあたりに、まさに彼の溜息が聞かれるようではないか。彼もようやくドイツより日本のほうがいい年齢になったか。

八十二

十一月八日

一昨夕、病院で、母が死んだ。一九〇〇年の三月三日生れだから、満八十一だった。なんとも冷たい、氷雨という二字そのままの雨の一日で、不意の寒波の襲来がいけなかったのかとも思う。妻と子供たち三人を車で急行させたあと、私はバイクで暗い川っぷちを追いかけた。十分もかからぬのだが、その間にも雨粒で眼鏡は見えなくなるし、胸も膝もびしょ濡れ、やがて髪からも雨がしたたって一と泣き泣いたような顔になった。

母はすでに意識不明で、それとも見えず息を引き取ったあとも文字通り眠りの続きを眠っているようだった。六時四十分頃だった。

妻がなにか話しかけながらその寝顔を撫でてやっていた。子供たちは壁ぎわに突っ立って、ことに祖母に可愛がられた上の二人はしきりに目をこすっていたが、末のはきょとんとしていた。生れて初めて人が死ぬのを見せられたのだ。

私は泣く代りに「しょうがねえな……」と誰にともなく舌打ちするみたいに呟いたが、事実しようがないことだと思った。私たちにやれるだけのことはやったのだ。私は三日前に来たのが最後、妻はきょうのお昼をたべさせて帰ったのが最後になった。

病院の一番西のはずれにある霊安室は、おそろしく底冷えがした。重い鉄の扉の向うでは、相変らず十一月の冷たい雨がびしょびしょ降りつづいて、赤土のでこぼこの地面にいくつも水たまりを作り、末枯れたみじめな雑草のかたまりを外灯に濡れ光らせていた。私はこの時はすっかり忘れていたが、父が死んだ十四年前のあの夏の日に較べて、なんという冷たい夜だったろう。

これでもう幼い私を愛してくれた身近な人たちは、ほとんど死に絶えた。おじと名のつく人物は全員死んでいるし、まだ伯母が二人残ってはいるが、彼女たちも半身不随か癈人のようで見る影もなくなっている。従兄姉《いとこ》たちはどうしているだろう。彼等はまだ元気であるとしても、すでに十分に老いて、それぞれに人生の悔恨を味わいはじめているにちがいない。もう子供のあの頃のような愛され方で人から愛されるということは勘定に入れてはならない。私の場合、その最後がたぶんこの母親だったのだから。今後は、もっぱら私が愛すべき者たちを、それにふさわしい扱い方で遇してやる以外に、私の存在の意味はない……

私はその晩、この年まで特に考えてもみなかったようなそんなことを、つくづくと考えた。

目には見えぬなにかが、今夜を境に大きく変ったのだ。

……………

そして、きのう、母を海辺の家につれて来た。私の仕事部屋のテーブルや椅子を隅に片づけ、西側の窓辺にひつぎを置いて、ささやかながら祭壇とした。

私は、この際私のあとに残るだろう者たちにはっきり言っておく。──私は町の葬儀屋の飾り付けというのが大嫌いだ。連中がスピーカーだの録音テープだのを動員して得意げに繰りひろげて見せる愚劣な式次第というやつも唾棄する。私の時もかならずこのようにしてもらいたい。

それで、一枚の布で蔽った母のひつぎの上には、地元の尼寺（そこの墓地で父と兄が眠っている）から届けられた白木の位牌と、くだものと菓子の皿がのっているだけ、ひつぎの足もとには、何という花か知らないが、妻が買ってきたヒヤシンスによく似た丈高い白い洋花が、大きな白い花瓶いっぱいに活けてあるだけだ。人の一生が終った時、その永い思い出の他にどんな飾りが必要だろう。

ゆうべは、私は母を寝かしてあるその横で、いつものように一人で眠った。父の時はすぐそばに遺体があることが念頭を去らず、不気味な思いさえ味わったが、今度はそんなことはちっともなかった。ふだんと違うのは、私の机の上のスタンドが夜通しつけてあることだけで、それがなければ、すぐそこに母が冷たくなって横たわっていることも夢かと思われたにちがいない。

私自身がそれだけ死に近づいたからか、それともこれがやはり女親というものなのか。いずれにしろ、ここは私の仕事部屋だ。母がこんなことになるずっと以前から、私のこの部屋はすでに死者の霊でいっぱいだからかもしれない。

しかし、私たちはまだ座して心ゆくまで故人の思い出にふけるわけには行かなかった。これから沢山の仕事が待っていた。ほうぼうへ電話をかけたり、車で走り回ったり、文章を書いて印刷に回したり（印刷はあの俳句のN君にやってもらおう）、なかでも故人の望み通り、尼寺さんにお願いして最後の葬送の準備をしなくてはならなかった。しかも一方で、子供はそうそう学校を休ませられぬし、私も妻も早く本来の仕事に戻らなくてはなるまい。

私の希望は唯一つ、これらを首尾よく片づけさえすれば、どうにか今年という年のしめくくりがつくだろうということだけであった。私はもうこれを限り、肉親の死については一行も書かぬつもりだ。

十一月×日

拙宅ではここ当分、賑やかに飲んで騒いで、フラッシュをたいてというパーティは致しかねるが、よそさんではそういうことがいくらもあろうし、あって貰わなくては困る。

たまたまチェリストのY君が、あすの日曜日、東京の友人宅で内輪ながら結婚式を挙行するという。まだしてなかったのか、と私は訝ったが、多忙なる彼はまた彼一流の流儀で世間並みの婚礼は延ばし延ばしにしていたらしい。目に入れても痛くなかろう満一歳の坊やと、つぎの赤ちゃんがおなかにいる愛妻と、双方の親御さんと少数の友人と、きっといい雰囲気の式になるにちがいない。

それでも記念撮影には、奥さんはウェディングドレスから角隠しへ、Y君はモーニングから紋付き袴へという、あのお色直しなる速変りの芸当を試みるという。背広にネクタイが精一杯の私などからすれば、想像を絶する放れ業であるが、考えてみれば演奏家というのは本来舞台人なのだから、そんなことは朝飯前かもしれない。

私は、しかし、こんな取り込みで、二人の晴れ姿を見に行けない。そこでIさん(前出、作曲家)と電話で相談し、連名で東京へ祝電を打つことにする。夜九時に、明朝午前中配達として、左の電文を発する。

「YK君、ひかるさん、晴一郎君、やがて誕生するもう一人の小さな分身、皆さんの幸福な前途を祝します。きょうのよき日に、湘南の海辺から、友情をこめて。I、A」

手帖を見たら、そのよき日はちゃんと大安となっていた。

月おくれの感傷日記を綴っているうちに、現実の暦は早くも十二月、またもや暮れ正月の掛け声が聞えてきた。

一年間、皆さんのお宅と同様、私のところでもかくのごとく、いろいろな事があった。そのいろいろがどうも芳しからざる傾向に終始しがちであったが、しかし、古き一年をあまり呪うのはやめよう。これもつぎの一年への避くべからざるステップであったのだから。

喪中ながら、私は今夜実に久しぶりにプレーヤーの蓋をあけて、おそるおそるレコードを鳴らしてみた。私がなにをかけたとお思いだろうか。古い古いディキシーランドジャズの一枚である。そのとびきり陽気で悲しい、またしんみりとお道化た、黒人たちの演奏を聞いているうちに――彼等もとうの昔に土の下であろうが――私は結局ことしもそんなに悪い年じゃなかったという気がしてきた……これが人生だ、これもまた人生ではないか、という気がしてきたのである。

では、皆さん、さらによいお年を。

八十三

正月であるから、新春漫談といったものを一席申上げたい。

ことしは犬年である。したがって、私の年でもある。しかるに私は、これまでも一度ならず書いたように、近年むしろ猫と昵懇《じつこん》の間柄にあり、同族を厭うというのではないまでも、犬の諸兄姉とは久しく疎遠になっているのである。同窓会にも出ていない。

もともと、干支《えと》ないし十二支というようなものを私はほとんど本気にしない。子供の時分、私は大人どもがお節介にも他人の干支を指折り勘定して、あの人はサルだ、この人はヘビだなどと言い合っているのを小耳に挟んで、人間の世の中も動物園みたいなものかと思った。現に犬の私の妻は鼠で、両者の子供はそれぞれ兎、竜、猿だという。こんなふざけた話はない。

どうでもいいことであるが、それでも猫が十二支に入っていない事実には、私もかねてから漠然と疑問を抱いていた。なにゆえに猫はリストから除外されたのであるか。

私は遂にそのいわれを知るに至った。去年、知り合いの小学校の先生が呉れた、この土地の民話を蒐めた小冊子をめくっているうちに、「燕や猫が十二支に入らぬわけ」という項目があり、そこに神山トクさんという市内在住の明治二十二年生れのお婆さんの談話が載っていた。

(神山さんは健在ならば九十二、三歳であろう。)

トクさんは言うのだ。——

「二月の十五日はお釈迦さまの亡くなられた日でね、昔はよく大きなオヒョウゴができてて、それを掛けたんですよ。お釈迦さまの臨終に、大勢のずいぶんたんとの鳥だの獣だのが集まってね。燕と猫だけでしたとよ、仲間になってねえのは。ほかの鳥や獣はみんな仲間になってたそうですね。

燕という鳥はね、お釈迦さまが病気だって言ってもね、白粉つけたり紅つけたりしておしゃれをしてた、そういってね、そしていまだに嘴とかどことかが、紅くなってるとかってね。

雀はもうなにもかもね、投げ出して行ったたって。みんなそのオヒョウゴにのってるけどね、目をちゃんとこうやっておさえてね、泣いてるの。お釈迦さまがね、亡くなられたというので。猫だけはねえ、『お釈迦が死んでもこちゃかまわねえ』ってね、言ったたって。それだからいまだに駄目なんだなんて。ほかの鳥や獣は、かわいがられるとかいう話ですけどね。それで猫は、十二の仲間に入れられなかったんでしょうね。

小さいときにお祖父さん、お祖母さんから聞きました。」

これを、私は寝しなに蒲団の中で読んだのだが、一読うむと感嘆して、なんだか溜息が出るようだった。お婆さんの話しっぷりがいいので……「オヒョウゴ」とやらのその場面も目に見えるようなので……

そうして、私はすぐさま子規の短歌の一つを、私のとりわけ好きな一首を思い出していた。

木《こ》のもとに臥《ふ》せる佛をうちかこみ象蛇どもの泣き居《を》るところ

子規はこれを古い絵本かなにかを見て詠んだらしいが、トクさんの話にある「オヒョウゴ」というのも、そういう絵図を掛軸にでもしたものであったにちがいない。

なるほど、猫が「お釈迦が死んでもこちゃかまわねえ」とうそぶいたというのは、彼等の日頃の姿態や素行からしていかにもありそうなことである。が、燕が悪者にされているのはやや意外であった。

化粧に手間取って大事な人の死に目に会えない——とまでは行かなくとも、身支度その他に時間を食って電車に乗り遅れたり、いたずらに人を待たせたりするのは、なにもオシャレ燕ばかりではない。私の知っている御婦人の中にも、まるでわざとのように必ず約束の時間に遅れて来る人がいる。家庭においても然りで、夫婦揃っての外出に、細君がなかなか出て来なくて旦那が門のところで苛々している光景などは、ありふれたものである。

とにかく、この猫や燕の例でもわかる通り、レッテルというものは恐ろしい。一度貼りつけられたら最後、世の終りまでも剝がされることはなさそうだ。

八十四

ところで、「猫が十二支に入らぬわけ」には他の説もあって、

「きょうはお釈迦さまが亡くなられたんだから、魚をたべるのはやめましょうよ」

と他の十二支の者が提案したのに、猫は、

「お釈迦さまが死んでも、わたしゃかまいませんよ、好きだから食べますよ」

と言って平気でたべた。それで、

「おめえみてえな物を知らねえ奴は仲間に入れるんじゃねえ」

ということになってしまった由。

釈迦の入滅はどうやら動物たちの食生活を決定する一大事件でもあったようで、同じ本で青木イシさんという明治三十五年生れのお婆さんは「動物の食べもの」という話を披露している。


——


「ご臨終のときには、人はもちろん、あらゆる動物がかけつけたってわけらしい話でございますわね。そのとき雀は、

『これは大へんだ、ご臨終のお話だから』

って言うんで、手拭をかぶったままとんでったらしいんですね。

そうすると蛇は長い道をにょろにょろにょろ行き、いろいろのものが集まって行ったらしいんだけれど、蛇の後から行った蛙は、

『じれったい、ああ、この、ご臨終だのにのそのそして』

と、ちょいと蛇の歩くのをとび越したらしいんですね。そうすると蛇もああ、何くそっという気持ちで、

『そんなことをして、ただでおくものか』

といきなりとび越そうとした蛙の足をのんじゃったってわけ。それからは、まあ、蛇は蛙を足からのむ。

そいで、まあ、つばくろはおしゃれをして口紅をつけたりお化粧して行ったらしいんですね。

それで、

『お前はおしゃれで、こんな時を忘れているから』

っていうので、

『お前は、虫っきり食べさせられない』

って。

雀は鍋墨だらけの手で、手拭かぶって働いてたなりで行ったから、

『お前は米を食べろ、一生お米をたべろ』

とお釈迦さまが言っていなさったらしいんですね。

それが、いましめのようにこの世に残ったという話をききましたんですがね。」

このお婆さんの話もなんていいんだろう!

が、腑に落ちぬ点もなくはない。

蛙こそ大急ぎで駈けつける心算であったものを、途中で横着な蛇に呑まれて、十二支からも洩れてしまったのは不運というより不公平ではないか。

また、雀は釈尊の言いつけを守って、せっせと米を食べに来るのに、そのたびに案山子《かかし》や鳴子《なるこ》に脅かされ、舌切雀では舌まで切られてしまうのでは話が違うではないか。

雀の件では、私はずいぶん余計なことまで考えざるを得なかった。——イシさんの描写を信ずるならば、雀は手拭をかぶって井戸端で鍋か釜を洗っていたものと見える。とすると、その雀は嫁で、釈迦は姑の代弁をしているようなものであろう。つまり、この「いましめ」は実は、その嫁に向って暗に「おなか一杯たべたければ、なりふり構わず働け、もっと働け、もっと働け」と、そう言っているのであろう。

そうやって一生働かされた嫁が、今度は自分が姑になり、「いましめ」を娘や孫娘に伝えると、やがてその娘や孫娘がまた姑というものになって、新しき嫁を「いましめ」で圧迫し、……という具合に民話の教訓は鼠算的に伝播して行く。「動物の食べもの」なんてのんきな題がついているけど、本当は笑うに笑えないような話ではないのか。

――しかし、正月早々、こんな詮議は野暮と言うべきだろう。

八十五

干支ばかりでない、私は夢占というようなことも信じない。したがって、初夢などというものも気にしないのである。どうでもいいような事柄に関しては私は徹頭徹尾合理主義で行きたい。

さりながら、過ぐる或る年の元日の夜（二日の午前）に見た夢こそは、げに恐るべき内容のもので、私はいまだにぼんやり記憶しているくらいである。

……なんでも年をとってよいよいみたいになった妻が、家じゅうあちこちに所構わず粗相をして歩くので、亭主の私はすっかり頭を抱えてしまっている……

そういう夢だった。

どうしてまたそんな不景気な初夢を見たのか、わからない。餅の食い過ぎか、と考えたりしたが、いずれにしろその夢には富士山も鷹も茄子《なすび》も出て来はしなかった。

翌朝、私はひどく割切れない気分で起き出し、すぐ妻に言ったものである。

「初夢を見たぜ……」

「へえ、どんな夢？」

夢見られた当人はそれとも知らずに気軽に応じた。

「老後のおまえの夢だ……」

食卓では詳述は憚られたので、私は細部の描写は省いて大筋のみを伝えた。

妻はカラカラと笑っていた。二十年後にも三十年後にも絶対にそんなことにはならぬという自信があるみたいに。それならそれで、もちろん大いに結構であるが。

しかし、縁起の善し悪しは別として、どうせ見るならやはり愉快な夢を見たいものだ。夢の中で腹をかかえて笑う——それに近いことが私にも稀にはある。

何年か前の夢で、私は、十台ばかりの自転車が空《から》のまま——すなわち、人間を乗せないで——いっせいに大通りをこいで（？）行くのを目撃したことがある。

その場所は、私がふだん駅まで散歩するのによく通る道すじで、「南町」というバス停と煙草屋兼文房具屋のあるあたりであった。

そこを、いましも無人の銀輪部隊が駅の方角めざして整然と流れるように走って行く。その眺めははなはだ美しくさえあった。

おまけに、その自転車どもの行進を掩護するかのように、同じ通りに平行して、なにか射的の鉄砲玉みたいな、礫《つぶて》みたいなものが、海のほうから雨あられと飛んで来て、すぐ目の前の家の羽目板にパラパラと面白いようにはね返る。その音響がいとも陽気な伴奏のように聞かれた。珍奇な夢には慣れている私も、この時ばかりはあまりのことに失笑してしまった。そして、眠りながら笑いこけているうちに、自分の声で目がさめた。

目をさましてから、私はそれらの場面を細部に亘ってさまざまに検討してみた。結局、それほどまでに具体的背景がはっきりしているからには、とても架空の事とは思えなかった。

それで、私はいまでも「南町」のその一角を通りかかると、一種不可思議な、超現実的な気分に襲われて、

「あれはこのあたりだった……」

と、ひそかにつぶやいたりするのである。

幸か不幸か、私はことしも初夢は見なかった。

八十六

さて、本年の抱負であるが、そのようなものも格別私にはない。

だいたい抱負だの所信だのというものは、総理大臣のそれを初めとして、当てにならぬものが多いのである。景気づけに喋ったり書いたりするのも一興ではあるが、まあ公式表明は控えておいたほうが無難であろう。年が改まったとて、人間が一夜にして変るものではない。ただ、抱負とまでは行かなくても、気分ぐらいは少々変えて新しい年に臨みたいと思っている。御多分に洩れず、私も去年一年はおおむね苦虫嚙みつぶしたような顔で過してしまった。ひどく笑い足りないまま、その分を本年度に持ち越してしまった。まずその赤字をなんとか埋めねばなるまい。そのためにも、ことしはせいぜい笑ってみたいと、はかない期待を抱いているのである。

とはいえ、面白くもないのに笑えと言われたってそれは無理である。そうでなくても、私は年々歳々笑いにくくなっているのを感じる。笑いの困難、といったような大テーマが時々頭をかすめる。が、そんな論文を執筆することぐらいユーモアに反することはないだろう。

私が言うのは、現に巷にあふれている、いやな笑いのことではない。気の抜けた自嘲の笑い、空虚な馬鹿笑い、人の不幸をよろこぶ忍び笑い等々。ああいう笑いは、生理的な「空気洩れ」現象と呼ぶべきで、本物の笑いではない。とてもユーモアどころではない。

とにかく、いま少し余裕をもって、品よく、気の利いた笑いを笑って暮したいものだ。笑いがなければ悲しみも本物にはならない。笑うことを知っている人間が、本当に悲しむことも知っているのである。それに、笑いは文字通り人を危難から救う場合さえあるのである。

その一例として、きょうは「オサムと押売り」の話をしよう。オサムというのは私の従兄の子だが、彼もいまでは立派な大人である。その彼がまだ幼稚園前の幼児の時分のことだから、ずいぶん昔の話であるが。

——ある日の白昼、従兄の家の玄関に、世にも恐ろしい面体《めんてい》の押売りが現われた。言うところの刑務所《ムショ》帰りというやつであったかもしれない。

(そもそも、昔は押売りというものが揃いも揃って型の如くに恐ろしげで、型の如くに凄んで見せることしか知らなかったのは、ユーモアの欠如を示すもので、近年はセールスマンという名の優にやさしきタイプの押売りが登場しているのは、押売りのほうにもユーモアがそなわってきた徴候かと思われる。)

さて、その男が、玄関の式台にむさくるしげな風呂敷包みを広げて、やおら中から取り出したのが、すぐのびるパンツのゴム紐であったか、最初から壊れている洗濯挾みであったか、私は知らない。いずれそのたぐいの品物にちがいない。

とにかく、応対に出た従兄の細君が押問答の末、やっとの思いでお引取りを願ったところへ、横からそのオサムという四歳位の小僧がしゃしゃり出て、言わでものことを言った。

「おじさんはずいぶん背《せい》がちっちゃいねえ!」

不幸にして、その押売り男は男子にしては相当小柄の部類に属したらしい。押売りならずとも、面と向って「ちび」だの「はげ」だの言われて腹を立てぬ男はいまい。が、子供は正直だから、見たままを口にしてはばからない。

で、一旦は大人しく帰りかけ、敷居をまたぎかけた押売りも、この一と言で立ち止まった。ぐっと振向いて、形相いちだんと物凄く、あわやそのこましゃくれた餓鬼に摑みかからんばかりになった。

(その瞬間は血も凍る思いがした、と子供の母親は証言している。)

ところが、オサムというその子がまた、小生意気なだけに機転も利く子であったので、すかさず、

「うちのお父さんもちっちゃいんだヨ!」

と言ったので(事実、従兄は小柄である)、押売りも手が出せなくなり、ニヤリと気味のよくない笑いを残して立ち去ったという。

――この話は、当時親戚じゅうで一としきりもてはやされたものである。

これを以てしても、ユーモアの条件の一つはおのずと知れる。相手を笑うだけで自分は一向に傷つかないのではユーモアにならない。

ふさふさとした髪の毛の持主が、大規模に禿げた相手を「はげ」呼ばわりすれば、ただ険悪

なだけである。場合によっては絶交を宣言されても仕方がない。

そうではなくて、似たような「はげ」同士が、おたがいに残り少い毛髪の本数を気にしながら、真剣になって相手を「はげ」呼ばわりしているから、はたで見ていて愉快でもあれば、厳粛の気にも打たれるのである。

同様に、自他共に認める美人が、れっきとした不美人をつかまえて「ぶす」呼ばわりをしたら、はたで聞いていても不快で、男はみな義憤にかられて「ぶす」の味方につきたくなるにちがいない。

女性の場合はむしろ、明白な「ぶす」同士がたがいに執拗に相手を自分よりも「美人」呼ばわりして譲らないというような場面——よく見かけるが——にこそ、男どもの真似の出来ないユーモアを生じるのである。

このように、まことに思いやりこそがユーモアの命であると考えられる。

新年早々、「はげ」や「ぶす」を連発して恐縮であるが、どうかお許しいただきたい。かく言う私自身、頭のてっぺんが大分薄くなってきているのであるから。それに、私はどんな不美人をも「ぶす」などと呼んだことはない。どころか、私はいかなる女性をモデルに書く場合でも、何割増か実物より美しく書くように心がけているのである。

八十七

私の部屋の真正面、海の上の空に、ほんの毛糸屑ほどの雲が、——雲というよりは雲のなごりが漂っている。それもまもなく空の色に吸い込まれてしまうだろう。深い眠りからさめて、ガラスごしにいきなりこの日差しを目にしたら、もう春が来ていたのかと一瞬錯覚を起しかねないくらい、よく晴れわたった真冬の真昼時である。

風は大分ある。が、肌を刺すような風ではない。いま私は急ぎの郵便を出すので三十分ばかり外を歩いてきたところだ。もう少し歩いていたい気もしたが、なにか忘れものでもしたような落着かぬ気分で、いつのまにか家に舞い戻った。そして、これまたいつのまにやら自分の部屋にもぐり込んでいる。

「もっと歩いて来ればいいのに……家の中にばっかりいて……また病気しちゃうわよ……」

妻がドアの隙間からのぞいて、なにかそんな言葉をかけて行った。入れ代りに彼女はどこかへ出かけるらしく、早やバイクの音がしている。

こんなわけで、私は大抵家に居り、それも大方自分の部屋にいるのである。留守番役を好む私と、出歩くのが好きな妻と、いずれにしろバランスはとれている。

朝の十時頃から午後の三時過ぎまで、私はこの窓辺にいてなんの不服もない。ストーブを消し、窓を明け放って、さんさんたる陽光にひたって、うつらうつら過すのを、少々罰当りに感じている他は。ただ、この無為をばうしろめたく思うだけの反省心を持合せている点が、私と猫との決定的な違いである。

私の所定の位置は、窓ぎわの籐椅子で、背はこれにもたれ、足はサイドテーブルに座蒲団を載せた上に両足とも乗っけて——その姿勢で本を読む、レコードを聞く、お茶を飲む、ひげを剃る等々であるが——やがて上半身がしだいに深く沈没して行くにつれ眠気を催し、いつか正体を失うという段取りになっている。

問題は、ここが最も快適な場所であることを猫どもも熟知しているということだ。どの猫も、私の部屋に入ってくるとまずこの籐椅子を窺う。したがって、私はつねに猫と籐椅子の取りっこを演じることになり、ちょっと部屋を明けた隙にも自分の席を乗っ取られてやしないかといういやな予感につきまとわれる。戻ってみると、案の定、そいつが占領している。何時間も前からそこにいたかのように丸くなっている。で、そいつを丸いかたちのまま持ち上げて、よそへ移す。——この手続きがなかなか面倒なのだ。

先刻、私は久しぶりに写真機（当節はやりのバカチョン）を持ち出して、まず籐椅子の猫に向けておごそかにシャッターを切った。が、猫の寝顔なんか撮ろうと思ったわけではない。あまりに青空がきれいだから、庭のいぬアカシアの枯木然とした枝々の網目模様を透かして、これを一枚記録しておこうと思ったのである。

そこで、窓の敷居にのぼり、軒下から身体を乗り出して、思い切り天を振り仰いでパチリとやった。うまく写ったかどうか、私は知らない。それは機械の仕事である。

とにかく、きのうきょうの空の静かに澄んでいること！　冬空にこんなに感じ入ったことは、この年までなかった気がする。私も昔はどの季節よりも夏が好きだと信じ込み、そう公言もしていたものだが、いまでは冬が一番とまでは言わぬまでも、冬も実にいいとぐらいは思うようになった。あたかも葉の落ち尽した裸の樹木が、葉をつけるだけつけた木々よりも、かえって見る者に想像の余地を残し、目には見えない葉や花を自由に虚空に描かせるのと同様に……

八十八

私の窓からの眺めは今はかくのごとく寒々としているけれども、室内には四季を問わず別の眺めがある。装飾らしいものは一切無い私の仕事部屋にも、目下のところ三枚の絵が掛っているからである。絵はもう一つの窓みたいなものではないか。ただし、絵といっても、大きな油絵のようなものではない、また、人に見てもらうために掛けてあるのでもない。

その一枚は、マイヨールのデッサンのコピーで、書類簞笥の上のレコードプレーヤーのところにある。

寛やかな部屋着《ネグリジエ》というか化粧着というか薄ものをまとった若い女性が、低い腰かけにうつ向き加減に坐っているところ。腕も腿から下もむきだしで、浴室で洗濯でもしているのか、足でも洗おうというのか、そんな恰好である。マイヨールが沢山描いたり彫刻に作ったりしたヌードのポーズを自然に連想させるから、彼を好きな人ならばすぐにわかるだろう。

私もマイヨールが好きだ、ロダンよりもブールデルよりも他の誰よりも。それくらいだから、当然のこと、現実の女性においても、大根足の、十分に肥えた、親しみやすい肉体を讃美してやまない。ぶあつい胸、ゆたかな腰、たくましい脚……

このデッサンは、大学時代に親しくしていた、絵の好きな同級生から捲き上げたものだ。(あの男、いまごろどこでどうしているやら。) 彼はその頃どこかの展覧会でこのマイヨールの現物を見て、記念に複製を買ったのだろう。自慢らしく自分の勉強部屋の壁に貼っていた。それを私がどうやって取上げたのだったかは、もう思い出せない。以来このデッサンはずっと私について回ったが、しばらく見えなくなっていたのを、先年偶然見つけ出したのでまた掲げたのである。

もちろん、どんな絵だって私は毎日毎日眺めているわけじゃない。それは年がら年中音楽を聞いていられるものではないのとおんなじだ。大方は見るともなく一瞥をくれて、安心して、つまり一緒に暮していればそれでいいのだ。マイヨールその人はといえば、彼もときたま音楽に聞き惚れたらしい、まったくこの人ならではの聞き方で——

何ごとも自然を手本として学ばねばならない。

自然はいつもよく知っているし、

いつも失敗がない。

モーツァルトは、自然のままに作ることができた。

彼の音楽の中には、

無数の小さな枝がある。

耳を楽しませてくれるあのティ・ル・リ・ル・リ……

という美しい小枝のような響きが、

正しい場所に配置されている。

それと同時に、

ポム・ポム・ポムという太い幹や大枝もある。

モーツァルトは音楽の中にすべてのものを入れる。

幹も、枝も、葉も、

そしてさらに小鳥たちまでいる。

音楽を、木を眺めるように眺めることができたら、私ももう少し音楽が好きになるかもしれないのだが。

八十九

二枚目は、江ノ島を描いた水彩画で、これは父の遺品のなんとも旧式なガラス戸つきの本箱の上に掛っている。

……砂洲にボートや漁船が散らばる手前の河口から、くの字に海へ突き出た桟橋、その向うにぼうっとうすみどりに浮ぶ江ノ島——それらを紙面一ぱいに、たっぷりと、正々堂々と描いてあるこの絵を、私はまったくいくら見ていても見飽きない。見ていると、自分が現にそこに、三十年前の過去の風景の一角に立って、潮風に吹かれているような心地がしてくる。

三十年前？　そう、たしかに三十年前にはこうだった。いまは河口の形もすっかり変ったし、橋は桟橋どころかバスやトラックも往き来するハイウエーなみのコンクリート造りである。島自体もあちこちをコンクリートで塗り固められ、大きな建物に蔽われて、外観を一新してしまっている。

有難いのは、この絵ではその俗悪無比の江ノ島が、うすぼんやりと幽霊のようにしか描かれていないことである。（いい気味だ。）一つだけ気に入らないのは、島の中央に植物園の展望台兼燈台がもうちゃんと立っていることだ。そして、それによってもこの絵の江ノ島が昭和二十四年より以前の江ノ島ではないことが知れるのである……

とにかく、この絵も私はいつもそばに置いておきたい。ひょっとすると、この絵を私ほど必要とする人間はいないかもしれない。作者もちゃんとそれを知っていて、これを私に贈ってくれたのかもしれない。それに、この絵は私にとっては、ただの江ノ島を描いた絵というようなものではないのだ。

作者は彫刻家のＭＴ氏――と、こう書くとなんだかよそよそしいが、そのＭ先生は三十何年前、中学でたまたま私の図工の先生だった。

「戦争末期海軍教授をやっていましたので切腹物かと覚悟し、それとなしに親きょうだい子等に別れを告げていたら無罪放免となり、第二の人生に再出発したのがまだ三十代でした」と、先生自身が随筆に書いているその頃である。

私はＭ先生の図工の時間の楽しかったことを思い出す。たまには石膏のデッサンなどもやらされたが、天気が好ければ大抵外で写生と決っていた。絵具箱を抱えててんでに好きな方角へと散らばって行き、絵のほうはそこそこにして、野原を駈けずり回ったり相撲をとったりした。

女生徒は知らず、男生徒には自由時間みたいなものであった。

私がかよった中学のまわりは、まだ林あり、森あり、川ありで、五分も行けば人気ない田園の空気を満喫できた。遊んでいるうちに時間を忘れ、つぎの授業のことも忘れてしまうくらいであった。絵はなにをどう描いてもよかった。提出しさえすればそれでよかった。M先生は点は甘かった。

しかし、先生とはほとんど口をきいたこともなかった。先生がどういう人かも大して興味はなかった。子供の私の目にはずいぶん年をとった人に見えた。大層男っぷりがよかったが、ふだんはハムレットみたいなむずかしい顔をしているので、とっつきにくい上に、喋るとなるといきなり朗々たる声で、しかもよく叱るので、それがまたこわいような印象を与えたらしい。M先生は、私が高校へ行ってからもしばらくはその中学におられたが、やがて同じ職場のT先生と結婚された。この女先生がまた私の国語の先生だったから、私の実体は二人の閻魔帳に永久に記録されてしまったことになる。それから二十何年が過ぎ、私は両先生に再会した。昔の教え子はいつのまにか小説などを書いて生業《なりわい》とするようになっていた……

――三十年前の江ノ島の絵が私の部屋の壁にある所以は、ざっと以上の通りである。

いま大人の目で振り返ってみれば、子供の私の目にうつった謹厳そうな昔のM先生は、もちろん先生の一面にすぎなかった。本当の先生は、酒を愛し、議論を愛し、かつまた女性を愛することも一と通りでないロマンチストで、聞けばT先生との結婚も三度目の結婚であった。江ノ島の絵には、当時の先生の高揚した気分が溶け込んでいるかもしれない。

それにしても、こうしてM先生のことを書きながら、私はあらためて痛感している。本当は、先生の自由奔放、気宇広大な人間および作風を描写するのは私の筆には余ることで、ここはやはり、先生自身の体臭濃厚な文章を持ち出したほうが手っ取り早い。先生が大きな声でやたら吃りながら、言いたい放題のことを喋りまくっている調子がそっくり出ているから。

「幼少の頃より美術家（その頃は絵描き）に成り度くて、それだけに体操以外の勉強がいやで（頭はそう悪くなかったつもり）、自分では一生懸命（？）今日まで正味六十年過して来ましたが、先日人間ドックで医師に何処も悪くないと云われましたので相当年数アクシデントでも無い限り生き恥をさらしそうなのに、現在の心境は少しでも自己満足の出来る作品を作り度いとあせる一方、無駄な事を毫礙の頭で考え込む事が多くなりました。……

美術馬鹿で今日まで過ごさないで、帝大の哲学科にでも入って、そのかたわら美術でもやっていたら今頃解決出来ているのではないかとくだらぬ事を考え、夜女房殿がすやすや（？）ねている隣のベッドでウィスキーを飲みながら理解しにくい本を読んだり、考え込んでまんじりともしない夜が八十％続いています。

少年老い易く云々、後悔先に立たず、云うなれば日暮れて道遠しです。」

明治末年生れのM先生は七十歳のはずだから、「正味六十年」というのは、絵を描き始めてからという計算であろう。が、もちろん、右の八方破れの文章からも窺える通り、先生はとても七十の老人には見えないのである。

さて、ここから先はM先生とは直接関わりのないことであるが――この江ノ島の絵は、私としてはそれを見ていれば、実際の江ノ島をわざわざ見に行かなくても済むという意味でまことに貴重かつ便利なものなのだ。景色ばかりか、この絵によって、私は敗戦直後のあの猥雑きわまる熱気のごときものに満ちあふれていた時代の空気を呼吸することができる。着るものも満足になく、穴だらけの運動靴をはいて、空腹でうろついていた少年の自分を目に浮べることができる。

事実、M先生の絵そのものも、紙は当時のごく粗末な画用紙のようだし、絵具もおよそ上等なものとは言えないみたいだ。それでいて、きょうこのごろお目にかかる芸術絵画に較べて、なんと隅々まで生き生きとかがやいていることだろう……

私はまた、この絵の雑然とした情景――車といえばまだ牛馬の牽く荷車かリヤカーが普通で、桟橋も高波にさらわれやすかったあの頃！――から、さらに溯って戦争前夜の海水浴場の雰囲気さえおぼろげに思い起すことができるのである。男も女も子供もあのコンビネーション風の長い滑稽な水着をつけて、ぬるい腰湯にでも浸るような恰好でパチャパチャやっていた時代の優雅な風俗のもろもろを。もっとも、濡れたコンビネーションの感触は私にはただちに寝小便の朝の心地悪しきそれにつながるけれども。

そのあと、父も兄もいなくなってがらんとした家で、母と過した幾つかの夏のこと。いま考えればほんの僅かな期間にすぎなかったのに、それらの夏のいかにも長かったこと。それから、くる日もくる日も、母が炎天下の砂浜で日傘をさして、海に入っている私の番をしていたこと。

戦争中でも、この湘南の海辺はまだまだ平和な眠ったような日々のほうが多かった。小学生の私は毎日日課のようにして母を急き立てては、海にかよっていたのである。それにしても母はどういうつもりだったのだろう。そんな所に坐っていて、万一子供の私が溺れかかったとしても、どうすることも出来なかったろうに。そして私は私で、母に見張られてするこの淋しい海水浴がなんだかやりきれなく、ろくに「おやつ」もないひもじさも手伝って泣きたいような気持がすることもあった。

私はどうやら母の海水着姿をこの目では見ずじまいだった。母は三十五の年に私を産んだのだが、私の幼時のアルバムを見ても母はいつもパラソルの下にいる。母が水着を着て写っているのは、私が生れる以前の、私の知らないどこかよその海岸の写真である。

九十

そして、三枚目の絵——これは新入りで、去年私が石ひろいを頼んだMが、ドイツで描いてきたスケッチである。

話が前後するが、私はクリスマス前に無事帰国したM教授から、約束の三つの石を受取った。その時、彼は石を拾ったまさにその地点で制作した海の淡彩画もくれたのである。おまけというよりは、石が正真正銘バルト海の石であることを吹聴するのに役立つ重要資料であり、三つの石と抱き合せの記念品とも言うべきものだ。私はMに敬意を表して、私の背中の壁に新たなスペースを設けた。(もちろん、Mは絵が本職ではない。が、スケッチにかけては個展を開いたこともある腕前であることは記しておこう。)

……なるほど、昨秋の便りにもあったように、この絵でも静かな水面を鷗がむれ飛んでいる。近づいて仔細に観察すれば、白鳥も一羽浮いている様子である。古い船着場のある入江のようで、浅瀬に朽ちかけた杙が林立している。Mの言葉通り海水が澄んでいることは、水底の石の列らしきものが微妙な陰影をつくっているのを見てもわかる。かなたには小さく燈台が見える……

実を言うと、Mは最初これをただの墨のスケッチのまま私にくれようとした。それも悪くはなかったが、私としてはちょっと物足りない。第一、バルト海の色がわからない。で、私はそれとなく不満の意を表明して、色をつけてもらうことにしたのである。

そうしてよかったと思う。パステルカラーの効果によって、私はようやく未知のバルト海をいささかでも脳裡に描き出すことができたから。

海面は、遠くのほうは青緑だが、手前はほとんど板ガラスのような淡いみどりである。

空は、幾列もの灰色の雲の合間から、にじみ出る程度に青空がのぞいている。

岸辺の土は、黄いろっぽく、言うところのカーキ色のようである。

入江に崖のように突き出した岡が赤茶に塗られているのは、落葉した樹木にちがいない。

Mが訪れた晩秋のその日は、このように晴れるでも陰るでもない、光の鈍い、寒い一日だったのだろう。私は素直にこの絵を信ずる。

懇切なる教授は、さらに一枚の地図さえ取り出して、石の採取場所を講義しにかかった。リューベックの北方トラーヴェミュンデの、外海に面した海岸の由であった。

リューベック？　トラーヴェミュンデ？　その晩、私は久しぶりにトーマス・マンの本を引っぱり出して、あちこちページをめくって見た。というのも、ドイツ文学に疎い私もリューベックがマンの生れ故郷であることぐらいは承知しており、御多分に洩れずその昔『トニオ・クレーゲル』なんかを愛読した時期もあったからである。もしかすると、トラーヴェミュンデというのはトニオ少年が歩き回った海岸かもしれない……

残念ながら、小説の中では地名までは突き止められなかった。だが、別のところで、トラーヴェミュンデは子供のトーマス・マンが生れて初めて海を見た海岸であることを確認した。それからまた、作家になる前の十八歳のマンが初めて発表した詩というのも見つけた。甘い恋愛の詩だが、これがまたMのスケッチに実にうってつけのものだった。

最後の晩だった。ぼくたちは
浜辺を歩いた。海は静かに黝《かぐろ》くおし黙って
無限の彼方に消えていた。どんよりと
定かでない空の灰色からも、
再会の希望の星ひとつ、輝いてはいなかった……
ただ湿った霧ごしに
遠い燈台のくたびれた赤い灯が洩れて——
……………
きみは可愛い金髪の頭をぼくの肩にのせて、
きみの湿った髪の毛のかすかな匂いが

魅惑的にぼくの神経をくすぐった……

……………………

未来の大小説家も詩のほうはあまり得意でなかったようであるが、それはこの際どうでもいいことだ。私が発見したのは、Mの描いた昼間の絵にやがて暮色が迫り夜の帷《とばり》がおりると、それがそっくりそのままトーマス・マンの詩の舞台になるらしいということであった。

ところで、Mが午前十時、3℃のこの海岸で、靴を濡らし腕まくりして水中から採取してくれたという三つの石は、私が南仏で拾ったような単純な白い石ではなく、一個はくすんだ紫色、一個はピンクと白の染め分け、あと一個は犬の毛色によくある黒と茶のぶちであった。バルト海の石はお菓子みたいに色とりどりであるようだ。

他に、彼はマロニエの実を一つ、くれたが、そっちはどこで拾ったのかは聞き忘れた。

——絵の中を歩き回って、二、三日外へ出なかったら、すっかり身体の調子がおかしくなってしまった。病人みたいなので、思い切って半日外で過すことにした。

相変らず、よく晴れた日がつづいているが、きょうはまたいちだんと風が強いようだ。

年が明けてから初めて、波打際まで行ってみた。

潮はちょうど引き加減で、逆巻いた大波が砂の底をえぐるようにして、岸辺に打ちつけていた。

水煙が実に美しかった。

沖のほうからつぎつぎと走ってくる波が、みなそれぞれの水煙をかかげていた。しばらく立って見とれていたら、髪の毛も靴の中も砂まぶれになり、口の中までじゃりじゃりしてきた。

私のほかには、人間はゴルフのボールを追って歩いている老人が一人と、波間に見え隠れするサーフィンの若者が二人と、それだけだった。あとは犬一匹見えなかった。

九十一

海の散歩から帰って、郵便箱をのぞく。

このあたりは海側では市の本局から最も遠いのと、比較的郵便物が少い地区なのか、配達は日に一回のようである。午前のときは十一時前後、午後の場合は二時から三時の間が多い。朝あれば午後はない。速達は別だ。

郵便屋さんのおとずれは、かなり遠くからでもそのバイクの音でわかる。一軒のポストに入れては「ブーン」と数メートル走り、またつぎの家で停っては「ブーン」と移動する。車がやっと擦れ違えるぐらいの海辺の路地を、右から左へ、左から右へと、走る停るのリズムを繰返しながらゆっくり近づいてくる。

それなら新聞屋さんをはじめ他の配達業の人も同じではないかと言われるかもしれない。ところが違うのだ。第一に、バイクのエンジンの音が違う。どこがどう違うのかは、機種構造にうとい私にはうまく説明できないけれども。第二は、「ブーン」と走っては停るそのリズムが違うのである。新聞配達のほうはまことに威勢がよく、停るにしてもほんの数瞬である。テンポ慌しく、あっというまに行ってしまう。が、郵便屋さんのほうはかなりのんびりしている。大小さまざまの郵便物をアドレスを一々確かめてから投函するのだから、自然それだけの間《ま》が生じる。印鑑の要る書留でもあればその間隔はさらに大きくなる。

午後の郵便が遅れて、逆に夕刊がいやに早く来る時など、「どっちだろう?」と一瞬迷うことがあるが、耳を澄せば絶対に取り違えることはない。こちらが門口へ出て行くのが早すぎて、郵便箱のうしろで待っていることもある。これはなんだか少しきまりが悪い。

――こんなふうに書いただけでも、私が毎日の郵便物をいかに重大視しているかがおわかりいただけると思う。「作家にとって郵便物ほど大事なものがあろうか」とアメリカのある短篇作家が書いているのを読んだことがあるが、それは本当である。その作家が田舎に住んでいればいるほど、そうであろう。出版社との事務上のやりとり、定期刊行物の到来、知らない人から著書を贈られる等々、仕事の上で郵便は不可欠の機関である。事実、私のところも郵便物は多いほうだ。

ある日、それは私が顔見知りの何人かの郵便屋さんの中で一番若くて元気そうな局員だったが、「ええと……これと……これと……これも……これも阿部さん……全部阿部さんだ……いつもほとんどお宅なんだよねェ……」と、いかにも嬉しそうに言って置いて行くので、私は「あの人達もうちまで来ると急に荷が軽くなってほっとするんだな」と思い、申訳ないような有難いような気持になった。

しかし、楽しみはやはり私信にまさるものはない。私信のない日の郵便箱ほど味気ないものがあろうか。宛名からして印刷された冷たい文書類、各種商品のダイレクトメール、納税の告知状――そのようなものも生活の一部ではあるけれども、はなはだがっかりする。わざわざサンダルを突っかけて出て行って損したような気分になるのである。

二、三日前に舞い込んだ冷やかなる刷り物の中には、こんな一通もあった。「御子息」のことが書いてあるのだが、文面は父親の私宛である。

「蛍雪一年　着実健全な思想的基盤の上に　大学入試の実態をあらゆる角度から検討　分析を加え　必勝態勢を確立するとともに　周到な計画を樹て　学力の涵養に努めてまいりましたので　御子息におかれましても　万全の態勢で受験に臨まれることと　確信している次第でございます。(略)入試結果の発表日も近づいておりますが　本校では　御子息の健闘を信じ　その成果を期待している次第でございます。云々」

大学予備校の学園長から保護者各位殿への挨拶状であった。そういえば長男もたしかきょうで東京がよいは終りだとか言っていた。あっというまに一年過ぎてしまったのだ。当人にも長いような短いような一年だったろう。私としても言いたいことは山ほどあるが、一年間じっと我慢してきたことでもあるし、いましばらくそっとしておこうと思っている。

実際、私は息子の浪人には忿懣《ふんまん》やるかたのないものがあり、心臓にも少からぬ悪影響があった。当節では子供も浪人ぐらい当り前と心得ており、世間には何年かかっても子供の好きにやらせるのが愛情とぐらいに考えている親も多いと聞く。が、私はそんなおつき合いはごめんである。あともつかえていることだし、子供は順番にさっさと入れるところに入って、一日も早く家を出て行ってもらいたい。こっちはこっちで色々計画があるのだ。そう思って、かなり以前から方針の徹底に努めているのであるが、やはりうまく行かぬものだ。

聞けば、今日大学に入るのは——三十年前の私どもの頃と違って——並大抵のことではないらしい。宝くじに当るようなものであるらしい。まったくもって「御子息の健闘を信じ　その成果を期待」するしかないらしいのである。

九十二

しかし、きょうは思いがけない、いい便りが入っていた。上述の無味乾燥な印刷物にはさまって、ちらっと、色どり鮮やかな外国の切手に、見覚えのあるボールペンの筆蹟が見えた。去年のいま時分、このページで紹介したことがあるパリの運転手LG君からの封書である。

実は、私はあれからしばらくして——といっても、悪戦苦闘してフランス語の作文を完成するのに一と月もかかったが——LG君への返事をしたため、日本の春の日ざしを封じて送ったのである。そして、自分はことしの夏、八月か九月に一と月ぐらい友達とフランスへ行くつもりだ、パリにも何日か滞在できると思うから、その時は連絡するから再会を祝して乾杯しようじゃないか、などとも書いたのである。

もちろん、それは嘘ではなかった。私は今度こそフランス中部ニエーヴル県にルナールの故郷をたずねて、愛する『にんじん』や『博物誌』や『葡萄畑の葡萄作り』の舞台を、その土地の風光や住民や動物や植物をこの目で見て来ようと思っていた。それが私の永年の念願の一つだった。ところが、不幸にして四月に心臓をやってしまった。旅行どころではなく、私は暑い日本の夏を乗り切るのがやっとであった。私は、いわば心ならずもLG君に嘘をついてしまったことになる。

ＬＧ君のほうもそれっきりなんとも言って来なかったが、私はちょっと気になってはいたのだ。「日本人の言うことは当てにならん……」なんて思われたとしたら、由々しきことである。そうでなくとも去年は、パリで一日本人留学生が外人女性を射殺して死体をバラバラにした上、その肉を啖《くら》ったとかいう猟奇的事件が伝えられている。まさかこの私がその同類だとはＬＧ君は思うまいが。

おおよそ右のような次第で、私は彼からの来信を得て一と安心したのである。例によって彼の言葉をざっと翻訳してみると、――

親愛なるムッシューならびにマダム

あなた方とあなた方の家族みなさんのために、仕合せな一九八二年と良き健康を祈ります。もっと早くに返事を書かなかったことをお詫びします。実は手首を手術して骨接ぎをしなくてはならず、それがとても長びいたのです。

ぼくはパリを離れ、イゾラ二〇〇〇でマンションの従業員として働いています。快適なのは、ここはニースから九〇キロのところで、冬でも太陽に恵まれていることです。

きみは手紙で言っていたようにパリに来たのですか。残念ながら、ぼくはパリを離れてし

まっていて、電話番号も知らせようがなかったのです。たぶんこのイゾラ二〇〇〇できみに会えるでしょう。敬具

LG

そんなことがイゾラ二〇〇〇なる土地の絵葉書に書いてあり、別に彼のアドレスを記したメモ用紙と、「冬も夏もイゾラ二〇〇〇で」というような文字を並べた丸いワッペンが入っていた。イゾラ二〇〇〇というのは、地図で見当をつけると、コート・ダジュールに近い南アルプスの保養地で標高二〇〇〇メートル以上、スキー場で知られ、写真を見るとプールもあるらしい。

それで私はなるほどと思った。この前の手紙でもLG君はパリの冬が辛いような口ぶりだった。そこへ持ってきて手の怪我で観光バスの運転手も出来なくなり、骨の痛みにも悩まされるので、暖い南に職を求めて移ったのであろう。詳しいことはわからないが、新しい職場で無事にやっているらしいこと、日光が多いのを喜んでいるらしいことだけは十分想像された。チャンスがあったら山の上まで訪ねて来いというつもりであろう。

相変らずパリで運転手をしているのだろうと思っていたら、いきなりアルプスのふもとにいるというのだから、ちょっとびっくりした。そんな場所で彼と再会できれば愉快にはちがいな

い。スキーの好きな人だったら（私はやらないが）大いに誘惑を感じるだろう。

私としては、なんとなく可能性が若干遠のいた感もあるけれども、とにかくそのうち一度また手紙を書くつもりだ。

九十三

こういう便りが舞い込むのは嬉しいが、およそいただけないメッセージもある。空から危険な物体が降ってくるというのがそれである。

十日ほど前の夕刻、私の家のはす向いの空き地に、米軍機の機体の一部が脱落落下するということがあり、この事件は新聞でも報ぜられた。

発見したのは近くの路上で遊んでいた小学生たちで、「友達と四人で遊んでいたら、空から白い物が落ちてきてドスーンと音がした」と証言している。近所に住む大人たちもその「ドスーン」を聞いたらしいが、私は家にいたのに覚えがない。いかなる物音にも耳をかさぬほど読書もしくは執筆に集中していた——とも思えないから、単になにかの拍子に聞き逃したのであろう。この界隈も最近急速に人家が建て込みはじめ、一日なんとはなしに騒がしく、大きな音に一々おどろいている暇はないからだ。

その空き地はぐるりを金網で囲った五、六百坪の松林で、この辺では最後に残された昔なつかしい風致の一つになっている。ふだん誰も立ち入る人はなく、野良猫の集会所か年老いた猫が死に場所を求めてもぐり込む場所でもあるらしく、いつか私は子供と探険をこころみて、以前よく見かけた大きな野良猫が灌木の下草に横倒しになっているのを見つけたこともあった。

それにしても、うまい具合に無人の一角に落ちてくれたものだ。くだんの白い物体は「クリーム色塗装で縁が赤く塗られた長方形の金属板」で「穴のあいたものと二枚合わせ」になっており、重さは約十五キロ、グアムから厚木基地へ向って飛行中の米海軍ジェット攻撃機A3スカイウォーリアの車輪カバーの一部であるという。

落下の衝撃で、松が一本根元からへし折られた。もしもそれがあと数メートルそれていたら、私の家から二軒目(一軒目は夏場の別荘で空き家である)のTさん宅の玄関に飛び込んでいただろうし、もう十数メートルずれていたら、こうして机に向っている私の頭蓋骨を直撃していたかもしれない。それはそれでなんとなく天罰という気もしたろうが。さらにまた、三百メートル向うの海べりの中学校の校庭か校舎に落ちていたらどうだったろう。

その晩はもちろん警察も出動するし、新聞記者やテレビのカメラマンも来た。野次馬もかなり集まったようだ。私はわざわざ見に行く気はせず、すぐ目の前なのに家から一歩も出なかった。妻や子供らの話だけで十分だったし、落下物は新聞で写真を見た。二、三日してその前を通りかかったら、緑色の金網が大きく破られ（破ったのは前記の連中だろう）、松林もその一角だけが切り払われて、なにか乱闘でもした跡のように踏み荒されていた。

私はまた、新聞記事の一節に、「同機は……厚木基地到着後にカバーが外れていることを初めて発見したが、飛行には支障がなかったという」という文章を見つけて、いい気なものだと思った。よそのお宅におじゃまして帰りがけに下着を脱いで置いてきたが、無事に帰りました——というようなものだ。

以前から、私はこの上空が米軍機の飛行コースに当っているらしいことは感じていたのである。厚木基地を出たり入ったりする飛行機はみなこの海岸線をまたいで行くらしいのだ。むろん空港周辺のような離着陸の騒音はないが、それでもかなり喧しく、頭上通過の数十秒間は電話の問答を妨げられたり、テレビの画像が乱れたりする。しかもそれは極東の軍事情勢の如何によっては夜昼を問わない。

私はかならずしも飛行機の音を嫌いではない。だが、それは「見よ、今日も、かの蒼空《あをぞら》に飛行機の高く飛べるを。」と啄木がうたった、あの昔の、のんびりとまどろみを誘うような、旧式のプロペラ機の爆音に限るので、文字通り物騒な飛び道具と化して耳をつんざいて急行するジェット機のそれではない……

ところで、私が天からの落下物にド胆を抜かれた最初の経験は、戦争の末期、十歳ぐらいの時だった。ある日の白昼、この海岸の上空でアメリカの艦載機と日本の戦闘機が空中戦をやった時、高射砲の破片が落ちてきたことがあった。私はちょうど二、三軒先の家に遊びに行っていて、外へ出ると危いというので、その家の奥に隠れていた。

と、屋根になにかが落ちた音がした。大人たちが二階に見に上がったあとから、私たち子供もこわごわ覗いてみると、屋根裏部屋の畳に、焼けてまだ熱い弾丸の破片が――一升瓶の半分位の鉄片だったが――ぐさっと突き刺さっていた。上を見るとトタン屋根に穴が明いていた。そこに人間がいたら即死だったろう。しかも、それは敵が落したものではなく、味方が打ち上げたものなのだ。そんなとばっちりのようなもので殺される場合もあり得るのだと、私は子供心に初めて理解し、頭上に恐怖を覚えた。

夜は夜で、連日の空襲が続いた。その時もこの海岸線がB29の侵入コースだった。高空を編隊が通過して行くのを見送るだけだから、安全といえば安全だったが、直接爆撃の対象ではないとわかっていても、防空頭巾をかぶって庭の隅の松脂《まつやに》くさい防空壕に退避した。でなければ押入れにもぐり込んだ。

一夜にして二万人が焼き殺された三月十日の東京大空襲につづいて、四月五月とB29の焼打ちで京浜一帯は大半焦土と化した。私はその火災をこの目で見たわけではない。だが、横浜の市街が猛火に包まれているらしいことは、その方面の夜空があかあかと照り映えているのを遠望すればわかった。実際は数十キロのかなたでも、まるで隣の町が燃えているように明るく見えるものだ。その空もまた、子供の私が生れて初めて見る生々しい薔薇色の空だった。

同じ頃のある真夜中、近所の人々のすさまじい悲鳴に防空壕から首を出してみると、火だるまになったB29が一機、頭の上を低空にかすめて――ほとんど松林の梢すれすれのように目にうつった――のろのろと相模湾に落ちて行くところであった。

……空からなにかが降ってくる。……このつぎはなにが降ってくるかはわからない。……ヘルメットをかぶって机に向う必要があるかもしれない。……それからまた、四十年前のあの頃みたいに、また防空頭巾をかぶって防空壕に入り、蠟燭や懐中電灯の光で文章を書いている自分の姿を想像してみる……

九十四

外はみぞれまじりの雨が降る、冷たい晩だ。夜半を過ぎて風も加わった。がたがたと戸袋の辺が鳴って、侘しいことこの上ない。

洗面所に行ったついでに猫の様子を見ると（彼等は夜は全員そこで各自の容れものにおさまって眠る）、四匹のうち三匹までがひどい目やにを出し、鼻をぐずぐず言わせている。先日まで夜遊びに狂奔していたのがこのざまだ。猫のインフルエンザみたいなものらしく、いずれ残りの一匹もやられるだろう。私はといえば、家中みんながやられたのに自分一人風邪も引かず、なんとなく手持ち無沙汰で、ぽつんと取り残された感じである。

こんな晩はさっさと蒲団をかぶって寝てしまえばいいものを、そのほうが何倍か身体にもいいものを、寝るのは惜しいような気がして、何時《なんじ》までもねばっているのである。どうやら私には、人の寝しずまった夜中になると台所近辺をごそつく性癖があるらしい。

かきもちをトースターで炙って何枚も食べ、お茶を入れ替えて何杯も飲む。ふと誰か明治生れのお年寄の随筆に、かきもちを食べた後でその醬油の残りを熱いお茶にたらして飲むと、なんとも香ばしい風味があってよろしい、というような事が書いてあったのを思い出したりする。しかし、私は目下減塩を心がけているので、かきもちに限らず醬油は控えている。

そういえば、死んだ父がよくそんなことをやっていた。父もこのかきもちが大好物だった。それで、かきもちを食っていると、なんだか父と同じぐらい年を取ったような気がしてくる。自分もあんなふうに入れ歯になるのか。

このかきもちは、妻の父が毎冬岡山の海辺から小包にして送ってくれるのである。その父も近年は心臓を悪くして、病院を出たり入ったりしている。妻は息子の受験が片づいたら、ちょっと様子を見て来たいと言っている。私も岡山へはもう何年も行っていない。

「このおかきもいつまで送ってもらえるかわからないわよ……これが最後かもしれないわよ……」

と妻が言うのは、そういう意味でもある。と同時に、彼女は自分がかきもちにはまるで関心がないものだから、私がひそかに楽しんでいるのを横目で見て、ちょっぴり意地悪を言ってみたくなるらしいのだ。

私とて以前はこんなものには目もくれなかった。いくら送られて来ても全部黴にしてしまうので、途中からそっくり私の父のほうに回していたくらいである。ところが、どうだろう、いまでは私は自分の寝る部屋に新聞紙を何枚もひろげて、きれいに並べて干し、いわばかきもちに埋もれて寝ているのである。そうして、至極貴重品あつかいして、結局最後の一枚まで一人で食べてしまう。相手はそれを笑っているのだ。

したがって、彼女はまた、餅にも興味がない。正月でも餅なんかなくったって構わないという風である。パンもあまり好まない。私は妻が戦中戦後の食糧難の最中にも三度々々白い御飯をたべていたというのを聞いて――しかもそれがどうしてそんなに不思議なのかという口ぶりなので――一種の義憤をおぼえた、国民的義憤を。

「じゃあ、そっちはなにを食べてたの?」

と訊くから、私が憮然として、

「じゃがいも、さつまいも、かぼちゃ、麬《ふすま》入りのパン……」

などと答えると、さも軽蔑憐憫にたえないという顔で笑い出した。

「じゃ、おかずは？　おかずはどんなものが御馳走だったの？」

私はあれこれ考えてみるが、うまく思い出せない。母のメニューで、子供の私が毎度楽しみにしたものはなんだったろう。妻と同じ海辺育ちでも私は偏食で、魚を出されると機嫌が悪かった。といって、私が伸びざかりの時期に肉や卵がそう豊富にあったとも思えない。

「コロッケ？　オムレツ？」

「ま、そんなところだろう」

「練ったりこねたりしたものでしょう、どうせ？」

どうもその言い方には棘があるようだ。彼女が料理の本と首っぴきでこしらえたものが気に入らなくて、私がときたま皿をぶん投げたりするのを根に持っているふしがある。

「あたしは鰤《ぶり》が好きだったな、鰤さえあれば他のものはいらなかったわ。……それから、穴子の蒲焼き。お父さんなんか一ぺんに二十本ぐらい食べてたわ。……飯蛸《いいだこ》もおいしかったなあ、瀬戸内海の飯蛸！……」

田舎むすめよ、勝手にするがいい。彼女はつねづね私が本当の魚の味を知らぬといって、軽蔑しているのである。魳《かます》の干物とか、鍋物用の鱈とか、地《じ》の鯵でさえも、あんなものがどうして美味しいのかと、つまらぬものを好くみたいに私を馬鹿にしているのだ。かつまた、この辺でとれる一切の魚類を見下し、それらを並べているすべての魚屋を、生ぐさい（すなわち）古い魚ばかり売るといって憎悪しているのである。あげく、東京の人間は魚とも言えないようなものを有難がって食べて平気でいると慨嘆しているのだ。

私としても、こと魚に関しては彼女の言い分を認めてやってもいいような気がしている。ちなみに、彼女の得意中の得意は、祖母ゆずりの煮魚である。それは猫にもわかるらしく、おなじアラを煮ても、猫は私が苦心して味つけしたものよりも妻が無造作にさっと煮たもののほうを好むのだ。要するに、「一体どっちが猫なんだろう？」と、私が怪しむくらいに彼女は魚好きなのだ。「この女はひょっとすると猫ではないか？　猫が人間の女に化けているのではないか？」と。

残念ながら、私は瀬戸内の海の幸に親しむにはやや時期を失した。だが、実際に彼地で茅渟鯛《ちぬ》の刺身だの穴子の焼いたのだのを食してみると、妻の理想のメニューが結局「あったかい御飯にとれたてのお魚」であるのも、彼女が「練ったりこねたりしたもの」に生理的な敵意を持つのも無理はないと、そう思うようになった。

あやしげな材料をひねくり回して恰好をつけたもの、訳のわからぬ横文字の香料をまぶし、でこでことソースをぶっかけたもの——そういう料理も面白いけれども、食いものはやはり単純なほうがいい。それは認めるようになった。(これは文章も同じ。)

しかし、私は妻ほど過激派ではないから、双方をひとしく適当に愛好するのである。で、私が「練ったりこねたり」のほうを所望すると、彼女はいやとは言わぬながらも、

「また、おフランスですか?」

などと言う。当方としても失笑せざるを得ない。

九十五

妻がその水と空気で育った瀬戸内の、その自慢の魚類に敬意を表したついでに、反対側の日本海のことにも触れておかないと片手落ちになるかもしれない。

私は瀬戸内海では何度も泳いだし、沖縄のやけにしょっぱい海でも、鱶《ふか》の出現におびえつつあえて単独遊泳をこころみた経験がある。ところが、裏日本には長年一向に縁がなかった。玄界灘のトバ口をちょっと遊覧船で走ったことはあったが、そんなのは見た部類には入るまい……

で、私は日本海というものを一度この目で見たいと思っていたのだ。その機会らしいものが、四十過ぎてからようやく訪れた。ある雑誌が言ってきた仕事で、帰ってから書かねばならぬ原

稿のことを考えるとうんざりだったが、蟹が食べられるというのが魅力でないこともなかった。三月の半ば、ちょうどいま時分だった。もっとも、雪がちらつく頃が旬と言われる山陰の松葉ガニは大分時季外れのようではあったが。

思案したのちゃっと引受けたものの、出発が近づくにつれまたおっくうになってきた。人に頼まれて海を見に行くなんて馬鹿々々しい話ではなかろうか。第一、そんな四、五日の旅行で知らない土地についてろくな事が書けるわけはない。せめて誰か楽しいつれでもあれば別だがと考えているうちに、テレビ局の昔の職場にいるTという気心の知れた相棒の顔がひょいと浮んだ。

「そうだ、あいつを連れて行こう」

と一人ぎめして、早速電話してみた。

「いま忙しいかね？……四、五日休みがとれないかね？……蟹を食いたくないかね？……本場の蟹をいやというほど食わせるんだがね……」

と水を向けると、案のじょう、私同様飲んべえで食い意地の張ったTはうまく話に乗ってきたので、

「そっちはなんにもしなくっていいんだから、毎晩温泉につかって、酒を飲んでりゃあいいんだから」

などと適当なことを並べて、おびき出した。

私としては、年中取材で旅慣れしているタフなTをば、随行カメラマン兼レンタカー用のお抱え運転手として活用しようという悪い魂胆であった。ワニザメをだました因幡の白兎みたいなものだ。

かくして、はた目には「ホモ」とも怪しまれかねない、けったいな男二人組で出かけた。もちろん、Tのほうは日本海なんか珍しくもなんともなかったであろうが。

午後、京都を出て、山陰本線のジーゼルカーでゴトゴトと北上し、まだうっすらと、あるいは斑に雪を残した但馬の山あいを縫って行くと、城崎あたりで日が暮れかかった。それからトンネルを抜けて、またしばらく行ったところでようやく日本海が姿を見せた。地図でいえば竹野浜のあたり、すでに山陰海岸国立公園のただなかである。

目当ての海は、早春の夕闇の底にあるかなきかの曖昧なたたずまいを見せて、ひっそりと息づいているごとくであった。初対面だが、相手の顔まではよくわからないといった感じだ。

「なるほど、これが日本海か……」

私はひとりごちたが、詳しくは明朝ということにして、浜坂で下車、その晩は湯村の温泉につかり、早速と蟹鍋をつついて寝てしまった。翌日は浜坂から香住《かすみ》まで遊覧船に乗って、海中公園を探勝する予定であった。

(私は旅行中にもメモの類は一切とらない。一度目にしたものは——それが記憶に価する情景ならば——覚えているし、一度聞いた話も——それが心に触れたものならば——忘れることはない。ただし、この「覚えている」と「忘れない」とは「思い出せる」という意味でもあり、いかにしても思い出せないものは、結局私にとってそれだけの値打がないのだと思う他はない。それに、今回はカメラ狂のTがバシャバシャと所かまわず撮りまくってくれているから、あとでそれを眺めてゆっくりデテールを再現すればいいのである。)

あくる朝起きてみると、予想に反して上天気で、遊覧船もちょうどその日——三月十五日——から運航を開始する由。二人とも朝湯でつるつるになった顔を撫でさすりながらタクシーで船着場に馳せつけた。運ちゃんが鳴らしているラジオの歌謡曲だけは、まったく東京と同じだ。

浜坂港はどこにでもありそうな山かげの漁港であった。まるで電気屋の店先みたいに沢山の電球をぶらさげた漁船がずらりと並んでいるのは、これが烏賊釣りぶねだろうか。足もとにひたひたと寄せる水に、朝の陽がさして、勢いのいい藻が揺れているのが透いて見える。初めて見る日本海の水のきれいなことは、やはり印象的であった。

そうして、突堤ごしに、沖はと見ると、ほとんど波もうねりも見せず、青々と大海原が広がっている。波荒き灰色の日本海などと大ざっぱなことを想像していたら罰が当りそうな、明るい、のどかな眺めだ……

ところが、これがそうではなかった！遠目にだまされていたことが、いざ沖へ出てみてすぐにわかった。

われわれが乗り込んだその船、「雄壮を誇る大型観光船」という触れ込みの第一にほんかい丸は、普通の漁船を少しばかりふくらましたような小型船で、定員五十名とあるが、身軽なだけに揺れもはげしく、いや、揺れるどころか、水面をバッタのように跳ねる感じであった。

乗合せたのは老人が目立つ三十名ばかりの団体客だったが、当然のことながら年寄と女性を畳敷きのキャビンに入れて、若い者はデッキに居残るかたちになったから、たまらない。揺さぶる、跳ね上げる、水を浴びせるで、うかうかしているとベンチもろとも海中に放り込まれかねない。右へ左へと転げたひょうしに、鉄柱に頭をぶっつけそうになることも一度や二度でない。私はひそかに顚覆を覚悟した。

こちらは泳げないわけではないが、このたびは早春の日本海を見るだけのつもりで来ているのであるから、水泳は又の機会にしたい。そんなことを考えながら、艫《とも》で両足を踏んばり、片手はしっかりと鉄柱を握りしめて、わが身の転落を防ぐのがやっとであった。

春先とはいえ、海上の風はまだ身を切るようだ。朝風呂で温もった顔も手足もたちまち冷え切って、感覚がなくなった。レインコートの下にはちゃんと冬のマフラーを着込み、毛の手袋までほめて完全武装なのに、それでも骨の髄まで凍えるようだ。

私は、われわれのすぐ後を追って出航したはずの第二にほんかい丸には女子学生らしい一団が乗っていたことを思い出し、いまごろは彼女たちも盛大に悲鳴を発していることだろうと想像して、どうせならあっちに乗ればよかったと考えたりした。

九十六

やがて、船長兼機関士のおっさんがワンマンのアナウンスを始めた。ガイド嬢は病気で休んでいるとかで、流暢ではないけれども仲々味のあるガイドのようであった。というのも、スピーカーの声が風に吹きちぎられて、艫にいるわれわれにはとぎれとぎれにしか聞えないからだ。なにしろ浜坂から香住まで二時間足らずのあいだは、奇岩怪石の連続で、その一つ一つにもっともらしい名前がついているから、由来を解説するだけでも忙しく、ほとんどひっきりなしにやっている。

「亀に似ているから亀島」「穴が二つ明いためがね島」「本のページのような横皺があるから頁岩」「頂上に松が生えているから松島」。その伝で「窓岩」「蜂の巣岩」「鎧の袖」等々、きりがない。うらおもて両面あって反対側から見るとインデアンの顔にそっくりというのもあった。

洞門の命名も同じくで、「朝日がさし込むから旭洞門」「内部の形状から釣鐘洞門」というようなものだ。

世の中には大きな岩石や洞窟を目にするとエロチックな興奮をおぼえる人もいるらしいから、そういう人にはさぞかしこたえられない景観であろう。私はちょっと、妻の郷里の鷲羽山というのを思い出しただけ、また、その近くの入江に象岩というのがあったことを思い出しただけである。

親切に説明してくれるのは有難いが、よく聞きとれないのと、最初の水しぶきの一撃で眼鏡がべとべとに曇ってしまったので、どれがどの岩だか、さっぱり見分けがつかない。いきなり目つぶしをくらったようなものだ。

絶壁沿いに船は一定の速度で進んだが、洞門には近づかなかった。

「本日は少々波がございますので……」

接近は省略して、先へ進むという。船長のその言葉に私はある驚きを禁じ得なかった。これで「少々」なのか。私にはどうして「相当」なものに思えるが。おまけに、私はこれまで各種ボート、ヨット、カーフェリーから、はては自衛艦(すなわち軍艦)にまで乗ったことがあるが、こんな恐るべき乗心地の船も初めてであった。どうやら、これぐらい波があっても、この程度の小舟でどんどん行ってしまうのが日本海の流儀らしいとわかった。日本海はやはり荒海なのだ。

と、やや離れた海上に、一つだけぽつんと突き出した岩礁を、海鵜のむれが占拠して、しきりに首を伸ばしてあたりを睥睨《へいげい》している。そんななんでもないような光景も、いやに黒々と不吉に見える。不気味で、底知れぬ、地獄の海という感じだ。これが曇天だったら、もっと物凄い眺めにちがいない。

燈台のある伊笹岬を過ぎてから、背後を振りあおぐと、断崖の縁にはりついたように一とかたまりの部落が見えた。

「……平家の落ちぶれました部落でございます……」

ということで、この落人部落は往時は電気も水道も電話もなく、周囲からまったく孤絶していたのが、戦争中そこに軍の監視所が出来たために道路が通って、やっと開けた。平家部落にはまた美男美女がわんさといるそうだ。——私には奇岩怪石群の説明よりも、こういう話のほうがよほど興味がある。

そうこうしているうちに、キャビンの中の婦人客何人かがつぎつぎと吐いている模様だ。

……ようやく香住港に着いて、出てきたのを見ると、ハンカチを口に当てた人や、顔面蒼白で便所に駈け込む人もいた。お婆さんが多かったのは可哀相だったが、船には強いはずの私もいささかグロッキーであった。

波しぶきを浴びながらさかんにシャッターを切っていたTも、顔色冴えない。彼は来月マンモスタンカーに乗り込んで、ペルシア湾へテレビの取材に行くというが。

人通りの少い、静かな昼下りの香住の町を、足元もおぼつかなくふらふら歩いて、蕎麦屋に入り、熱いキツネうどんを食べたら、少し息を吹き返した。

九十七

「やっぱり海は陸から眺めるに限るねえ……」

と、どちらからともなく言い出して笑ったくらい、二人とも「雄壮を誇る大型観光船」には懲りたのである。

そこで、汽車でゆっくり鳥取県に入った。鳥取で駅レンタカーを借り、私より安心なTの運転で、大砂丘はひとまず横目に素通りして、網代《あじろ》、田後《たじり》、浦富《うらどめ》と、観光道路をたどることにした。奇岩怪石にうなされたあとでは、そのあたりの海のうららかな表情には実にほっとさせられた。

民宿がずらりと並んでいる。低い軒先に漁網が干され、漁具が掲げられ、洗濯物がひるがえり、狭くるしい路地では子供たちが遊んでいる——型通りの漁師町へ、車でそろそろと入って行く。その生活の匂いにも、旅行者をほっとさせるものがある。

どうしてだろう、私はいつになくしんみりしてしまう。われわれが旅情をかき立てられるのは、目ざましい景色に接したからでも名所旧蹟をたずねたからでもないようだ。なんということもない田舎町の、西日が当っている淋しい横町に、埃だらけの赤いポストがぽつんと立っていたりするのを目にしても、なんだかしんみりしてしまうのが本当だろう。

田後港の船着場へ向って、ごたごたした細い坂道を下りて行きながら、もちろんここは地形も風光も違うが、私は伊豆半島の南端の仲木という部落を思い出した。前の年の下田沖の地震で全滅に近い被害を蒙った漁村だ。私はTなんかと一緒にドキュメンタリー番組を作っていた頃、仲木の民宿に一週間ほど寝泊りしたことがあった。ちょうど週刊誌などで民宿がブームになりかけた頃であった……

波止場の突端に車をとめ、降りて少し歩き回った。漁船はすっかり出払ったと見えて、長い防波堤に囲まれたプールのような水面に釣り糸を垂れている人がいるぐらいで、あたりはひっそりとしている。

それにしても、いい天気だ。この地方では「弁当忘れても傘忘れるな」と言うらしいが、私は傘はカバンの底にしまったまま、弁当のことばかり考えていた。さっき途中で買い込んだ駅弁の蟹寿司のことで、目の前の海を見ながら二人してそいつを食った。

さて、ここから浦富を回って例の砂丘へ引き返すわけだが、私はしかるべく時間を調節して、大砂丘の落日のシーンを見たいと思っていた。が、それにはちょっと早すぎるようだ。

「なるべくゆっくり行ってくれないか。ちょうど砂丘のかなたに日が沈むところへ行き合せたいから」

と、Tの運転にもむずかしい注文をつけた。

私は、しかし、砂丘の入口にはあまり好い感じは受けなかった。店の看板が立ち並び、ロープウエーが走っているのを見ただけで、また記念撮影用の駱駝がいると聞いただけで、ごめんこうむりたい気がした。そこで、砂丘に入る前に、その少し手前で、つまり砂丘の東のはずれで車を停めてもらった。

そこらは、背後に防砂林が迫った、ごくありふれた、狭い砂浜で、ちょっと見には湘南あたりの海岸と変らなかった。だが、海の青さにもまして、なんと砂のきれいなことだ。まわりにおよそ人影がないのも、はるか遠い昔の海に帰ったみたいだ。

私は海を眺めるのも忘れて、砂山の一角にしゃがみ込み、何度も砂を手にすくってみた。白いというのでもない、黒いというのでもない、よく見れば茶色の粒や不透明なガラスの粉のようなのも混っている。それらが寄り集まって、明るい大きな空の下で、陽光に白々と映えるのであるらしい。

掌に取っただけでは足りなくて、私は空き瓶を見つけて地質学者みたいに砂を採取した。——その砂の瓶はいまも私の部屋のレコードケースの上に砂時計のように置かれてある。小さな黒い海鳥の羽毛が一本、そこにささっているのもその時のままだ。

ところで、国鉄の急行の愛称にも、観光バスのそれにも、土産の饅頭の名前にもなっている「白兎《はくと》」——その名を冠した海岸にも、つぎの日行ってみた。昔の講談社の絵本でお馴染みのワニザメはまさかいないだろうが、岸に蒲《がま》の穂ぐらいは生えているかもしれない。

しかし、行ってみると、なんのいわくもなさそうな、ありふれた浜辺で、こまかく打ち寄せる白波ばかりが目にしみた。子供の頃、近所に稲葉君というお米屋の子がいて、私は「稲葉の白うさぎ」という綽名をつけてやった、そんなつまらぬことがふと思い出された。

折しも沖のほうに、薄墨色の雲が張り出して、その末端がおかしな具合に水平線に垂れ下がっていた。あそこまで雨が来ているのか。

「おいおい、あれは竜巻じゃないか?」

私はTに呼びかけたが、彼は寝不足でか退屈でか、ひどく浮かない顔で潮風に吹かれていた。なんだか、その雲のむこう、遠い日本海の洋上では、いまこの瞬間も、わが東郷元帥とロジェストヴェンスキー提督とが旧式の大砲を撃ち合っているような気がする、そんな険悪な空模様であった。そして、実際にまもなく雨が降り出した。

Tと私は、このあとも、そのあくる日も、海沿いのドライブを続け、最後は伯耆大山のスキー場に到達した。私と春浅い日本海との対面はざっと以上の通りであった。
——このTとも私はしばらく会っていない。私が身体をこわして、彼の酒の相手がつとまらぬこともあるし、そもそも年に何回しか私は東京へ出ないのだから仕方がない。

九十八

旅の思い出にふけっているうちにも、ここ湘南の海辺では、日一日と、一と雨ごとに、春のきざしが数を増してくる、いたるところに、目に見えて、また目に見えるともなく……外へ出るのが楽しくなる。うるんだような空のひかり、笑いこけているような川の水のきらめき、孤独な散歩者にやさしく吹きつける南の風。

道を歩いていると、ときおり松林や雑木林の合間から、桃の花の淡いくれないが、誰かが飾りつけでもしたように不意に目の前に現れてびっくりさせられる。

私の窓からの眺めも悪くない。枯木のように慄えていた冬の木が、枝という枝に羞かしげな芽をつけ、灌木の繁みの奥では、姿を見せぬ小鳥の声が朝早くからやかましいほどだ。地面はまだあらかた枯草色だが、それでももう水仙の黄が低い風に揺れている。

私の筆もいくぶん感傷的にならざるを得ない。ことしぐらい春が待たれたことはなかったから。事実、私も心身ともに日一日と活力を取り戻しつつある。そして、ことしこそ昨年とは打って変ってよい年であってもらいたい、いや、そうあらしめねばならぬと、呪文のように念じているところへ、まずは先触れの吉報が舞い込んだ。浪人の倅が「蛍雪一年」「学力の涵養」の甲斐あってか、宿願の医大に合格したという浜松からの知らせがそれであった。

私は家にいなかったが、夕刻五時に発表の紙が貼り出され、それを見届けた先輩が二十分後に電話をくれたという。息子は朝から自分の部屋にこもって、その電話を戦々兢々の思いで待ちうけていたらしい。

父親の私も、自分の入試の時のことを思い出した。だが、私は息子よりもずっと横着で、合否の知らせを——私の場合は電報だったが——一日家で待っていたってしようがない、なるようにしかならないんだからと半ば居直りの心境で、その日は朝から隣の町へ野球の試合に行き、夜になってから——だがさすがにびくびくもので——帰宅したことを、つい昨日の出来事のように記憶している。

「あれからもう三十年にもなるのか……」

うかうかと齢を食ってしまったような気もするが、考えようによっては長い三十年であったし、当の長男が生れてからの十九年という月日も決して楽な一本道ではなかった。しかも、大学に入ったからといって、親は一時に子の重荷から解放されるというものでもない。おまけに私のところはあと二人も男がいて、つぎのがまた来年受験と来ている。

しかしながら、わが家においては久しぶりのめでたいことであるから、私は同夜妻に命じて、ふだんはめったに子供らの口に入らない極上のビフテキ肉を買って来させ、とっておきのボルドー産のワインを抜いて全員で乾杯、息子の門出を祝ってやった。

「こいつとこんなふうに飯を食うのも、あと二週間かそこらだな……」

まさかそんなことは口にはしないけれども、私はふとそう思う。十九年はやはりあっという間《ま》だ。今後は彼が休暇などでたまに帰ってくることはあっても、もう以前のようではないだろう。それからまた、

「おふくろが生きていたら……」

とも私は考えた。孫が医者の卵になったというのでどんな喜び方をしたことやら。息子もこの時とばかり思い切りお小遣いをせしめられたろうに。

だが、祝意は祝意として、息子が医学を志望していることに当初むしろ不賛成だった父親の心境は、複雑微妙である。ひとしく頑強に抵抗した息子のほうにもそれはあるだろう。いつぞや、息子が赤ん坊の時からかかりつけの老医にその不満を訴えたら、「子供の夢をこわしちゃいけません」と私のほうがたしなめられた。そして息子は息子で、「医学部に行けないんなら、

大学へ行くのはよす」とまで言い出す始末だ。私には私の客観的判断があり個人的見解があったが、結局は当人の執念に負けたかたちだ。

しかしまた、自ら振り返ってみれば、この私も三十年前には、息子の将来を勝手に思い描いていた亡父や亡母をなしくずしに諦めさせる恰好で、いまのこの道を選んだのである。自分の息子のことをあれこれ言う資格はないようなものではないか。

そんなわけで、私は息子の医学への夢とやらを大して尊重もしていなかったのであるが、なるほど当人は小学生の時分からそう宣言してはいたのだ。――

「ぼくは大きくなったら、××君のお父さんみたいになるよ」

同じクラスのその××君の父親というのは、ふだん家族をこっちに置いて、富士山のふもとの病院に勤務していたらしい。そして、土曜と日曜の休みには必ず釣りに出かけるのが道楽だというので、当時釣りに狂っていた息子の目には、富士山と医学と釣りという組合せが理想の生活と映ったのだ。

現に、息子は小学校の卒業記念アルバムに、将来の希望として「有名な医者になりたい」と書き、自己PRの欄には「ベテラン釣り師」と記している。そして、最後の作文の題は「かに釣り」とある。

ところが、その後釣り熱があまりに激しくなって学業にも差しつかえるので、ある時逆上した母親が道具類一切を没収したら、今度は競走用自転車《ロードレーサー》というものに凝り出した。そのけったいな乗り物、そのスピードの剣呑なること、それの維持費に小遣いのすべてを注ぎ込むこと、貴重品扱いして自室にまで持込み、あちこち壁などを汚すこと等々——いまいましい自転車も永らく親子間のトラブルのもとであった。これもやっとおさらばである。息子はまっさきにそれをかついで家を出るであろう。

彼が将来いい医者になれるかどうか、それは知らない。壁に大きな蜘蛛が出たといっては卒倒せんばかりに色を失い、蟻一匹かなぶん一匹よう殺さぬという点においてのみはシュヴァイツァー博士に似る男が、はたしてどんな医者になるか見ものだ。

ともあれ、彼が依然として初志を持続しつつあることだけは認めてやっていいだろう。富士山はちょっとばかり通り越したが（あいにくそのふもとには医大がないから）、また、釣りの情熱はロードレーサーのそれに変ったが、（嘘かまことか、二十歳までにオリンピックに出ると言っている）、三つ子の魂はいまだ健在のようだ。

「だけど、おれはおまえなんかに診てもらわないよ」

と、私は忘れずに言ってある。手前の倅に死の宣告を下されるなんて、まっぴらであるから。

九十九

春闌《たけなわ》となり、天気のよい午前には私はまた庭に出ていることが多くなった。別に植木をいじるでもない、花に水をやるでもない、草をむしるでもない。私は雑草はもとより、ごくありふれた木や花の名前もろくに知らないのだ。

私の仕事は、たまに書き潰しの紙屑やなんかを焚火で燃やすことぐらいで、あとはもっぱら日光浴である。縁先のベンチにもたれて——そこに蒲団が干してあればその上にごろりと横になって——目をつむっていると、着ているものや髪の毛が火がつきそうに熱くなり、五体がとろけるようで、やがてうつらうつらしてくる。

朝っぱらからなんとも猫さながらの懶惰《らんだ》の図であるが、これをやらないと私は活力が失せてしまう。その証拠には、日の照らない、暗い一日には、私は心身ともに極度に不活潑となり、厭世的にさえなりがちである。やはり私は根っからの外光派晴天派なのだ。

そんな時、ささやかな庭を眺めながら、うろ覚えに、とぎれとぎれに思い出す詩の一節がある。それはこういうのである。

……………………

さて、その庭は広くして草の繁るにまかせてむ。
夏ともなれば、夏の雨、おのがじしなる草の葉に
音立てて降るこころよさ。
またその隅にひともとの大樹《おほき》を植ゑて、
白塗の木の腰掛を根に置かむ——
雨降らぬ日は其処に出て、
かの煙濃く、かをりよき埃及《エヂプト》煙草ふかしつつ、
四五日おきに送り来る丸善よりの新刊の
本の頁を切りかけて、
食事の知らせあるまでをうつらうつらと過ごすべく、

……………

大分長い詩で、前にも何節かあり、このあともまだまだ続くのだが、私が好きでよく思い出すのはこのくだりである。啄木の「家」という詩だ。

啄木は、初めのほうでは、わが家と呼べる家が欲しい、場所は鉄道に遠からぬ、ふるさとの村はずれがよく、西洋風の木造のさっぱりとした構え、何はなくとも広き階段とバルコンと明るき書斎と、坐り心地のよき椅子がほしい、などとも告白している。

昔の貧乏詩人のマイホームへの夢を、まぼろしの住宅設計を、外国かぶれの、田舎ハイカラの、プチブル趣味のと笑うことは簡単である。以前だったら、私も笑ったろう。広い階段とバルコニーのついた小ぎれいな家なんて……エジプト煙草をくゆらせながら丸善の洋書をペーパーナイフで切るなんて……まるでテレビのコマーシャルだ……いまならさしずめスコッチのグラス片手にステレオでも聴くの図か……考えただけで蕁麻疹が出そうだ……

しかし、それは今だから笑えるのである。七十年の間にわれわれの家族制度も生活様式もすっかり変った。衣食住も医療も交通の手段も、啄木が見たら目を回すだろうほどに改良され進歩した。あげく、日本中が彼の空想通りに、外国かぶれと田舎ハイカラとプラスチックの安物趣味におおわれた今だからこそ、自分のことは棚に上げて啄木を笑うことが出来るのである、あの啄木がこんないじらしくも涙ぐましい夢を見ていたのかと。たしかに、それは生活に疲れた一人の男が、絶望の底で描いたはかない庶民の夢であったが。

啄木が「家」を書いたのは、明治四十四年、一九一一年、二十六歳の夏だが、――年譜を拾い読みしてみると、――その年は正月から、前年発覚した幸徳秋水ら無政府主義者の大逆事件の真相を世に伝えようと、資料蒐集や記録整理に没頭するうち、二月初旬に慢性腹膜炎で入院手術、三月退院したが、病状は肺結核に移行し、一進一退のまま年末に至る。「家」を書いた六月には妻節子との間に実家への帰省の件でトラブル、七月、高熱を発して病床に呻吟、妻節子も肺尖カタルと診断される。八月、母が喀血、九月、一家の窮乏と不和を見かねた父が再び家出、啄木は妻とのトラブルが原因で親友にして義弟の宮崎郁雨と義絶する。病苦と貧困の中で年が明けるが、母は吐血を繰返し、啄木の容態も悪化、三月、母が死に、四月に啄木も死ぬ。あの詩を書いてから、詩人は一年も生きなかったのだ。そして、勿論のこと、彼はマイホームへの夢をうたいながらも一切が「はじめより空《むな》しきこと」と知っていたのである。

百

まさか私は、広い階段とバルコンのついた西洋館が欲しいなどとは思わない。私はいまのこの安普請の陋屋《ろうおく》で結構だ。いずれ近い将来に大地震もやって来ることだろうから——その時は文字通り砂の上の木造などは一とたまりもあるまいから——この件はそのあとでゆっくり考えればよい。

仕事部屋は明るく、椅子は坐り心地がよくなくては困るが、煙草は日本専売公社ので十分間に合うし、丸善の洋書には久しく縁がない。私も必要とあらば横文字も読むけれども、横文字だから有難がるというほど若くはなく、おなじ読むなら日本語が読みたい。

しかし、啄木はなすべきことは立派に成し遂げて二十七で死んでいるのに、この私はのうのうと生き延びて、いずれ彼の倍も生きる日も遠くない。そこが大違いである。そのことを私はどうも忘れがちだ。それでも私があの詩を好きなことには変りはないが。

私が彼の「家」を愛読する理由は、――第一に、彼が広い庭に草を繁るにまかせ、夏にはその上に驟雨が降りそそぐ爽快な音を聞きたいと言っているからであり、さらに、大きな木の下に腰掛を置いてそこで本を読むという素晴らしい数行が入っているからである。きっと彼もごてごてと飾り立てた人工庭園を嫌う雑木派駄木派であったにちがいない。また、一生の大半を北辺に逼塞せざるを得なかったとはいえ、本来は外光派にして晴天派であったにちがいない。

実を言うと――なにも啄木にヒントを得たわけではないが――私もこの夏はそんな風にして過したいと思っているのだ。

もとより、私の庭は広からぬ庭で、かつては人気ない松林にすぎなかった砂浜の一隅であり、塩害で無事に育つ植物もごく少数のようである。啄木の言う大樹《おおき》などというものは見当らず、これからなにかを植えるとしても、それが亭々とそびえる日を私が待っているわけにも行かない。

私が頼みにしているのは、せいぜいいぬアカシアのむれ、このあたりの庭師たちの憎悪の的になっている駄木の仲間である。私はその下で読み書きをしようと思っている。テーブルと腰掛は、去年の秋、ぶあつい板と丸木を組合せた頑丈な物を作ってもらった。ただし、私はそれを白ペンキで汚すなんて真っ平で、木地のままにしておきたい。

しかし、いまはまだいぬアカシアの黄みどりの若葉が生えそめたばかり、テーブルも腰掛も物置で眠っている。やがて夏が来て、無数の枝葉が天蓋のように頭上を蔽い、日を透かしてふさふさと羽根うちわのように揺れる日まで、もうしばらくお預けである。

それにしても、もっと早くにそのことを思いつけばよかった。そうしていれば、私も若いくせに書斎人の真似ごとをして部屋に引き籠らずに済み、外気外光の中で仕事をして、運動不足にもならずに、考えることも書くことも少しは違ったものになっていたかもしれない……

ちょうど去年のいま時分、私は病院の九階の一室で安静を命じられていたのである。煙草は駄目、酒も当分駄目、味噌汁と漬物は諦めたほうが身のため、醤油なども耳搔きですくうぐらいの厳しい制限を申し渡されて、それでも命は惜しいから大人しく従っていたのだ。

そして、退院後は毎日こんな具合に縁先で日光浴に励み、朝夕つとめて散歩に出るように心がけていたものである。

家に帰って十日目位に、もういいだろうとウイスキーを水で割って飲んでみた。おお、そのうまかったこと！　たちまちに酔いを発して天にものぼる心地であったこと！　そこで、おのずからもう一杯飲んだ。

われながら驚いたのは、ふだんろくに味わいもせずに胃袋に送り込んでいた食いものが、どれもこれも天来の美味のごとくに賞味されたことだ。庭の玉葱をさらして鰹節と減塩醬油で食べたら、こんな旨いものがこの世にあったかという気がした。庭の蕗《ふき》も、葉っぱまで煮て食べた。莢豌豆《さやえんどう》もよかった。八百屋で買ってきたものでは、山東菜を油揚と炒めたのなどは絶品と呼びたいほどで、あまり褒めるものだから妻がふしぎな顔をしたくらいであった。もちろん、はしりの空豆は逃さなかったし、ついでに冷凍庫の枝豆なども試してみた。

魚類に関しても、それまでの私はとかく偏見に毒されていたから、この際初心に返って味わってみた。まず、売りに来た魚屋の眼張《めばる》を煮たのがとび上がるほど旨かった。しめ鯖という私の従来敬遠してきた代物も、生姜で食ってみて偏見を改めた。地の鰯の塩焼きだの、通称エボダイの干物だのも、日頃外見のみで侮っていたのは申訳なかったと反省した。

右はほんの一例であるが、ことほどさように、口に入るもののすべてが、短い入院生活のあとでも一つ一つ小さな驚きであったのだ。飲み食い自由の健康過信によって、実に久しく舌が馬鹿になっていたとしか思われない。

私が筆のはずみで誇張の言を弄していると思われるだろうか。思われても構わぬが、これが本当ではないだろうか。食物の味のみならず、われわれのすべての感覚がそうしたものではないだろうか。

百一

日付は少々前後するが、四月の十日、土曜日のよく晴れた朝、二日後の入学式にそなえて、長男が浜松の下宿へ出発した。肩には、愛用の競走用自転車《ロードレーサー》を分解《ばら》して専用の大きなケースに入れたのを引っかつぎ、片手には新調の紺のスーツのバッグをぶらさげて。

いまどきの大学生はジャンパー、ジーパンにブーツぐらいが正装で、スーツなど入学式以外には着もしないだろうが、まあ冠婚葬祭用に一着ぐらいは持っていたほうがよかろうと、奮発して恥かしくないものを誂えてやったのである。で、前の晩、私はネクタイの締め方を教え、本人にも何度か自分で結ぶ練習をさせた。靴は私の黒の短靴を、文数《もんすう》も同じなのでしばらく貸してやることにした。

出がけに、車庫の前で、記念のスナップを撮ってやった。空がまぶしいせいか息子はそれらしく目を細めていたが、親とのこんな場面は早く切り抜けたいと思っている風でもあった。

「じゃ、行くから」

と息子が言うので、私も、

「じゃ、気をつけて行け」

と言っただけだ。

大学新入生は、妻が運転する車の窓ごしに、ちょっと手を挙げて行った。

おたがいにさばさばしたものだ。私はむろん肩の荷が下りた感じ、倅は倅で待ち望んでいた自由を手にして、きょうからはもうがみがみぐちぐち言うおやじおふくろの顔を見なくて済むと思っているにちがいない。

しかし、男の十九歳といえば、昔の親たちはこうやってわが子を兵営へ、士官学校や兵学校へ、また直接弾の飛んでくる戦地へ送り出したのである。自ら志願して喜んで出て行った子も少くはなかったろうが、親たちの多くはただ見送るほかになすすべもなかったにちがいない。それを思えば、今は親も子も仕合せだ。仕合せすぎるくらいだ。

父親として私は格別息子に贈る言葉というものもない。食事時に酒のいきおいで、「アルコールはほどほどに、煙草はやるな、交通事故を起すな、女に気をつけろ、三十までは死物ぐるいで勉強しろ……」などと、偉そうなことを並べ立てたものであるが、そのうちのどれか一つをでも私がかつて実践し得たかとなると、まったく怪しい。教訓なんていうのは大方こんなものだ。そうと知り抜いてか、息子はただにやにやしているだけであった。

第一、これからはもう親の目が届かないのだから、なにをするにも自分の責任であり、こちらの知ったことではないと言える。で、二年前に家に無断でこっそりバイクの免許を取ったのを、私が激怒して取上げておいたのも、この機会に返してやった。よしやどこぞのガードレールに頭をぶっつけて死ぬか、半馬鹿になるかしても、それは本人の責任である。

それにまた、いくら親が反対しても、当人がアルバイトでもして中古車でも手に入れ、他県で楽しく乗り回すのはこれを防ぎ得ない。いやしくも、将来人命を救助する医師となるべき者が人を撥ねたり轢いたりするようなことがあってよいものか、せめてそのことだけはよくよく考えてもらいたいものだ。

それはそれとして、私はここで一つの言葉を贐《はなむけ》として息子に贈りたいと思う。残念ながら、それは私の言葉ではない。私の高校時代の国語の先生の言葉である。その先生は言った、「勉強なさい。勉強することの喜びを知ってほしい。勉強こそ青春です。勉強こそ人生です。それ以外にないと思います」と。いまこの年になって、私はつくづくとその言葉の重味を知るのである。人生はどこまで行っても青春の続き、勉強の続きなのだ。

この言葉が野暮ったく、滑稽に、時代に反するもののように聞えるとしたら、それは今は大人どもが自信を失い、さまざまなやり方で子供から勉強することの喜びを奪っている時代だからである。「適当にやれ」だの「楽しくやれ」だのと教える世間の大人はいても、「勉強こそ青春です」ときっぱり言い切れる先生はいないからである。

もちろん、だから私も勉強するつもりである。

百二

第一行を書き起して以来、三たび春がめぐって来たところで、私のこの「単純な生活」もそろそろ締めくくることにしたい。旅に終りがあるように、どんな本にも終りがなくてはならない。

もっとも、この二年半の私の行動半径はすこぶる限られたものでしかなかった。出不精の上に年寄臭い病気まで抱え込み、都会の盛り場にはますます足が遠のき、大方は海辺の一角に蟄居して、中年期の不平不満をかこっていたような按配である。したがって、話の中身もめざましい見聞には乏しく、風が吹いた雨が降ったというたぐいの身辺の記録のみ多く、いたずらに読者に退屈を強いたかもしれない。

しかしまた、考えてみれば、われわれは格別旅らしい旅はしなくても、居ながらに無数の昼と夜を目ざめつ眠りつ、いくつもの四季をくぐり抜けて、この人生を旅する者ではないか。そんなわけで、私はいま筆を擱くにあたって、紙の上のそれではあれ、一つの旅の終りにあるような心境でいるのである。

では、単純な生活とはなにか。何であったというのか。

作者としては、ここでもう一度、冒頭の設問を自らに課する義務を感ずる。ところが、二年半後の今日も、私は依然としてそれにうまく答えられそうもないのである。

こころみに、英語の辞書で simple を引き、ついでに simpleton というのを引けば、そこには「ばか者、まぬけ、だまされ易い人」とある。が、よし私がそのシンプルトンであるとしても、見られた通り、私がその一端をお目にかけた私自身の生活は、単純のようであってなかなか単純なものではなかった。むしろ世間並に複雑怪奇と呼ぶほうがふさわしいものかもしれないのだ。

ひょっとして、単純素朴なるものと見えるとすれば、それはつまり書かれたものだからである。なぜなら、一《いち》を書くことは九を書かないことだとも言えるほどに、現実の生活は書こうにも書きようのないことども、いっそ書く必要もないことどもに満ちている。しかも、一旦文章に移されたものは、それがどんなに現実そっくりに出来ていようと、もう現実そのものではない。目の前にしかと存在する物体と、鏡に映ったその影像とを、同じものだと言う人はいないだろう。鏡は所詮一枚のガラス乃至金属にすぎない。

しかし、それでも単純な生活というものはあるにちがいない。そういう言葉がある以上は、それをこの目で見たいと願う気持があって不思議はない。そこで私は、苦しまぎれに、はなはだ横着にして陳腐な言い草ながら、「どこを探すまでもない、それはわれわれの心の中にあるのだ」とでも答えて退散したいと思っている。

するとと、読者はただちにあの青い鳥のお話を思い起されるにちがいない。そして、「なあんだ、そんなちゃちな手で人をひっかけるつもりだったのか」と言われるにちがいない。そう言われると私も一言もないが、どうか考えていただきたい。われわれは自明のささやかな真実といえども、これを肝に銘じて知るためにはずいぶんつまらぬ回り道をするものであることを。

それが証拠には、作者がこの一巻の読物をどうにか締めくくりに漕ぎつけるまでには——彼は幾たびか書き始めたことを後悔し、進みたがらぬ筆を呪わねばならなかった。ために、しばしば癇癪の発作に襲われて家内に険悪な空気を生ぜしめ、家の外でも誰彼と無用のいざこざを引き起さねばならなかった。彼も人の子の親とあれば、受験戦争の悲喜劇に一喜一憂もせねばならず、世相のあれこれに腹を立てているうちにいつのまにか血圧が上がり、柄にもなく入院までしなくてはならなかった。さいわい彼自身はそれで態勢を立て直したが、その代りにというように肉親の一人を死なせなくてはならなかった……

これらのことはすべて作者には予想外のことだったのである。いくら単純な生活の綺麗ごとを掲げて、浮世のしがらみや日々のしんきくさい雑事から逃れようとしても、人生はこれを許してくれないのだ。むしろ、この程度の御難でおさまったのは不幸も序の口と申すべきであろう。

それなら、作者はこの二年半を何によって生きたかといえば、おそらく当人以外には取るにも足りない些細な事柄、笑止なくらいこまごましい、もろもろの事物の力によって生きたのである。――彼のみすぼらしき猫どもや引地川べりの家鴨たちの行状、岡崎の八丁味噌や水団《すいとん》の味、鎌倉行のバスの窓から見る海やフランスの田園風景、西日をよける葭簀《よしず》や食べすぎる枝豆、「かわいそうなぞう」の話や『にんじん』の挿絵、それからまた、新婚時代の日光の思い出、Y君二世の誕生、LG君のパリからの手紙、小さな雑貨屋の小母さん、Mが拾ってくれたバルト海の小石、昔の中学の先生の水彩画、妻の癌ノイローゼ、等々。まだまだあって到底数え切れぬそれらのデテールの一切が、作者の生活には必要であった。いわばそれらに助けられて、彼はこの二年半を生きたのである。まことに、事物の助けなくしては、われわれは一日とて生きられず、一行とて書くことも出来ない。

百三

さて、朝床の中で目を覚ますところから始めたこの小説は、やはり夜床に就くところで終るのがいいかもしれない。

実際に、今ちょうど夜中の十二時を回った頃おいで、猫は籐椅子のクッションの上で丸くなっている。

私は、たぶん二、三十分後に結びの一行を書き終えたら、いつものように洗面所に行き、戸締まりと火の始末を確かめ、戻って来て着換えをし、寝床のスタンドをつけ、仕事場の明りを消して、蒲団にもぐり込むであろう。

そうする前に、あるいはその途中で、一服煙草をつけるかもしれぬし、着換えをしながら壁の絵にちらと目をやるかもしれない。暗がりに沈んだそれらの見慣れた物のかたちに、送るともなく視線を送っているうちに、うまく思い出せば――いつも大抵忘れてしまうのであるが――ヘルスメーターとやらで体重を計ってみるかもしれない。

最後に、カーテンを締め直しがてら、ちょっと窓をあけて外をのぞいてみることもある。今宵は犬の吠声ひとつせず、あくまで静かな春の夜と言うにふさわしい。波の音もずっとかなたにしりぞいて、空には大小さまざまの星が親しげな光を放っていることであろう。その空に向って胸に深々と夜気を吸い込めば、闇にかすかに花の香がひらめくような気がするだろう。それを運んでくるのは、あるかなきかの浜風で、一切の物が寝しずまった中でも、海と、星と、風だけは目ざめているかのようだろう。

そうして、私は眠りに入るまでのほんの数分間の用意に、やはりなにか読みさしの文庫本でも、さもなければなるべく軽い本を持って横になる。もっとも、私はどんな本にしろ、ほんの二ページも活字を辿るうちには、難なく眠れるのが普通である。

そんなわけで、就寝前の儀式におさおさ怠りない私も、枕許の明りだけはいつも消し忘れるのである。

あとがき

小説作者の中には、例えば「朝起きて、顔を洗って、御飯を食べて、夜寝るまでを書いたってしようがない」という風な意見の人もいる。私もそれはそうだろうと一応同感するが、一方で、そんなこともない、そういう調子の小説を書いてみるのも面白いかもしれない等とも考える。単にそればかりではない、私にはやはり先ず生活があって文学がある、材料は何でも構わない、その限りでは所謂小説であるか小説でないかは大した問題ではないと思うようになった。もっとも、朝起きてから夜寝るまでを書くと言っても、文字通りその一部始終をそっくりそのまま書けるものではない。何をどう書くにせよ、そもそも書くということがおよそ単純素朴な行為からは遠い。文章というものは、沈黙も一つの表現たり得るこの人生において、にも拘らずあえて書かれるものではないか。私は自分の書くものも自然に任せたい。即ち、悠然と反復交代を繰返す昼と夜、春夏秋冬、山川草木、禽獣虫魚の営みを眺めながら、いわば模倣しながら人間の生活について書きたい。それは元来われわれの文学が最もよく知っている筆法の一つであり、私もここで私流にやってみたのである。

昭和五十五年一月号から五十七年六月号まで、二年半に亙って気儘な連載を許してくれた「婦人之友」編集部の厚意に、わけても村本晶子さんの惜しみない助力に深謝する。本書が誌上の挿絵と同じく大沢昌助画伯の筆で飾られ、講談社の古い知己徳島高義氏の手で世に出ることも著者の喜びである。

昭和五十七年夏

著者

引用文献（作中明記せるものは除く）

エドウィン・ホイト『マリリン』片岡義男訳　角川文庫
神奈川新聞投書欄「自由の声」昭和五十五年四月十二日
フランシス・ジャム『ジャム詩集』堀口大學訳　新潮文庫
福田三郎『実録上野動物園』毎日新聞社
アンナ・マグダレーナ・バッハ『バッハの思い出』山下肇訳　ダヴィッド社
マーク・トウェイン『ちょっと面白い話』大久保博訳　旺文社文庫
ジュール・ルナール『博物誌』大久保洋訳　講談社文庫
藤沢市教育文化研究所編集発行『藤沢の民話』第二集および第三集
マイヨール展目録　国立西洋美術館　昭和三十八年八～九月
水野嬌夫「日暮れて道遠し」句誌「波」昭和五十六年二月号　藤沢市波俳句会
トーマス・マン「二度の別れ」山下肇訳　新潮社『トーマス・マン全集Ⅷ』

P+D BOOKS ラインアップ

居酒屋兆治 山口 瞳 ●高倉健主演映画原作。居酒屋に集う人間愛憎劇

江分利満氏の優雅で華麗な生活 《江分利満氏》ベストセレクション 山口 瞳 ●〝昭和サラリーマン〟を描いた名作アンソロジー

血涙十番勝負 山口 瞳 ●将棋真剣勝負十番。将棋ファン必読の名著

続 血涙十番勝負 山口 瞳 ●将棋真剣勝負十番の続編は何と〝角落ち〟

死刑囚 永山則夫 佐木隆三 ●連続射殺魔の〝人間〟と事件の全貌を描く

単純な生活 阿部 昭 ●静かに淡々と綴られる〝自然と人生〟の日々

P+D BOOKS ラインアップ

夢の浮橋	倉橋由美子	●両親たちの夫婦交換遊戯を知った二人は…
われら戦友たち	柴田 翔	●名著「されど われらが日々――」に続く青春小説
公園には誰もいない・密室の惨劇	結城昌治	●失踪した歌手の死の謎に挑む私立探偵を描く
山中鹿之助	松本清張	●松本清張、幻の作品が初単行本化!
白と黒の革命	松本清張	●ホメイニ革命直後　緊迫のテヘランを描く
花筐	檀 一雄	●大林監督が映画化、青春の記念碑作「花筐」

P+D BOOKS ラインアップ

人間滅亡の唄 深沢七郎 ●〝異彩〟の作家が「独自の生」を語るエッセイ集

アニの夢 私のイノチ 津島佑子 ●中上健次の盟友が模索し続けた〝文学の可能性〟

楊梅の熟れる頃 宮尾登美子 ●土佐の13人の女たちから紡いだ13の物語

記憶の断片 宮尾登美子 ●作家生活の機微や日常を綴った珠玉の随筆集

幼児狩り・蟹 河野多惠子 ●芥川賞受賞作「蟹」など初期短篇6作収録

舌出し天使・遁走 安岡章太郎 ●若き日の安岡が描く青春群像と戦争体験

P+D BOOKS ラインアップ

大世紀末サーカス　安岡章太郎　●幕末維新に米欧を巡業した曲芸一座の行状記

鞍馬天狗 1 鶴見俊輔セレクション
角兵衛獅子　大佛次郎　●〝絶体絶命〟新選組に取り囲まれた鞍馬天狗

鞍馬天狗 2 鶴見俊輔セレクション
地獄の門・宗十郎頭巾　大佛次郎　●鞍馬天狗に同志斬りの嫌疑！　裏切り者は誰だ！

鞍馬天狗 3 鶴見俊輔セレクション
新東京絵図　大佛次郎　●江戸から東京へ時代に翻弄される人々を描く

鞍馬天狗 4 鶴見俊輔セレクション
雁のたより　大佛次郎　●〝鉄砲鍛冶失踪〟の裏に潜む陰謀を探る天狗

鞍馬天狗 5 鶴見俊輔セレクション
地獄太平記　大佛次郎　●天狗が追う脱獄囚は横浜から神戸へ上海へ

（お断り）

本書は1982年に講談社より発刊された単行本を底本としております。
あきらかに間違いと思われるものについては訂正いたしましたが、
基本的には底本にしたがっております。
また、底本にある人種・身分・職業・身体等に関する表現で、現在からみれば、
不当、不適切と思われる箇所がありますが、著者に差別的意図のないこと、
時代背景と作品価値とを鑑み、著者が故人でもあるため、原文のままにしております。

阿部 昭（あべ あきら）
1934年（昭和9年）9月22日—1989年（平成元年）5月19日、享年54。広島県出身。1973年『千年』で第27回毎日出版文化賞を受賞。代表作に『司令の休暇』『人生の一日』など。

P+D BOOKS

ピー プラス ディー ブックス

P+Dとはペーパーバックとデジタルの略称です。
後世に受け継がれるべき名作でありながら、現在入手困難となっている作品を、
B6判ペーパーバック書籍と電子書籍で、同時かつ同価格にて発売・配信する、
小学館のまったく新しいスタイルのブックレーベルです。

単純な生活

２０１８年１月14日　初版第１刷発行
２０２４年７月10日　第７刷発行

著者　阿部　昭
発行人　五十嵐佳世
発行所　株式会社　小学館
〒１０１－８００１
東京都千代田区一ツ橋２－３－１
電話　編集　０３－３２３０－９３５５
　　　販売　０３－５２８１－３５５５
印刷所　大日本印刷株式会社
製本所　大日本印刷株式会社
装丁　おおうちおさむ（ナノナノグラフィックス）

ISBN978-4-09-352327-1

P+D BOOKS